Die unheimlichen Fälle des Lucius Adler

Bernd Perplies und **Christian Humberg** schreiben Bücher für große und kleine Leser – mal solo und seit 2008 auch immer wieder im Duo. Wenn sie mal nicht neue Geschichten erfinden, sieht man die beiden Autoren oft in Schulen und Büchereien, auf Conventions und Buchmessen, wo sie Lesungen abhalten und aus dem beruflichen Nähkästchen plaudern.
Wer mehr über Bernd und Christian wissen möchte, erfährt es unter www.bernd-perplies.de und www.christian-humberg.de.

Perplies, Bernd und Humberg, Christian:
Die unheimlichen Fälle des Lucius Adler – Angriff der Automatenmenschen
ISBN 978 3 522 18448 9

Einbandgestaltung: Max Meinzold
Innentypografie: Kadja Gericke
Reproduktion: Medienfabrik GmbH, Stuttgart
Druck und Bindung: GGP Media GmbH, Pößneck

FSC www.fsc.org MIX Papier aus verantwortungsvollen Quellen FSC® C014496

Bernd Perplies
Christian Humberg

Die unheimlichen Fälle des Lucius Adler

Angriff der Automatenmenschen

Thienemann

FÜR ALEXANDER – DAS JÜNGSTE MITGLIED DES MPS!

Möge deine Welt phantastischer werden
als all unsere Romane.

PROLOG:

Großes Theater

»Bleibt stehen, Ihr Schurke! Ihr Räubersohn! Gebt uns zurück, was Ihr uns frech gestohlen habt!«

Der junge Mann in der braunen Jacke hob den Arm und schüttelte die Faust. Sein Begleiter, der mit seiner zerschlissenen Kleidung und dem zerzausten, schwarzen Haar selbst ein wenig wie ein Dieb wirkte, nickte bekräftigend.

Der Bursche, dem sie nachriefen, war ein kleiner, rundlicher Kerl, der ein Hemd mit Weste und blaue Kniebundhosen trug. Auf dem dicken Schädel thronte ein Zylinder. Außerdem hatte er einen prächtigen roten Backenbart, und seine Augen verschwanden hinter einer silbernen Brille, wie sie Luftschiffer gerne trugen.

Als er die Worte hörte, blieb er stehen und lachte. »Niemals. Mein Herr befiehlt, und ich gehorche. Was Euch einst war, das ist nun sein. Verfolgt mich ruhig. Ihr werdet mich nicht fassen.«

»Was sich noch zeigen wird!«, erwiderte der junge Mann zornig. Er eilte los, an den Marktständen vorbei, an denen Händler ihre Waren feilboten und Besucher ihre Einkäufe tätigten.

Doch auch der Rundliche nahm erneut die Beine in die Hand und flitzte los, schneller als man es gedacht hätte. Seine

Beute war eine schwarze Ledertasche, die er seinen Opfern zuvor geschickt entwendet hatte. Nun presste er sie fest an die Brust.

»Haltet den Dieb!«, riefen die Verfolger, doch die meisten Passanten, die herumstanden, glotzten nur verständnislos. Ein Mann, der die kräftige Statur eines Hafenarbeiters hatte, versuchte den Fliehenden zu packen. Der aber wich dem plumpen Angriff leichtfüßig aus. Er schubste einen eleganten Mann mit Spazierstock und Rose im Knopfloch beiseite, der daraufhin erschrocken aufschreiend in den Armen einer stämmigen Dame landete.

»Ihr schnappt mich nie!«, spottete der Dieb über die Schulter hinweg, bevor er in einer schmalen Gasse verschwand.

»Und dennoch geben wir nicht auf«, versprach ihm der junge Mann in der braunen Jacke. »Wir dürfen's nicht. Die Welt geriete aus den Fugen.«

Dann folgten er und sein Begleiter dem Schurken hinter die Häuser aus Holzstangen und kunstvoll bemalter Leinwand.

»Bravo!«, rief Lucius Adler und klatschte begeistert in die Hände.

Der zwölfjährige Junge saß, gekleidet in eine Ausgehjacke und mit adrett gescheiteltem, braunem Haar, in der vierten Reihe des beliebten Royal-Theaters in der Londoner Drury Lane und genoss die Vorstellung, die ihm auf der Bühne geboten wurde, in vollen Zügen. Er genoss sie vor allem deshalb, weil es das erste Mal war, dass er ein Theater besuchte, seit er in London weilte. Fast drei Monate war es nun schon her, dass seine Mutter Irene ihn in der Baker Street 221b beim berühmten Meisterdetektiv Sherlock Holmes abgesetzt hatte – und noch nie hatten Holmes und sein Freund, der gute Doktor John Watson, Lucius auf eine Abendveranstaltung mitgenommen.

Auch heute hätte Mrs Hudson, die treue Hauswirtin von Holmes und Watson, ihn lieber bei sich zu Hause behalten. Jungs in Lucius' Alter gehörten ihrer Meinung nach nicht mehr auf die Straße, wenn es draußen dunkel wurde. Zum Glück herrschte gerade Hochsommer, und so war es auch um acht Uhr abends noch taghell. Außerdem feierte heute, am 20. Juni 1895, Englands Königin Victoria ihre inzwischen achtundfünfzig Jahre zurückliegende Thronbesteigung. Holmes hatte drei Karten für das Feststück am Royal-Theater geschenkt bekommen, und zu Lucius' Überraschung war der Meisterdetektiv persönlich für ihn in die Bresche gesprungen.

»Der Junge verbringt viel zu viel Zeit damit, gemeinsam mit seinen Freunden durch die schmutzigen Gegenden von London zu streifen«, hatte Holmes gesagt. Damit spielte er auf die Abenteuer an, die Lucius in den vergangenen Wochen mit Sebastian Quatermain, Harold Cavor und Theodosia Paddington erlebt hatte. Auf der Suche nach einem gestohlenen magischen Kristall und auf der Jagd nach einem unsichtbaren Mann hatten die vier Freunde sowie Harolds Automatenbutler James wirklich ein paar sehr schmutzige Ecken der riesigen Stadt kennengelernt. Etwa das verruchte

Viertel Whitechapel oder die riesige Kanalisation unterhalb von London.

»Lucius sollte endlich mal ein wenig Kultur erleben«, hatte Holmes weitergesprochen. »Musik, Malerei, Theater. Diese Stadt hat doch so viel zu bieten.«

Damit war es entschieden gewesen, und Lucius durfte Holmes und Watson ins Theater begleiten.

Mittlerweile schien der Meisterdetektiv seine Entscheidung allerdings zu bereuen. Das lag nicht an Lucius. Der Junge war weder laut noch unruhig gewesen – zumindest nicht lauter und unruhiger als das restliche Publikum. Nein, Holmes war vielmehr mit dem, was auf der Bühne geschah, nicht einverstanden. Zumindest hatte Lucius den Eindruck, denn während Doktor Watson genau wie Lucius und Hunderte andere Zuschauer gut gelaunt dem Schauspiel folgten, saß Holmes einfach nur da, die langen Arme vor der Brust verschränkt, und schaute mürrisch drein.

Auf der Bühne tauchte der Schauspieler des rundlichen Diebs wieder auf. In der Zwischenzeit waren alle Komparsen hinter den Kulissen verschwunden, und die Marktstände waren an unsichtbaren Seilen außer Sicht gezogen worden. Stattdessen stapelten sich nun einige morsche Kisten vor den falschen Häuserfassaden, ein unsichtbares Gebläse hatte alte Zeitungen auf die Bühne geweht, und ein rostiger Automatenmann stand reglos und leise dampfend in einer Nische.

Watson, der sich für den Abend ebenfalls kräftig in Schale geworfen hatte und außerdem roch, als habe er in einer Wanne voll Kölnisch Wasser gebadet, knuffte Lucius in die Seite. »Sieht ziemlich heruntergekommen aus, die Gegend, hm?« Er zwinkerte ihm zu. Der Doktor amüsierte sich ganz offensichtlich königlich.

Lucius nickte nur kurz, dann richtete er seine Aufmerksamkeit wieder nach vorne. Beiläufig fragte er sich, ob Königin Victoria bei dem Stück eigentlich ihren Spaß hatte. Er war ihr mal im Britischen Museum begegnet, wo sie die Ausstellung der Fundstücke eröffnete, die Sebastians Vater Allan Quatermain Jr. aus Afrika mitgebracht hatte. Damals war sie ihm eher ernst und humorlos vorgekommen. *Aber vielleicht ist sie ja gar nicht hier*, dachte er. Gesehen hatte er sie in der Adelsloge ganz oben im dritten Rang nämlich nicht. Außerdem gab es in London noch zahlreiche andere Feierlichkeiten zu ihren Ehren.

»O weh!«, rief der Schurke auf der Bühne unterdessen. Er war vor einer falschen Backsteinmauer stehen geblieben, die man dort aufgefahren hatte. »Ich hoffe nur, dies ist der rechte Platz. Sonst wird mein Plan wohl nicht gelingen.«

Hinter ihm tauchten seine beiden Verfolger auf. Der junge Mann mit der braunen Jacke – er hieß Thomas und war der Assistent eines Erfinders – machte ein triumphierendes Gesicht. »Nun steht Ihr da und habt Euch selbst gefangen. Aus dieser Gasse gibt es kein Hinaus!«

»Her mit dem Diebesgut«, setzte sein Begleiter – Sandoval, wie Lucius wusste – hinzu. »Und fügt Euch rasch, denn sonst ergeht's Euch schlecht.«

»Ha! Das wollen wir mal sehen.« Der Dieb klemmte die Tasche unter einen Arm und zog mit der anderen Hand einen Revolver aus seiner Weste.

Diese Wendung wurde vom Publikum mit einem Raunen belohnt. Lucius rutschte auf seinem Platz nach vorne. Unwillkürlich lief ihm ein Schauer über den Rücken. In der Lage wie Thomas und Sandoval hatte er sich auch schon befunden. Auch auf ihn hatten böse Männer bereits ihre Waffen gerichtet. Und jedes Mal war ihm vor Wut über seine Hilflosigkeit geradezu schlecht geworden.

Die beiden Männer auf der Bühne schienen die Gefahr ebenfalls zu erkennen, denn sie wechselten einen vielsagenden Blick.

»Nun, was sagt Ihr, Burschen?«, höhnte der Dieb. »Wer lacht an diesem Tag zuletzt?«

»Ich lache nicht, so viel ist klar«, antwortete der Thomas-Darsteller. Langsam und mit halb erhobenen Armen gingen die beiden Freunde auf den Schurken zu. Dabei gewannen sie unauffällig etwas Abstand voneinander. »Macht keinen Fehler, Kerl«, fuhr Thomas fort. »Ihr seid ein Dieb, kein Mann, der mordet.«

»Doch könnt' ich's werden, zwingt Ihr mich dazu«, erwiderte der Dieb. »Die Worte meines Herren waren klar. Hol diesen Schatz, befahl er mir. Hol ihn, und koste es ein Leben.«

»Das mit dem Sterben lassen wir mal sein.«

Rechts neben Watson stieß Holmes einen vernehmlichen Seufzer aus.

»Still, Holmes«, zischte Watson. »Es ist gerade so spannend.«

»So geschmacklos, meinen Sie wohl«, spottete der Meisterdetektiv.

Die beiden Männer hatten den Dieb inzwischen beinahe erreicht.

»Bleibt stehen!«, befahl der rundliche Mann.

»Jetzt, treuer Sandoval!«, rief Thomas aus.

Sein Begleiter mit der zerschlissenen Kleidung warf sich nach vorne und zur Seite, wobei er sich mit einer Eleganz auf dem Bühnenboden abrollte, die Lucius neidisch werden ließ. Abgelenkt zuckte der Dieb herum, weil er einen Angriff fürchtete. Aber dieser erfolgte von der anderen Seite, als sich Thomas auf ihn stürzte und den Revolverarm packte. Unter lautem Rufen rangen die beiden Männer. Ein Schuss löste sich aus der Theaterwaffe, dann ein zweiter. Im Publikum schrien ein paar Frauen erschrocken auf.

»Ja, haut ihm auf die Nase!«, rief Watson begeistert und schlug sich klatschend mit der Faust in die flache Hand. Jemand hinter ihnen räusperte sich ob der Störung verärgert, und der Doktor drehte sich verlegen um. »Verzeihung.«

Lucius, der ebenfalls einen kurzen Blick über die Schulter warf, sah einen älteren Herrn mit langem Gesicht und einem gezwirbelten Schnäuzer. *Noch so ein Miesepeter wie Holmes, der eine ordentliche Bühnenprügelei nicht zu schätzen weiß*, dachte er.

Tatsächlich hatte sich das Gerangel unten auf der Bühne

in einen zünftigen Schlagabtausch verwandelt. Thomas hatte dem Dieb den Revolver aus der Hand geprellt. Nun wollte er seinen Gegner mit ein paar gezielten Boxhieben unschädlich machen. Dessen Zylinder lag bereits zwischen den losen Zeitungsseiten am Boden, aber so leicht ließ sich der Rundliche nicht bezwingen. Stattdessen teilte er ordentlich aus. Erst wurde Thomas von einem – selbstverständlich nur angedeuteten – Kopfstoß getroffen, der ihn nach hinten taumeln ließ. Dann bekam Sandoval, der sich ebenfalls wieder einmischte, einen Faustschlag in den Bauch und stolperte gegen den Automatenmann, der unter prächtigem Scheppern zu Boden ging.

»Halt!«, rief da plötzlich der Thomas-Darsteller, und Lucius keuchte auf. Thomas hatte den Revolver vom Boden aufgehoben. Sofort fror der Dieb in seinen Bewegungen ein. Sandoval kam rasch auf die Beine, schob sich ein paar Haarsträhnen aus dem erhitzten Gesicht und griff nach der Ledertasche, bevor er sich an die Seite seines Freundes gesellte.

»Und wer lacht nun?«, fragte Thomas siegessicher. »Das Spiel ist aus.«

»Das Spiel hat grade erst begonnen«, donnerte urplötzlich eine gewaltige Stimme durch den gesamten Zuschauerraum des Royal-Theaters.

Im gleichen Moment gingen die normalen Bühnenlichter aus, und rote Scheinwerfer flammten unter der Decke auf. Dampf fauchte aus verborgenen Düsen, und ein mächtiges Getöse hob an. Dazu legte das Orchester im Orchestergraben vor der Bühne mit Pauken und Trompeten los.

Dann sank der riesenhafte Körper eines Luftschiffs von der Bühnendecke herab. Natürlich war es nur Kulisse und klein im Vergleich zu den echten Luftschiffen, die am Himmel über London dahinschwebten. Dennoch füllte es mit seinem dunklen, gewölbten Traggaskörper und der lang gestreckten Kabine den kompletten oberen Teil der Bühne aus. Auf Lucius wirkte es schlichtweg gewaltig. »Heiliger Strohsack!«, entfuhr es dem Jungen.

»Beim Glanz der Königin, was geht hier vor?«, rief auch Thomas erschrocken.

Der Dieb riss die Hände in die Höhe und lachte. »O, Herr, Ihr kamt zur rechten Zeit.«

»Lasst Tasche und Revolver fallen, sonst ist es aus mit euch«, drohte die körperlose Stimme des Mannes, der sich an Bord des Fluggefährts befinden musste.

»Niemals!«, schrie der Thomas-Darsteller trotzig.

An der Flugschiffkabine knallte und blitzte etwas, gleich darauf fauchte eine Stichflamme aus einer der Kisten am Boden. Die jungen Männer warfen sich in Deckung.

»Dies ist die letzte Warnung«, sagte ihr unsichtbarer Gegner.

Thomas schüttelte die Faust zum Himmel. »Ihr Hund, Ihr habt gewonnen.«

Eilig hastete der rundliche Dieb zu den beiden Freunden hinüber und schnappte sich Revolver und Tasche. Gleichzeitig fiel ein Seil von der Kabine zur Gasse hinunter. Der Dieb steckte sich die Waffe in den Hosenbund und ergriff mit einer

Hand das Seil, während er den Fuß in eine Schlaufe an dessen unterem Ende steckte. Hilflos mussten Thomas und Sandoval seiner Flucht zusehen.

»Haha!« Der Dieb grinste hämisch. »Jetzt ist mein Plan doch aufgegangen. Ich lache, und Ihr liegt im Dreck. Gehabt Euch wohl, traurige Narren. Die Welt gehört nun uns.«

Mit diesen Worten wurde er am Seil emporgehoben, und auch das Luftschiff stieg unter Tosen, Dampfen und Paukenschlägen wieder in den verborgenen Teil der Bühne auf. Es blitzte und donnerte, dass die Theaterwände wackelten, und die Zeitungsfetzen wirbelten durch die Kulissengasse.

Dann wurde es wieder ruhig. Nur das rötliche Licht blieb und beschien unheilvoll die beiden einsamen Männer in der Mitte der Bühne. Langsam kamen sie auf die Beine und zogen ihre zerknitterte Kleidung gerade. Thomas richtete sich auf. »Das Böse hat gesiegt«, sagte er leise. »Das Gute ist geschlagen. So denkt er sich's zumindest, der Schurke, der dort flieht.« Er hob die Stimme und richtete den Blick auf das Publikum. »Doch irrt er sich! Noch ist der letzte Tag nicht um. Die letzte Schlacht ist nicht vorbei. Bei meiner Ehre schwöre ich, dass ich nicht ruhen werd, bis ich zurückerobert, was gestohlen ward. Das Böse hat gesiegt – doch nur einstweilen …«

»So sei's!«, rief Sandoval. »Und ich an deiner Seite!«

Dann wurde es dunkel auf der Bühne, und der Vorhang fiel.

»Prächtig! Einfach prächtig!«, tönte Watson, als Lucius mit ihm und Holmes den Theatersaal verließ, um in der Pause zwischen den zwei Akten etwas zu trinken. »Ich hätte nicht gedacht, dass ich so einen Spaß an der Vorführung von *Schrecken über London* haben würde. Im Programmheft klang das Ganze nicht halb so spannend.«

»Ja, das Programmheft hat ein paar Einzelheiten ausgelassen«, pflichtete Holmes ihm missmutig bei. »Nur in einem sprach es die Wahrheit: Mit diesem Machwerk ist tatsächlich der Schrecken über London gekommen. Was für ein entsetzliches Stück!«

»Ach, Holmes, jetzt stellen Sie sich nicht so an. Es muss nicht immer Shakespeare sein.«

»Erzählen Sie das dem Verfasser dieses unsäglich schwülstigen Machwerks«, murrte Holmes. »Denn so, wie die lächerlichen Figuren dort auf der Bühne klingen, scheint er sich für den Erben des großen Barden zu halten. Und gleichzeitig lässt er Luftschiffe vom Himmel regnen. *Luftschiffe*, Watson!« Der Meisterdetektiv schüttelte angewidert den Kopf.

»Sie sind ein Miesepeter«, stellte Watson fest. »Nichts anderes.« Er wandte sich Lucius zu. »Uns gefällt es, nicht wahr?«

Lucius grinste. »Es ist fast so spannend wie die Zaubershows meiner Mom.«

Jahrelang war er mit seiner Mutter, einer bekannten Zauberkünstlerin, um die Welt gereist. Die Magie des Theaters war ihm also nicht fremd, auch wenn die Darbietungen, an denen er damals mitgewirkt hatte, ganz eindeutig Jahrmarktsspektakel gewesen waren.

Der Gedanke an seine Mom weckte einen Anflug von Kummer in Lucius. Es war im letzten März in Paris gewesen, als Irene Adler von ihrem heimlichen zweiten Leben als Meisterdiebin eingeholt worden war. Unbekannte Männer hatten sich an ihre Fersen geheftet, und seine Mutter war gezwungen gewesen, unterzutauchen. Zuvor jedoch hatte sie Lucius in London an Sherlock Holmes übergeben, einen »alten Freund«, wie sie ihn genannt hatte. Nach wie vor verstand Lucius nicht, wie seine Mutter und Holmes jemals hatten Freunde sein können. Sie waren völlig verschieden. Irene liebte das Leben; Sherlock Holmes liebte bloß sein Kaminzimmer, sein Labor und komplizierte Rätsel, die er von dort aus lösen konnte.

Andererseits sind Sebastian, Harold, Theo und ich auch völlig unterschiedlich, dachte Lucius. *Und vielleicht war Holmes in jungen Jahren anders als heute. Irgendwie weniger ... holmesig.* Er konnte es sich eigentlich nicht vorstellen.

Der Schmerz, von seiner Mutter in der Baker Street 221b zurückgelassen worden zu sein, hatte im Laufe der Wochen nachgelassen. Mittlerweile hatte Lucius neue Freunde, mit denen er sich im Rabennest traf, ihrem Bandenhauptquartier. Es lag unter dem Dach des Diogenes-Clubs, eines Altherrentreffs nahe der Themse, zu dem ihn Sherlocks Bruder Mycroft Holmes regelmäßig mitnahm. Darüber hinaus kümmerte sich Mrs Hudson wie eine fürsorgliche Großmutter um Lucius, Doktor Watson war ohnehin ein feiner Kerl, und selbst mit Holmes kam Lucius inzwischen schon etwas besser zurecht. *Wir gewöhnen uns wohl aneinander.*

Trotzdem verging kaum ein Tag, an dem er nicht an seine Mutter dachte. An dem er sich nicht fragte, wo sie im Augenblick wohl war, ob es ihr gut ging und wann sie nach London zurückkehren würde, um ihn abzuholen.

Gemeinsam mit zahlreichen anderen Gästen passierten die drei aus der Baker Street die hohe Tür des Theatersaals, und Lucius schob seine Gedanken für den Moment beiseite. Der Raum, in den sie nun eintraten, war fast vollständig in rot gehalten. Auf dem Boden lag ein roter Teppich, vor den Fenstern hingen rote Vorhänge, die Stühle waren rot gepolstert und selbst die Wände rot gestrichen. Nur die Decke, die sich über ihnen wölbte, war weiß und mit Stuck und Gold verziert. Außerdem erhoben sich Marmorsäulen entlang der Wände, und hinter schweren Tresen aus dunklem Holz schenkten polierte Automatenbutler Getränke aus.

Staunend sah Lucius sich um. Hier würden sie also die kurze Pause verbringen und auf den zweiten Teil des spannenden Theaterstückes warten?

»Holmes, was möchten Sie trinken?«, fragte Watson und klatschte in die Hände. »Um Ihre Laune ein wenig zu verbessern, gebe ich ein Glas aus.«

»Überraschen Sie mich, Doktor«, sagte Holmes. Er klang nicht nur undankbar, sondern regelrecht gelangweilt.

»Nun gut.« Der gemütliche Arzt, Hobbyschriftsteller und Teilzeitdetektiv sah Lucius lächelnd an. »Und für dich, Lucius, bestelle ich ein Sodawasser. In Ordnung?«

»Abgemacht.« Lucius nickte eifrig. Er war froh, dass er

ausnahmsweise mal keinen Tee trinken musste – von dem es seiner Ansicht nach viel zu viel in London gab. Was hatten die Engländer nur mit ihrem nach Gras schmeckenden heißen Wasser?

Watson zog los, um sich durch die Menge durstiger Theaterbesucher zu drängen. Als er wiederkam, hielt er drei Gläser in den Händen. »Einen Brandy für mich, einen Rotwein für Sie, Holmes, und einmal Sodawasser.« Vorsichtig verteilte er die Getränke. Dann hob er sein Glas. »Zum Wohl, meine Herren. Auf einen anregenden Abend voller Drama und Explosionen!«

Lucius hatte kaum einen Schluck der prickelnden Brause getrunken, als sich ihnen plötzlich von der Seite zwei Gestalten näherten, ein junger aufgeregter Mann und ein älterer aufgeregter Mann. Den älteren erkannte Lucius sofort wieder. Es handelte sich um den miesepetrigen Zwirbelbart, der eine Reihe hinter ihnen gesessen hatte.

»Das gibt es doch nicht«, staunte Watson. »Will mich dieser Gentleman jetzt etwa zur Rede stellen, nur weil ich während der Aufführung zwei- oder dreimal ein Wort gesagt habe?«

»Mitnichten.« Holmes stellte sein Glas auf einen benachbarten Tisch und legte die Hände hinter den Rücken. »Lord Archibald möchte ganz offensichtlich zu mir.« Erwartungsvoll blickte er dem Gast entgegen.

Lucius nickte. »Sonst würde er nicht mit seinem Diener hier auftauchen und so außer sich wirken, richtig?«

Der Meisterdetektiv warf dem Jungen einen Seitenblick zu.

»Sehr gut beobachtet, Lucius«, sagte er. »Noch ein paar Monate in der Baker Street, und Doktor Watson kann in Rente gehen.«

Der Genannte schnaubte empört. »Sie sind mir ein schöner Freund, Holmes.«

Einen Moment später hatte der Alte, den Holmes als Lord Archibald angekündigt hatte, sie erreicht. Seine Miene war finster, als er den Meisterdetektiv ansprach. »Mister Holmes, wie gut, dass ich Sie hier treffe. Ich brauche dringend Ihre Hilfe.«

»Tatsächlich?« Holmes zog eine Augenbraue hoch, wirkte aber nur vage interessiert. »Sprechen Sie weiter.«

Lord Archibald ballte die Fäuste, und auf seinen Wangen zeigten sich rote Flecken. »Mein Haus wurde Schauplatz einer furchtbaren Tat!«, polterte er. »Ich hörte es soeben vom guten Frederick.« Er deutete auf den jüngeren Mann. »Irgendein Verbrecher hat meiner kostbaren Waffensammlung – Gewehre, Säbel, sogar ein fast eintausend Jahre altes Adelsschwert – übel mitgespielt. Er hat sich in mein Haus geschlichen, während meine Frau und ich hier im Theater den ersten Akt genossen, und alles zerstört. Ein wahrer Schatz wurde vernichtet.« Er sah Holmes drängend an. »Sie müssen mich sofort nach Hause begleiten und herausfinden, wer für diese Schandtat verantwortlich ist, Mister Holmes. Ich flehe Sie an! Dieser Teufel muss dingfest gemacht werden, oder ich finde keine ruhige Nacht mehr.«

»Hm.« Holmes sah zu Watson und Lucius hinüber. Seine

Mundwinkel zuckten amüsiert, und irrte sich Lucius oder lag plötzlich Erleichterung in seinem Tonfall? »Wie mir scheint, liegt hier ein echter Notfall vor. Wir sollten umgehend aufbrechen.«

»Ach, Holmes, hat das nicht Zeit, bis das Theaterstück vorbei ist?«, wandte Watson ein. »Es ist ja nicht so, als wäre jemand gestorben. Die paar Fußabdrücke, die Sie am Tatort bestenfalls finden werden, laufen uns doch nicht weg.«

Tadelnd hob Holmes einen Zeigefinger. »Aber, aber, mein lieber Watson. Sie wissen so gut wie ich, dass das Verbrechen niemals ruht. Nichts ist ärgerlicher als eine Spur, die erkaltet ist, weil man zu langsam in seinen Ermittlungen war.« In gespielter Unschuld zuckte Holmes mit den Schultern. »Sie können natürlich hierbleiben und sich Ihrem schlichten Vergnügen hingeben. Aber ein wahrer Mann von Ehre wird einen Verzweifelten niemals abweisen, der ihn um Hilfe ersucht.«

Lord Archibald machte eine abwehrende Geste. »Es ist in Ordnung, wenn Sie mich nach der Vorstellung –«, setzte er an.

Doch Holmes unterbrach ihn sofort. »Sind Sie der Detektiv oder ich, Lord Archibald?«

»Sie natürlich.«

Holmes nickte ernst. »Dann überlassen Sie doch bitte mir die Einschätzung, wie dringend es ist, einen Tatort zu untersuchen.«

Sein Gegenüber räusperte sich verlegen. »Selbstverständlich. Wie Sie meinen.«

Mit einem tiefen Seufzer sah Watson zu Lucius. »Da geht er hin, unser wunderbarer Theaterabend. Die Pflicht ruft.«

»Nicht so schlimm«, meinte Lucius, bevor er sein Glas mit Sodawasser hob und in einem langen Zug leerte. »Ich kann mir sowieso schon denken, wie das Stück ausgeht.«

Als sie das Royal-Theater verließen, sah Lucius verstohlen zu Sherlock Holmes. Dabei entging ihm keineswegs, wie zufrieden der Meisterdetektiv auf einmal wirkte. Unter normalen Umständen hätte Lord Archibald bestimmt bis in den Morgen auf ihn warten müssen. Doch ihm war offenbar jeder Grund willkommen, Thomas, Sandoval und die anderen »schwülstigen« Theatergestalten sich selbst zu überlassen. Typisch Holmes!

KAPITEL 1:

Zu den Waffen!

Es ging schon auf zehn Uhr zu, als die beiden Kutschen endlich ihr Ziel erreichten. Gwynnemoore Hall, der Wohnsitz von Lord Archibald und dessen Gattin Lady Eloise, lag im Stadtteil Kensington, einem der besseren Viertel Londons. Außerdem wirkte er absolut riesig. Lucius stand auf dem Bürgersteig vor dem gusseisernen Tor und staunte nicht schlecht: Jenseits des Zauns, der das Grundstück umgrenzte, sah er sorgsam gepflegte Gartenanlagen, hohe Bäume, kunstvoll geschnittene Hecken und einen kleinen Springbrunnen. Und das waren nur die Einzelheiten, die er im Schein der Straßenlaternen ausmachen konnte! Bei Tag war die Anlage gewiss noch viel beeindruckender.

Beeindruckend war allerdings auch das Haus selbst. Lucius sah glatte Mauern aus grauem Sandstein. Es gab hohe, weiß umrahmte Fenster, die allesamt hell erleuchtet waren, ein flaches Dach mit fast schon so etwas wie Burgzinnen am Rand und einen von Säulen gesäumten Eingangsbereich, der jedem ägyptischen Tempel zur Ehre gereicht hätte.

»Gwynnemoore Hall zählt zu Londons stolzesten Privathäusern«, erklärte Doktor Watson. Der Mediziner war neben Lucius getreten. Ihm schien nicht entgangen zu sein, wie sehr der Junge staunte. »Das Anwesen steht hier bereits seit über zweihundert Jahren.«

Lucius stieß einen leisen Pfiff aus. »Wie groß ist das Grundstück denn? Das Haus allein ist ja schon riesig.«

»Das weiß ich leider auch nicht«, antwortete der Mediziner. »Aber es gibt hier noch mehr Gebäude als das Wohnhaus des Lords, das du da vor dir siehst.« Er deutete nach rechts in die Schatten hinter dem hohen Zaun. »Irgendwo dort drüben verläuft ein gepflasterter Weg, glaube ich. Der führt zu den hinteren Gesindehäusern. Das sind kleine Nebenbauten, in denen die Bediensteten seiner Lordschaft leben. Der Gärtner hat hier sogar ein eigenes kleines Häuschen, wenn ich nicht irre. Lord Archibald liebt seinen Garten fast so sehr wie seine Waffensammlung.« Hier zwinkerte er Lucius zu.

Inzwischen waren auch der Lord, Lady Eloise und ihr Fuhrmann aus der Kutsche gestiegen und gesellten sich zu den Gästen aus der Baker Street. Sherlock Holmes, der bislang geschwiegen hatte, wandte sich umgehend an sie. »Sollen wir beginnen?«

»Was?« Lord Archibald wirkte gehetzter als vorhin im Theater. Diese ganze Sache schien ihn doch sehr zu belasten. Das konnte Lucius verstehen. »Ja. Ja, natürlich, Mister Holmes. Toby, öffnen Sie das Tor. Und danach fahren Sie die Kutsche bitte zurück zu den Stallungen und kümmern sich um das Pferd.«

»Sehr wohl, Mylord«, sagte der Angesprochene.

Toby war ein muskulöser Mittdreißiger mit kurzem braunen Haar und dunkler Weste. Er wollte gerade das Schloss am hohen Tor aufschließen, da flog die Eingangstür des herrschaftlichen Anwesens auf. Eine ältliche, spindeldürre Dame eilte hinaus ins Freie und in die neblig kühle Abendluft. Sie hatte graues, straff zurückgebundenes Haar und eine große Nase, die ihrem Gesicht einen strengen Ausdruck verlieh. Ihr langes Kleid war pechschwarz, abgesehen von den kleinen Zierrändern am Kragen und an den Ärmelenden.

»Lord Archibald!«, rief sie und kam auf die Gruppe zu. »Oh, Lord Archibald!«

»Ja doch, Mildred«, tadelte der Lord sie unwirsch. »Wir hören Sie laut und deutlich. Sparen Sie sich das Geschrei, sonst wecken Sie noch die ganze Nachbarschaft.«

»Ihre Hausdienerin?«, erkundigte sich Sherlock Holmes. Er schenkte ihr nur einen flüchtigen Blick.

Lady Eloise nickte. »Mildred ist schon seit dreißig Jahren bei uns, Mister Holmes. Eine Seele von Mensch. Absolut vertrauenswürdig und gründlich in allem, was sie tut.«

»War sie denn heute Abend allein im Haus?«

Die Lady verneinte. »Niemand war im Haus, Sir«, antwortete sie. »Genau das macht die Sache ja so rätselhaft. Alle Bediensteten hatten das Anwesen mit uns verlassen. Mein lieber Mann hatte ihnen den Abend freigegeben. Einzig Mildred drehte aus Sicherheitsgründen gegen neun Uhr eine kleine Runde durch die Korridore. Zur Kontrolle.«

Mildred, die Hausdienerin, hatte ihre Herrschaften inzwischen erreicht. »Oh, Lord Archibald«, klagte sie wieder. »Es ist absolut schrecklich, Sir! Ich kann es mir nicht erklären. Das Waffenzimmer war doch abgeschlossen!«

»Genau dieses Zimmer würde ich mir sehr gern einmal ansehen«, sagte Sherlock Holmes. »Wären Sie so freundlich, uns den Weg zu weisen, Mildred?«

Sie brachen sofort auf. Mildred und der Lord gingen voran, Watson, Lucius und ihre Ladyschaft folgten ihnen.

Das Innere von Gwynnemoore Hall war noch viel imposanter als die Fassade. Wo Lucius auch hinsah, erblickte er dicke, kostbare Teppiche, Wandverkleidungen aus Edelholz, lederbezogene Sitzmöbel und funkelnde Kristallkronleuchter. Bedeutsam aussehende Männer aus vergangenen Epochen starrten dem Jungen von großen Ölgemälden aus entgegen. Und neben der Treppe, die hinauf zu den oberen Etagen führte, tickte eine schwere Standuhr das Verstreichen der Zeit hinfort, die in Gwynnemoore doch stehen geblieben zu sein schien.

Im Vergleich hierzu ist sogar der Diogenes-Club eine ärmliche Hütte, staunte Lucius. Doch er schwieg. Die Erwachsenen waren ohnehin sehr mit sich selbst beschäftigt, da wollte er nicht stören. Außerdem freute er sich insgeheim, hier dabei sein zu dürfen – bei einem echten Fall für Sherlock Holmes!

Auch das war – wie der Theaterbesuch – eine Premiere. Bislang hatte man ihm nie gestattet, Holmes bei der Arbeit zuzusehen. Das sei zu gefährlich, hatte es stets geheißen, und ohnehin würde er Holmes dann sicher nur in dessen ach so wichtiger Konzentration stören. Doch gerade diese Arbeit – Holmes' erfolgserprobte Methoden und Routinen – faszinierten den Jungen sehr. Schließlich war Lucius dank der Abenteuer, die er mit seinen Freunden erlebte, inzwischen selbst so etwas wie ein Detektiv, oder etwa nicht? Manchmal stellte er sich sogar vor, dass er, wenn er erst groß war, in die Fußstapfen des großen Holmes treten und auch ein, wie Holmes es nannte, »beratender Ermittler« werden würde. Aber wirklich nur manchmal.

»So, meine Herren«, sagte Lord Archibald und riss Lucius aus seinen Gedanken. Sie waren inzwischen im ersten Stock des Hauses angelangt – und vor einer offen stehenden Zimmertür aus dunklem Holz. »Ich fürchte, da wären wir.«

Sherlock Holmes ging sofort in die Hocke. Stirnrunzelnd betrachtete er das Türschloss und die Klinke, ohne beides anzufassen. »Hat irgendjemand von Ihnen diese Tür berührt?«

»Na ja«, antwortete Lady Eloise. »Mein Mann vielleicht hin und wieder. Du liebst ja deine Waffensammlung, Archie. Nicht wahr?«

Der Lord nickte eifrig.

»Ich meinte am heutigen Abend«, sagte Holmes. »War heute Abend einer von Ihnen hier drin?«

»I…Ich, Sir«, meldete sich Mildred. »Ich machte ja meinen üblichen Kontrollgang durch das Haus, wie an jedem Abend, an dem die Herrschaften nicht hier sind. Da sah ich, dass diese Tür einen Spaltbreit offen stand. Das war ungewöhnlich, denn normalerweise ist sie, wie gesagt, stets verschlossen, und alle anderen Türen waren es heute ja ohnehin. Ich trat daher ein, um nach dem Rechten zu sehen. Und ich fand …«

»Als Sie eintraten, Mildred«, unterbrach Holmes sie, »da haben Sie diese Klinke angefasst?«

»Äh, natürlich, Sir. Das habe ich wohl.«

Holmes seufzte. Er klang wie ein Vater, der sich über ein begriffsstutziges Kind ärgerte. Dass die arme Mildred immer blasser wurde, weil sie glaubte, einen Fehler gemacht zu haben, kümmerte ihn gar nicht.

»Also gut«, sagte der Meisterdetektiv schließlich. »Lassen wir die Tür fürs Erste Tür sein. Lord Archibald, mit Ihrer Erlaubnis werde ich nun das Zimmer selbst untersuchen. Wären Sie so nett, mir dabei für Erklärungen zur Verfügung zu stehen? Ich las bereits einiges in der Zeitung über Ihre ebenso berühmte wie kostbare Waffensammlung, aber die Details müssten Sie mir selbst liefern.«

Der alte Lord nickte abermals. »Sehr gern, Mister Holmes. Folgen Sie mir.« Er streckte die Hand aus und schob die Tür zum Waffenzimmer weiter auf – sorgsam darauf achtend, bloß nicht die Klinke zu berühren.

Gespannt lugte Lucius über die Schwelle. Lord Archibalds Hobbyzimmer, in das der Hausherr sie führte, war ein einziges Durcheinander. Eigentlich war es genauso schick und edel eingerichtet wie der Rest des stolzen Anwesens. Nun aber lag alles darin in Trümmern. Lucius sah umgestürzte Waffenständer und zerschlagene Vitrinen. Alte Gewehre, wie es sie vor fünfzig und noch mehr Jahren im Wilden Westen von Amerika gegeben haben mochte, waren zerschmettert und achtlos beiseitegeworfen worden. Mittelalterlich aussehende Lanzen, Ritterschilde und Schwerter, Steinschlosspistolen aus der Zeit der Piraten und kostbar aussehende Dolche aus Fernost lagen zerbrochen und zertrampelt auf dem hölzernen Zimmerboden. In schwere Bilderrahmen gefasste Sammlungen von Pfeilspitzen waren von den Wänden gerissen worden, dann hatte jemand ihr Schutzglas zertreten. Das Ausmaß der Zerstörung schien keine Grenzen zu kennen; es wirkte vollkommen wahllos und willkürlich.

»Wer auch immer das war«, murmelte Doktor Watson, »hatte wohl einige Wut im Bauch. Grundgütiger, was für ein Chaos!«

Lady Eloise war am Eingang stehen geblieben. Sie hielt entsetzt die Hände vor den Mund. Mildred kümmerte sich um sie.

»Sind Sie sicher, dass nichts gestohlen wurde?«, wandte sich Holmes erneut an die Zofe.

Hilflos zuckte Mildred mit den Achseln. »Ich glaube nicht, Sir. Aber ...«

»Nichts, Mister Holmes«, versicherte Lord Archibald. »Die Damen können das kaum beurteilen, weil sie diesen Raum so gut wie nie betreten. Aber ich sehe es auf den ersten Blick. Meine Schätze sind allesamt noch hier. Nur ... ihr Zustand lässt zu wünschen übrig. Den Großteil dieser Sachen werde ich wegwerfen müssen. Der Schaden lässt sich nicht mehr reparieren. Sehen Sie sich nur meine Dolche an. Meine schönen Dolche!« Er schüttelte traurig den Kopf.

Watson trat neben ihn und legte ihm tröstend eine Hand auf die Schulter. »Nur die Ruhe, alter Junge«, sagte der Doktor leise. »Nur die Ruhe.«

Gespannt beobachtete Lucius, wie Holmes nun vorgehen wollte. Der Meisterdetektiv überließ den Lord seiner Trauer und ging neben einer umgestürzten Glasvitrine in die Hocke. Mehrere Minuten verstrichen in völligcm Schweigen, während Holmes die Scherben betrachtete, als läse er in ihnen wie in einem Buch. Dann schüttelte der große Ermittler den Kopf, stand auf und ging zu den zerbrochenen Gewehren, wo sich die eigenartige Prozedur wiederholte. Diesmal ging Holmes sogar mit dem Kopf ganz dicht an den Lauf eines der Gewehre heran und schnupperte wie ein Hund. Lucius musste sich zusammenreißen, sonst hätte er gelacht.

Nach den Gewehren widmete Holmes sich den Waffenständern, dann den Dolchen und den anderen Waffen. Zu guter Letzt stand er auf und nahm die zwei Fenster in Augenschein, über die das Zimmer verfügte. Beide wiesen nach hinten, zum Garten und zu den Gesindehäusern.

Als er genug geschwiegen hatte, drehte Sherlock Holmes sich ruckartig um. »Nun denn«, sagte er laut und merklich selbstzufrieden. »Wie ich es mir dachte: Die Sache ist sehr, sehr eindeutig, lieber Lord Archibald. Ich vermute, wir haben Ihren Vandalen im Nullkommanichts dingfest gemacht.«

»*Einen* Vandalen, Holmes?«, fragte Watson. Skeptisch

deutete er auf das Ausmaß der Zerstörung. »Sind Sie wirklich sicher, dass all das von nur einer einzigen Person verursacht wurde?«

»Selbstverständlich bin ich mir sicher, Doktor«, erwiderte der Meisterdetektiv ein wenig pikiert. »Wenn ich es doch sage.«

»Wer, Holmes?«, flüsterte der alte Lord rau. »Wer hat mir das angetan? Ein zufällig des Weges gekommener Gauner? Ein alter Feind aus meinen Tagen bei der Armee?«

»Ich fürchte, die Person ist alles andere als zufällig vorbeigekommen«, antwortete der Detektiv aus der Baker Street. Holmes sah zu Mildred. »Sagen Sie, kümmern Sie sich auch um das Schuhwerk der Bediensteten seiner Lordschaft? Putzen Sie die Schuhe des Personals von Gwynnemoore Hall?«

Mildred nickte verwirrt. »Ja, natürlich, Sir. Das gehört zu meinen Aufgaben.«

»Dachte ich es mir doch.« Holmes wirkte geradezu amüsiert. »Tun Sie mir einen Gefallen, Mildred. Bringen Sie mir bitte einen rechten Schuh von allen hier im Haus angestellten männlichen Personen, die größer als ein Meter achtzig sind.«

»Was?«, platzte es aus Lucius heraus. Diesmal musste er wirklich lachen. Die Bitte klang absolut absurd.

Holmes schenkte ihm einen strafenden Blick, der ihn verstummen ließ. Dann sprach der Detektiv weiter. »*Jetzt*, Mildred! Ich warte äußerst ungern.«

»Oh.« Die Hausdame zuckte erschrocken zusammen. »Selbstverständlich, Sir.«

Wenige Minuten später kehrte sie in das Waffenzimmer zurück, einen großen Korb voller rechter Schuhe im Arm. Holmes nahm den Korb ohne ein Wort des Dankes und begann, die Sohlen der Schuhe so genau in Augenschein zu nehmen wie vorhin die Gewehre und Scherben am Fußboden. War er mit einer unzufrieden, warf er den Schuh achtlos über die Schulter.

»Du wunderst dich bestimmt«, hörte Lucius ein Flüstern neben sich. Doktor Watson war zu ihm getreten. »Aber so arbeitet Holmes eigentlich immer, mein Junge. Erst überlegt und kombiniert er im Stillen, und wenn er fertig ist, erklärt er mir, was er da eigentlich die ganze Zeit gemacht hat.«

Lucius deutete auf die zu Boden plumpsenden, aussortierten rechten Schuhe. »Heißt das etwa, Sie wissen auch nicht, was das soll?«, fragte er leise.

Der Doktor lachte kurz auf. »Um Himmels willen, nein! Wie könnte ich?«

Einmal mehr sah Lucius sich in dem Zimmer um. Die Waffensammlung des Lords musste viel Geld wert gewesen sein, da war er sich sicher. Dennoch wunderte er sich, wie jemand so etwas wie Waffen überhaupt sammeln konnte. Waffen waren doch Werkzeuge des Krieges und der Gewalt, keine Briefmarken. Wer erinnerte sich denn freiwillig – und noch dazu mit Leidenschaft – an Kriege und Gewalt?

Manche Leute haben echt eigenartige Hobbys, dachte er. Dann sah er zu Sherlock Holmes, der inzwischen mit einem der rechten Schuhe in der Hand über einem der am Boden liegenden Bilderrahmen kauerte. *Und manche haben eigenartige Methoden ...*

»Aha!«, rief der Meisterdetektiv. Er stand wieder auf und reckte den Schuh in die Höhe, als handele es sich um einen Pokal. »Mylord, der Fall ist gelöst – auf eine, wenn ich das so sagen darf, äußerst märchenhafte Weise.«

Doktor Watson runzelte die Stirn. »Märchenhaft, Holmes?«

Der Angesprochene lächelte breit. »Wie würden Sie es denn nennen, mein lieber Doktor, wenn Sie nur noch denjenigen suchen müssen, dem der Schuh passt? Ja, in der Tat: Wir haben es mit einem Aschenputteltäter zu tun. Wäre das kein guter Titel für Ihre Geschichten, Watson? *Das Aschenputtel von Kensington*?«

»Äh ... Ich glaube nicht.«

»Wie Sie wollen. Ganz wie Sie wollen.« Holmes war inzwischen zu Mildred getreten und hielt ihr den Schuh vor die Nase. »Es gibt im gesamten Dienerstab dieses Hauses nur eine einzige Person, die diese Schuhgröße hat. Und mit genau so einem Schuh wurde der Bilderrahmen dort vorn zertreten. Sagen Sie mir, wem der Schuh gehört, und ich sage Ihnen, wer der Täter ist.«

»Booth?«, fragte Mildred und betrachtete den Schuh. Sie wusste, wem er gehörte. Dennoch war sie überrascht. »Meinen Sie wirklich, Mister Holmes?«

»Absolut, absolut«, antwortete er. »Booth.«

»Mein Gärtner!« Lord Archibald keuchte auf. »Nein, das hätte ich niemals vermutet. Booth?«

»Die Spuren lügen nicht, mein lieber Lord«, sagte Holmes. Dann klatschte er in die Hände. Das Thema schien für ihn beendet zu sein. »Also, Lucius? Hast du jetzt endlich mal sehen dürfen, wie ich arbeite, ja? Das freut mich für dich, ganz ehrlich. Noch irgendwelche Fragen?«

»Ja, doch«, sagte der Junge. Eine Sache ging ihm schon die ganze Zeit durch den Kopf: Wenn er und seine Freunde einen Fall zu lösen hatten, gerieten sie immer in gefährliche Situationen. Das ging nie so ruhig und gesittet ab wie bei Sherlock Holmes. »Was täten Sie, wenn dieser Gärtner hier auftauchte? Wenn er Sie angriffe, ohne Vorwarnung?«

»Na, ich würde mich natürlich verteidigen. Ihn außer Gefecht setzen.«

»Sie?«, platzte es aus Lucius heraus. Holmes mochte einen klugen Kopf haben, allzu kräftig und muskulös sah er aber nicht aus. »Und was, wenn Booth eine von Lord Archibalds Waffen auf Sie richtete?«

»Ich kann mich immer verteidigen, Lucius«, betonte der Detektiv. »Gegen jeden Angriff und jeden Gegner.«

Ungläubig sah Lucius ihn an.

Holmes seufzte. »Mir scheint, hier ist eine kleine Demonstration angebracht. Watson, greifen Sie mich an.«

»W...Was?« Der Mediziner blinzelte erschrocken. »Holmes, das ist doch wirklich unnötig. Können wir nicht einfach ...«

»Sie haben den Jungen gehört, Doktor: Er glaubt mir nicht. Außerdem liegen Sie mir schon seit Wochen damit in den Ohren, ich solle Lucius mehr über meine Arbeit beibringen. Also? Dies ist Ihre Chance, mir dabei zu helfen, Watson. Greifen Sie mich an. Für den Jungen.«

Staunend sah Lucius von einem zum anderen. Auch Lord Archibald, Lady Eloise und Mildred folgten dem seltsamen Schauspiel mit verblüffter Faszination.

»Für den Jungen«, wiederholte Watson missmutig. Langsam trottete er auf den Detektiv zu und bückte sich gleichzeitig nach einem der zerbrochenen Schwerter. »Aber tun Sie mir nicht zu sehr weh, Holmes! Ich muss morgen früh in meine Praxis und arbeiten, verstanden? Einen gebrochenen Arm kann ich mir nicht erlauben.«

»Wo denken Sie hin, mein lieber Freund?« Holmes winkte ab. »Ich tue Ihnen doch nicht *weh*.«

»Das sagen Sie immer«, murmelte Watson leise. »Aber immer nur vorher.«

Die beiden Männer standen sich nun gegenüber. Holmes gab sich absolut desinteressiert und sah aus dem Fenster, Watson betrachtete sein abgebrochenes Schwert und machte ein Gesicht wie zehn Tage Regenwetter. Dann, als hätte jemand einen Schalter umgelegt, riss Watson das Schwert in die Höhe. Mit wutverzerrtem Gesicht hielt er auf Sherlock Holmes zu. »Nimm dies, schändlicher Sandoval!«, schrie er dabei. Es sah aus wie vorhin im Theater.

Doch aus dem »Sandoval« wurde ein »Sandovaaaaah«, denn mitten im Wort wirbelte Holmes herum und schlug dem Doktor die Waffe aus der Hand – wahnsinnig schnell und wahnsinnig präzise!

Es klirrte, als das Schwert zu Boden fiel. Watson stand reglos da und starrte verblüfft auf seine nun leere Hand. Dann kam der Schmerz. »Au!«, sagte der Mediziner anklagend und hielt sich das Handgelenk.

Holmes beachtete ihn gar nicht. »Und so«, sagte er an Lucius gewandt, »entwaffnet man einen übermächtig scheinenden Gegner: durch einen einfachen, aber sehr genau gezielten Treffer. Kleiner Aufwand, große Wirkung. Das ist allein eine Frage der Körperbeherrschung, nicht der Körperkraft.« Er hob die Hand zur Stirn. »Köpfchen, Lucius. Das Gehirn ist stets stärker als der Bizeps. Merk dir das.«

»Wenn Sie mich fragen, ist Ihr Bizeps auch ziemlich stark«, jammerte Doktor Watson. Er rieb sich noch immer die Stelle, an der Holmes' Schlag in getroffen hatte. »Das hier wird eine stattliche Schwellung, fürchte ich. Das Gelenk dürfte die nächsten zwei Tage so gut wie unbrauchbar sein.«

»Sie werden es überleben, Watson«, sagte Holmes schlicht. Er trat zu Lord Archibald. »Und auch Sie werden das, Mylord. Was mit Ihrer Sammlung geschah, ist ein Verbrechen und eine Schande, aber wir haben den Täter erfolgreich überführt. Informieren Sie die Polizei. Lassen Sie die Kollegen von Scotland Yard kommen, damit sie dieselben Schlüsse ziehen wie ich. Und dann, das werden Sie sehen, erhält dieser Gärtner namens Booth die Strafe, die er verdient. Gute Nacht, Lord Archibald.«

»G...Gute Nacht, Mister Holmes«, erwiderte der Lord sichtlich überfordert. »Und vielen Dank für Ihre Mühe.«

»Aber, aber, Mylord«, sagte Holmes lässig und, wie Lucius fand, ganz schön selbstverliebt. Die schlechte Laune, die er noch im Theater gezeigt hatte, war wie weggeblasen. Er lächelte breit, als er zur Tür ging. »Ich bitte Sie. Ein simples Rätsel bereitet jemandem wie mir doch keine Mühe …«

KAPITEL 2:

Zwei seltsame Begegnungen

Der nächste Morgen begann mit Nieselregen vor dem Fenster im ersten Stock der Baker Street 221b. Seufzend hievte sich Lucius aus dem Bett. In New York, in Rom, in Shanghai, überall, wo er auf der Welt bereits gewesen war, schien Ende Juni die Sonne. Nur in London regnete es.

Er wusch sich, zog sich an und tappte dann die Treppe hinunter in die Küche, wo er schon Mrs Hudson rumoren hörte. Zu seinem Erstaunen war der Frühstückstisch halb abgeräumt, was allerdings nur bedeutete, dass die Teller der anderen fehlten. Zu essen gab es natürlich reichlich. Und auch eine Kanne mit dampfendem Tee erwartete Lucius.

»Guten Morgen, du Schlafmütze«, begrüßte ihn die mütterliche Hauswirtin. »Bist du endlich aufgewacht.«

»Was heißt endlich?«, fragte Lucius. Sein Blick fiel auf die tickende Küchenuhr an der Wand. Der Stundenzeiger näherte sich merklich der geschwungenen Neun. »Oh, schon so spät?«

Mrs Hudson lachte. »Ja, das Theater gestern muss dich ganz schön erschöpft haben. Aber das macht nichts. Mister Holmes und Doktor Watson haben bereits gegessen, weil sie heute früh Termine in der Stadt haben, aber es gibt noch reichlich für dich. Also setz dich, Lucius, und greif ordentlich zu. Du sollst ja groß und stark werden.«

Während Lucius der Einladung folgte, musste er unwillkürlich lächeln. Mrs Hudson sorgte sich ständig darum, dass er zu wenig zu essen bekam. Dabei hätte er mittlerweile mindestens einen so dicken Bauch wie der gute Doktor Watson, wenn er alles aufessen würde, was sie ihm hinstellte. Zum Glück hatte er ein paar Tricks entwickelt, die es aussehen ließen, als würde er kräftiger reinhauen, als es tatsächlich der Fall war.

»Wie war denn das Theaterstück, das ihr besucht habt?«, fragte Mrs Hudson, als sie Lucius Tee einschenkte.

»Ganz gut – bis zur Pause«, erwiderte Lucius mit vollem Mund. »Aber dann mussten wir gehen, weil Mister Holmes plötzlich einen Fall zu lösen hatte.«

»Einen Fall?«, wiederholte die Hauswirtin erschrocken. »Davon haben mir die Herren gar nichts erzählt. Pfui, das haben sie gewiss mit Absicht getan, damit ich nicht mit ihnen schimpfe, weil sie dich zu einem Ort des Verbrechens mitgenommen haben. Na, die werden beim Mittagessen etwas zu hören bekommen!« Aufgebracht stemmte sie die Hände in die Hüften und sah in Richtung Küchenfenster, als erwarte sie ihre beiden Mieter bereits auf dem Gehweg vor dem Haus.

»Es war überhaupt nicht schlimm«, versicherte ihr Lucius eilig. »Die Waffensammlung irgendeines alten Lords wurde von einem Randalierer kaputt gemacht, weiter nichts. Holmes sagt, der Gärtner sei schuld.«

»Der Gärtner, ja, das passt«, murmelte Mrs Hudson, immer noch ein wenig aufgebracht. »Es sind immer die Gärtner. Oder die Butler. Ich frage mich, was mit diesem Berufsstand nicht stimmt.«

»Na ja, jedenfalls war das Ganze ziemlich langweilig«, fuhr Lucius fort, in dem Versuch, Ärger von Holmes und Watson abzuwenden. Wenn die Männer seinetwegen eine Standpauke bekamen, würden sie ihn nie wieder zu einer Ermittlung mitnehmen. »Mister Holmes ist nur durch den Raum gegangen und hat die Schäden angeschaut, und dann kannte er den Schuldigen auch schon. Ich habe eigentlich kaum etwas von dem verstanden, was er da die ganze Zeit trieb.«

»Ja, Mister Holmes ist schon ein besonderer Mann.« Mrs Hudson seufzte.

Ein lautes Klopfen an der Eingangstür unterbrach ihr Gespräch.

»Das wird Mister M sein!«, rief Lucius und sprang auf. Er freute sich jeden Morgen aufs Neue, wenn Holmes' älterer Bruder Mycroft erschien, um ihn in den Diogenes-Club mitzunehmen.

»Herrje, schon? Und du hast doch kaum etwas gegessen.« Die Hauswirtin schlug verzweifelt die Hände zusammen.

»Das macht nichts«, versicherte ihr Lucius, der schon auf dem Weg zur Tür war. »Ich war auch nicht sehr hungrig.«

»Soll ich dir ein paar Scones einpacken?«, rief sie ihm nach.

»Nicht nötig, danke schön!«, erwiderte er über die Schulter hinweg.

Lucius lief durch den Korridor und öffnete die Tür. Davor stand ein Mann in einem schwarzen Anzug, eine Aktenmappe unter den linken Arm geklemmt und einen Gehstock in der rechten Hand. »Guten Morgen, Lucius«, begrüßte Mycroft Holmes den Jungen gut gelaunt. »Bist du startklar?«

»Ja, Sir«, bestätigte Lucius eifrig nickend. »Ich hole nur rasch meine Jacke.«

Wenig später saßen die beiden in der Dampfdroschke, die sie zum Diogenes-Club unten an der Themse brachte. Auch Mycroft wollte natürlich wissen, wie Lucius den letzten Abend verbracht hatte. Als Lucius ihm erzählte, was geschehen war, lachte er. »Das ist mein Bruder, wie er leibt und lebt. Es wundert mich, dass er überhaupt ins Theater gegangen ist. Im letzten Jahr hat er seine Karten dem Milchmann geschenkt. Der alte Bursche dürfte ganz schön dumm geschaut haben. Vermutlich ging sein Kunstgenuss bis dahin nie über einen Feuerspucker oder einen Zauberkünstler auf einem Jahrmarkt hinaus.« Er lachte noch lauter.

»Ich mag Feuerspucker und Zauberkünstler«, bemerkte Lucius, der das Gefühl hatte, seine Mutter und ihre Bühnenfreunde verteidigen zu müssen.

»Selbstverständlich.« Der große Mann gluckste und wischte sich eine Lachträne aus dem Augenwinkel. »Bitte verzeih mir, Lucius. Ich wollte nicht abfällig klingen. Ich weiß, dass deine Mutter als Bühnenzauberin arbeitet. Tatsächlich habe ich sie einmal hier in London auftreten sehen. Ich war sehr beeindruckt von ihrer Fähigkeit, die Menschen zu täuschen.«

»Sie haben Mom auf der Bühne gesehen?« Aufgeregt richtete Lucius sich auf seinem Platz auf. »Davon haben Sie noch nie etwas erzählt. Wann war das?«

Mycroft Holmes lächelte. »Oh, das muss an die zehn Jahre her sein. Nein, dreizehn waren es, um genau zu sein. Irene hielt sich für eine Weile in London auf und …«

In diesem Augenblick passierte es. Einem reinen Zufall war es zu verdanken, dass Lucius – während sein Gegenüber sprach – kurz aus dem Seitenfenster der Dampfdroschke schaute. Er sah die Backsteinreihenhäuser, die draußen vorbeizogen, die Bäume und die Menschen, die dem Nieselregen kaum Beachtung schenkten, denn ein einfacher Nieselregen galt in London bereits als halber Sonnenschein.

Und er erblickte die Dampfdroschke, die auf einmal an ihnen vorbeifuhr. Es handelte sich um ein Gefährt, das dem sehr ähnlich war, in dem Lucius saß. Zugpferde wie bei einer gewöhnlichen Kutsche gab es keine. Die Dampfdroschken wurden alle durch einen brodelnden Kessel im Heck angetrieben. Aber auf dem Kutschbock saß ein auf Hochglanz polierter Automatenmann, der das Fahrzeug lenkte. Das war für Lucius kein ungewöhnlicher Anblick. Obwohl viele Kutschen nach wie vor von Menschen gesteuert wurden, waren die Automatenlenker gerade bei Fuhrunternehmen, die sich modern geben wollten, sehr beliebt.

Die Droschke hatte eine geschlossene Kabine mit großen Fenstern, durch die man nach draußen schauen konnte, ohne während der Fahrt nass zu werden. Durch eines der von einem feinen Wasserschleier benetzten Fenster aber blickte, genau wie Lucius in diesem Moment, eine Frau. Eine Frau, die er unter Tausenden wiedererkannt hätte. Sie hatte gewelltes, dunkelbraunes Haar, ein schönes, adlig wirkendes Gesicht und trug ein schwarzes Kostüm.

Sein Herzschlag setzte für einen Moment aus und seine Augen weiteten sich vor Überraschung. »Mom?«, flüsterte er.

Eine Sekunde später war die Dampfdroschke an ihnen vorbeigefahren.

Er spürte eine Hand auf seiner Schulter, und als er sich umdrehte, sah Mycroft Holmes ihn fragend an. »Ist alles in Ordnung, Lucius? Meine Güte, du machst den Eindruck, als hättest du einen Geist gesehen.«

»Nein, keinen Geist«, erwiderte Lucius. »Meine Mutter.« Hastig stand er auf und hämmerte gegen die vordere Wand der Kabine. »Anhalten! Bitte halten Sie an.«

Schnaufend und fauchend blieb das Gefährt stehen. Das kleine Fenster zum Kutschbock öffnete sich und ihr Fahrer, ein grauhaariger Bediensteter des Diogenes-Clubs, blickte ihn überrascht an. »Gibt es ein Problem?«, fragte er, doch Lucius hörte ihn kaum noch. Denn sowie die Droschke angehalten hatte, riss er bereits die Kabinentür auf und sprang auf die Straße.

Wasser spritzte, als er mit den Füßen direkt in einer Pfütze landete. Aber auch das bemerkte Lucius kaum. Aufgeregt wirbelte er herum, und sein Blick huschte über die Straße, die sie soeben entlanggefahren waren. Er biss sich auf die

Unterlippe und fluchte leise. Sie waren auf eine der großen Verkehrsstraßen von London unweit des Trafalgar Square abgebogen. Dementsprechend war hier weit mehr als bloß *eine* Dampfdroschke unterwegs. Lucius erblickte mindestens ein Dutzend. Und sie alle sahen irgendwie gleich aus. Er kniff die Augen zusammen und versuchte, den Automatenlenker ausfindig zu machen, der Irenes Gefährt steuerte. Doch der saß natürlich vor der Gastkabine und war von hinten kaum zu erkennen.

Direkt neben Lucius fuhr eine weitere Dampfdroschke vorbei. Ihr Kutscher hupte laut, um den verrückten Jungen wegzuscheuchen, der einfach so mitten auf der Straße stand. Hinter ihnen stauten sich unterdessen bereits zwei weitere Gefährte, und einer der menschlichen Kutscher hob mit ungeduldiger Miene die Hände.

»Lucius, was ist los?«, fragte Mycroft, der in der Kabinentür erschien.

»Meine Mom«, erwiderte Lucius. »Ich habe eben meine Mom gesehen. In einer Dampfdroschke, hier in London.«

»Wie bitte?« Sherlocks Bruder machte ein verdutztes Gesicht. »Das ist unmöglich, Lucius. Deine Mutter weilt in Prag. Das hat sie uns geschrieben« Tatsächlich hatte Irene ihm vor einiger Zeit einen Brief in die Baker Street geschickt, in dem sie ihm ihren gegenwärtigen Aufenthaltsort verraten hatte.

»Aber der Brief ist schon mehr als einen Monat alt«, hielt Lucius dagegen. »Sie könnte längst wieder hier sein.«

»Und das, ohne sich bei dir zu melden?« Mycroft Holmes

schüttelte den Kopf. »Das kann ich mir nicht vorstellen. Du musst dich getäuscht haben, Lucius. Es gibt gewiss Frauen in London, die deiner Mutter ähnlich sehen, vor allem, wenn man sie nur im Vorbeifahren hinter einer verregneten Fensterscheibe sieht.« Mit einem mitfühlenden Lächeln streckte er die Hand aus. »Komm wieder in die Droschke. Wir halten den ganzen Verkehr auf. Wer auch immer in dieser Kutsche saß, er ist jetzt schon eine halbe Meile weiter. Den finden wir nicht mehr.«

Lucius warf einen weiteren Blick die Straße hinunter. Widerstrebend musste er dem älteren Mann recht geben. Es hatte keinen Zweck, hier herumzustehen. Die Droschke, die er eben nur für einen kurzen Moment gesehen hatte, war fort. Und mit ihr seine Mutter. Oder hatte Mycroft vielleicht recht? Hatte er versehentlich eine Fremde für Irene Adler gehalten?

Zögernd stieg er wieder in die Kabine ein, und Mycroft ließ ihr Gefährt weiterfahren. Der korpulente Mann legte Lucius eine Hand auf die Schulter. »Es tut mir leid, mein Junge. Ich glaube gerne, dass du dir wünschst, deine Mutter wäre wieder bei dir. Aber betrachte das Ganze mal mit dem Abstand und der sachlichen Ruhe, die mein Bruder Sherlock in so einem Fall an den Tag legen würde: Wäre deine Mutter wirklich nach London zurückgekehrt, müsste sie ja mit dem Schiff eingetroffen sein. Wir haben jetzt aber kurz nach neun Uhr am Morgen. Um diese Uhrzeit laufen keine Schiffe im Hafen ein. Das heißt, sie müsste die Stadt schon gestern Nachmittag erreicht haben. Aber warum hat sie euch dann nicht abends in der Baker Street aufgesucht, hm? Das ergibt doch keinen Sinn.«

Obwohl es ihm nicht gefiel, musste Lucius sich eingestehen, dass die Worte von Sherlocks Bruder vernünftig klangen. Tatsächlich war es viel wahrscheinlicher, dass er eine Frau, die seiner Mutter ähnelte, gesehen hatte, als dass sich Irene Adler heimlich in der Stadt aufhielt, ohne nach ihrem Sohn zu schauen. Lucius stieß einen tiefen Seufzer aus und nickte. Bedrückt sah er aus dem Fenster, vor dem erneut die Häuser, die Bäume und die Menschen vorbeizogen.

Was Mycroft sagte, schien stimmig. Aber Sehnsucht blieb Sehnsucht, und Lucius wünschte sich nichts mehr, als dass Mister M sich irrte. Wenigstens dieses eine Mal.

Kurz darauf erreichten sie den Diogenes-Club, Mycroft Holmes' zweites Wohnzimmer, wie er ihn immer nannte. Hier fanden sich ehrwürdige Bürger Londons ein – Gelehrte, verdiente Offiziere, erfolgreiche Kaufleute und Adlige –, um ein wenig Entspannung vom Trubel des Alltags zu genießen. Schweigend saßen sie in den hohen Ohrensesseln, lasen Zeitung, tranken Tee oder blickten mit vor dem Bauch gefalteten Händen einfach nachdenklich ins Leere. Ruhe war das oberste Gebot im Diogenes-Club, weswegen eine der wenigen Hausregeln besagte, dass im Inneren nicht gesprochen werden durfte und man sich auch sonst so still wie möglich verhalten sollte.

Zu Lucius und seinen Freunden passte diese Regel natürlich überhaupt nicht. Deswegen hatte man für die Kinder derjenigen Gäste, die manchmal ihre Sprösslinge mitbringen mussten, ein Zimmer oben in dem kleinen Turm eingerichtet, der das Gebäude unweit des Themse-Ufers überragte. Der viereckige Raum mit den vielen Fenstern und der Kuppeldecke war ihr Reich. Hier durften sie sich inmitten ausrangierter Möbel und allerlei angeschleppter Andenken nach Herzenslust austoben.

Lucius liebte das heimelige Chaos, das in diesen vier Wänden herrschte: die afrikanischen Stammesmasken, die dort aufgehängt waren, das Löwenfell vor einem der Sessel, die indischen Decken, die herumliegenden illustrierten Magazine und Harold Cavors vor Tiegeln, Glasflaschen und Zahnrädern überquellende Werkbank, auf der auch seine selbst gebaute Spezialteemaschine stand. Das war das »Rabennest«, Lucius' *wahre* Heimat in London.

Als er heute über die Schwelle in das Turmzimmer trat, waren bloß Theodosia Paddington und Sebastian Quatermain anwesend. Das Mädchen, das alle Theo nannten, kleidete sich gerne in bunte fließende Gewänder aus indischer Seide, weil es mit seinem Vater, einem Colonel der Britischen Armee, lange in Indien gelebt hatte. Sebastian wiederum trug meist eine abgewetzte Lederjacke und feste Hosen, als wäre er soeben erst aus der Wildnis gekommen.

Im Augenblick saß Theo auf den Schultern des blonden, kräftigen Jungen und hielt einen Besenstil in der Hand. Damit angelte sie verzweifelt nach einer ballgroßen Metallkugel, die unter der Decke schwebte. Ein blaues Glühen drang aus Schlitzen an der Unterseite der Kugel.

»Was macht ihr da?«, fragte Lucius erstaunt.

»Sieht man das nicht?«, ächzte Sebastian, während Theo sich auf seinen Schultern streckte und mit dem Ende des Besens nach den Lamellen schlug, mit denen man die Schlitze öffnen und schließen konnte. »Wir versuchen, die blöde Kugel wieder einzusammeln.«

»Schon klar, aber wie kommt die Kugel überhaupt unter die Zimmerdecke?«

Lucius wusste, dass die Kugel Harold gehörte. Der hatte sie von seinem Onkel erhalten, Professor Joseph Cavor, einem Mann, der den verrückten Plan hegte, als erster Mensch zum Mond zu fliegen. Dafür entwickelte Professor Cavor bereits seit Monaten eine Mondkapsel – und dies hier war ein verkleinertes Modell. Normalerweise schwebte es allerdings an einem Seil befestigt über Harolds Werkbank.

Sebastian nickte nach oben. »Gute Frage. Theo?«

»Es ist nicht meine Schuld«, verteidigte sich das Mädchen. »Harold sollte keine Sandwiches vom Vortag auf seiner Werkbank liegen lassen.«

»Ich verstehe nur Bahnhof«, gestand Lucius.

»Theos dumme Schlange ist auf die Werkbank gekrochen, um sich ein zweites Frühstück zu gönnen«, erklärte Sebastian. »Dabei hat sie mit ihrem Körper versehentlich die Lamellen der Kugel geöffnet, die dort auf der Bank lag. Und schwupps war das Ding unter der Decke.«

»Miss Sophie ist nicht dumm«, tadelte Theo ihn. »Aber du kannst nicht von ihr erwarten, dass sie ein saftiges Hühnchensandwich verschmäht, das jemand vor ihrer Nase platziert. Sie ist eine Schlange, kein Mönch!«

»Ja, ja, schon gut«, brummte Sebastian. »Hol die Kugel einfach wieder runter. Und zapple nicht so auf meinen Schultern, sonst falle ich mit uns beiden um.«

»Ich bemühe mich ja«, verteidigte sich Theo.

Lucius' Blick wanderte zu der vollgestellten Werkbank. Tatsächlich ruhte dort der fast sieben Fuß lange Leib des jungen Tigerpythonweibchens, das Theodosia Paddington ihr Haustier nannte und abgöttisch liebte. Miss Sophies Kopf lag auf einem von Harolds Büchern, und die Schlange wirkte extrem entspannt, während sie offensichtlich ihre Mahlzeit verdaute.

»Aber ist die Kugel nicht normalerweise festgebunden?«, wunderte sich Lucius.

»Ist sie«, bestätige Sebastian. »Nur heute eben nicht. Harold muss daran gebastelt haben. Was weiß ich.«

»Hab sie!«, rief Theo, als sie mit dem Ende des Besenstiels die Lamellen traf. Diese klappten daraufhin zu, und die Kugel fiel wie ein Stein zu Boden.

Rasch sprang Lucius hinzu und fing sie auf. »Uff!«, entfuhr es ihm. Die Kugel war weit schwerer, als er angenommen hatte. Er wollte sie wieder auf der Werkbank deponieren, zögerte jedoch, weil dort Miss Sophie lag. »Äh …«

Hinter ihm beugte sich Sebastian vor, und Theo rutschte von seinen Schultern. Das Mädchen strich sich über das violette Seidengewand, bevor es mit belustigter Miene auf Lucius zukam. »Du brauchst keine Angst vor Miss Sophie zu haben. Sie tut nichts. Hat sie doch noch nie!«

»Ich habe auch keine Angst«, gab Lucius zurück, wenngleich das nicht ganz stimmte. »Ich will ihr bloß nicht ... die Kugel versehentlich auf den Schwanz legen. Die ist nämlich schwer.«

»Dann nehme ich sie wohl besser mal weg.« Geschickt ergriff das Mädchen die Schlange und legte sie sich völlig furchtlos um den Hals. Manchmal staunte Lucius über Theo. Sie wirkte so zart, aber in Wirklichkeit stand sie den Jungs in Sachen Mut und Abenteuerlust in nichts nach – eher im Gegenteil.

Dankbar nickte Lucius ihr zu, bevor er Harolds Kugel wieder auf die Werkbank legte und an dem Sicherungsseil befestigte. »Wo ist Harold eigentlich?«, fragte er dabei. »Sonst sitzt er doch meist als Erster im Rabennest. Heute ist er spät dran.«

Er hatte die Worte kaum ausgesprochen, als auf der anderen Raumseite die Tür zum Treppenhaus geöffnet wurde. Lucius drehte sich um, weil er Harold begrüßen wollte, und riss die Augen auf, als etwas ganz anderes in den Raum gestapft kam.

Der Automatenmann erweckte den Eindruck, als hätte jemand Teile von Schiffsrümpfen, Ofenrohre und anderes schweres Metall auf seine Glieder genietet. Der klobige, tonnenförmige Kopf erinnerte an den Topfhelm einer Ritterrüstung. Dampf quoll aus allen Nähten, und er schepperte und fauchte bedrohlich, als er näher kam.

»He!«, entfuhr es Sebastian erschrocken. »Wer hat den denn reingelassen?«

»Guten Morgen, Master Sebastian«, begrüßte die Maschine den Jungen. »Wie geht es Ihnen?« Ihre Stimme klang blechern und hohl, aber am Tonfall erkannte Lucius sofort, wem sie gehörte.

»James?«, fragte er ungläubig und ging auf den schwer gepanzerten Automatenmann zu.

»Kein anderer«, antwortete Harold für seinen Begleiter, als er hinter ihm zur Tür hereinspaziert kam. Der schmächtige Junge schob sich die Nickelbrille die Nase hinauf und grinste. »Gut, nicht wahr?«

»Meine Güte, Harold, was hast du getan?« Auch Theo trat näher, halb staunend, halb erschrocken. Miss Sophie lag dabei noch immer über ihrer Schulter.

Der junge Erfinder legte eine Hand auf James' Arm. »Ich habe James ein wenig aufgerüstet. Nun ist er nicht mehr nur ein Automatenbutler, sondern ein Automaten*kampf*butler. Oder ein Automatenbutlerkämpfer. Oder ein Kampfautomatenbut...«

»Wir haben's schon begriffen«, unterbrach ihn Lucius. »Aber warum hast du James so verunstaltet?«

»Wisst ihr«, sagte Harold, während er zu einem der Sessel schlenderte und sich hineinplumpsen ließ, »ich hatte die Idee schon vor ein paar Wochen. Seit wir für Mister M seltsamen Begebenheiten in London nachspüren, sind wir schon mehrfach in brenzlige Situationen geraten. Und mehr als einmal haben wir uns gewünscht, wir hätten jemanden, der uns vor all den bösen Schurken beschützt. Nun ja, und jetzt habe ich mich endlich mal hingesetzt und dafür gesorgt, dass wir zukünftig keine Angst mehr vor einem Kerl mit einem Revolver haben müssen.« Auffordernd sah er zu dem Maschinenmann. »James, zeig mal, was du draufhast.«

Der Automatenbutler, der vor gut eineinhalb Jahren vom Blitz getroffen worden war und sich seitdem beinahe wie ein lebendiges Wesen verhielt, bewegte sich unschlüssig hin und her. »Möchten Sie das wirklich, Master Harold? Ich halte es für nicht ratsam, diese Waffe im Rabennest einzusetzen.«

Harold winkte ab. »Unsinn. Schieß einfach auf eine von den hässlichen Masken.«

Stampfend wandte sich James der Wand zu. »Ojemine, das nimmt kein gutes Ende«, murmelte er seufzend. Er hob den rechten Arm, und seine Hand klappte nach unten. Eine Metallspitze schob sich aus dem Arm. Der Automatenbutler zielte, dann krachte es laut, und ein blauer Entladungsblitz zuckte mehrere Schritt weit durch den Raum, bevor er die Maske traf und von der Wand sprengte. Klappernd und rauchend landete das frisch zerstörte Stammesrelikt auf dem Boden.

»Du hast den Blitzschocker in James eingebaut?«, staunte Lucius. Der Blitzschocker war neben der Spezialteemaschine noch so eine Erfindung von Harold. Man konnte damit prima

Leute bewusstlos machen, wenn es nötig war. Allerdings war die Waffe alles andere als ungefährlich, wie Lucius selbst schon festgestellt hatte.

»Und nicht nur das.« Harold strahlte. »Die Verschwindetrickkugeln von deiner Mutter habe ich auch endlich nachbauen können, Lucius. Also zumindest mehr oder weniger. Sie blitzen irgendwie nicht richtig, aber dafür qualmen sie umso mehr. Auch nicht schlecht. Den Werfer dafür habe ich in James' Brust eingebaut. Wollt ihr ihn sehen?«

»Um Himmels willen, nein«, wehrte Theo ab. Auch sie erinnerte sich noch sehr gut an die kleinen Kügelchen, die zu Irene Adlers wichtigsten Bühnentricks gehörten. »James, fahr sofort den Blitzschocker wieder ein.«

»Sehr gerne, Miss Theodosia«, sagte James und gehorchte. Klackend nahm seine Hand wieder ihren alten Platz ein.

Beschwörend sah Theo Harold an. »Wenn die stillen Männer da unten mitbekommen, was du mit in den Club gebracht hast, kriegen wir riesigen Ärger. Also halte dich lieber zurück.«

»Aber sie haben James doch schon gesehen«, wandte Harold ein.

»Die Schepperrüstung vielleicht, aber nicht die ganzen gefährlichen Spielereien. Mit so einem Automatenmann könnte man Krieg führen!«

Lucius musste plötzlich wieder an Lord Archibalds Waffensammlung denken. Die hatte ihm nicht sonderlich gefallen, und James' neues Äußeres gefiel ihm auch nicht.

»Krieg?« James ließ ein entsetztes Dampfwölkchen aus der

Brust entweichen. Er hob die Arme und nahm den Topfhelm ab, der tatsächlich nur ein Helm war. Darunter kam James' eigener Kopf – schmal, leicht rostig und mit großen, warm glühenden Augen – zum Vorschein. Als er fortfuhr, lag ein Anflug von Panik in seiner künstlichen Stimme. »Aber nein, Miss Theodosia. Ich bin nicht dafür geschaffen, Krieg zu führen. Ich möchte doch bloß Tee servieren, Ihnen mit meinem umfangreichen Wissensschatz zur Seite stehen und gelegentlich Miss Sophie hüten.«

Vorwurfsvoll sah Theo zu Harold, sprach aber weiter zu James. »Ich weiß das, und du weißt das, aber Harold scheint es vergessen zu haben.«

»Also, ich finde diese Rüstung ziemlich gut«, mischte sich Sebastian ein. »So sieht James richtig beeindruckend aus. Wenn wir den bei uns haben, machen sich die Schurken vor Angst in die Hosen.« Er grinste.

»Sag ich doch«, pflichtete Harold ihm trotzig bei.

Theo verdrehte die Augen. »Jungs und Kriegsspielzeuge. Es ist immer das Gleiche.«

»Lass es gut sein, Theo«, mischte Lucius sich ein. »Schließlich hat Harold James gebaut. Wenn er ihn aufrüsten will, ist das seine Sache. Ob wir es mögen oder nicht.«

»Hmpf«, murmelte das Mädchen.

Sebastian klatschte tatendurstig in die Hände. »Was machen wir heute eigentlich?«, versuchte er das Thema zu wechseln. »Geht irgendetwas Ungewöhnliches in London vor?« Fragend blickte er in die Runde.

Die anderen zuckten mit den Schultern. »Es ist ziemlich ruhig«, meinte Lucius. »Alle Hexen und Geister scheinen Sommerferien zu machen.«

»Wisst ihr was?«, sagte Harold. »Nicht nur die Geister haben Ferien, auch meine Eltern sind mit Arbeitskollegen meines Vaters weggefahren. Das heißt, bei uns ist bis heute Abend niemand zu Hause. Hättet ihr Lust, mit zu mir zu kommen? Ich zeige euch meine Werkstatt und die von meinem Vater. Das wird bestimmt lustig.«

Lucius nickte. »Klar, warum nicht?« Er war noch nie bei einem der anderen zu Besuch gewesen, und er war neugierig darauf zu sehen, wie Harold so lebte.

Auch die anderen stimmten zu. »Aber Miss Sophie lasse ich lieber hier«, sagte Theo. »Nicht, dass sie irgendwo ein weiteres herumliegendes Hühnchensandwich findet.«

»Hühnchensandwich?« Verständnislos starrte Harold sie an.

»Wenn du allein zu Hause bist, ist die Vorstellung nicht so abwegig.«

»Versteht ihr, was sie meint?«, wandte sich der junge Erfinder an Lucius und Sebastian.

Grinsend legte Lucius ihm die Hand auf die Schulter. »Das erzählen wir dir auf der Fahrt.«

KAPITEL 3:

Im Hause Cavor

»Hier wohnt ihr?« Ungläubig riss Lucius die Augen auf.

Sie standen genau dort, wo er gestern Abend schon einmal gestanden hatte: auf der Straße im cdlen Londoner Stadtteil Kensington. Bloß schauten sie diesmal nicht auf das prachtvolle Anwesen von Lord Archibald, sondern auf das Haus links neben Gwynnemoore Hall.

Sowohl das Grundstück als auch das Gebäude waren merklich kleiner. Trotzdem ließ beides – zumindest von der Größe her – die Wohnung in der Baker Street wie eine ärmliche Absteige aussehen. Zwei Stockwerke ragte das Bauwerk vor ihnen auf, und darüber gab es noch ein Dach mit vielen Erkern und Winkeln und sogar zwei Türmchen. Einer von diesen wies eine kuppelförmige Spitze auf, die man augenscheinlich öffnen konnte.

»Ist das eine kleine Sternwarte?«, wollte Sebastian wissen, dem ebenso wie Lucius vor Staunen der Mund offen stand.

Harold nickte. »Ja, mein Vater hat ein Teleskop, mit dem er gerne den Mond beobachtet. Er hat es sich damals gekauft, als Onkel Joseph mit seinen Mondflugplänen Ernst machte.«

Auch ansonsten war nicht zu übersehen, dass in dem Haus Menschen wohnten, die dem Fortschritt gegenüber in jeder

Hinsicht aufgeschlossen waren. Auf dem Dach ragten mehrere große Drahtkonstruktionen empor, deren Zweck sich Lucius nicht einmal vorstellen konnte. Hinter mindestens zwei Fenstern blinkten Lämpchen, als gäbe es elektrifiziertes Licht im Heim der Cavors – etwas, wovon Lucius überzeugt war. Ein leises Stampfen und Qualmen hinter dem Bauwerk legte das Vorhandensein einer privaten Dampfmaschine nahe. Und im Garten vor dem Haus stakste ein elegant wirkender Automatenmann umher und pflegte die Blumenbeete.

Lucius stemmte die Hände in die Hüfte. »Junge, Junge, Harold. Ich muss schon sagen, ich bin beeindruckt. Es scheint sich zu lohnen, Automatenmenschen zu bauen.«

Etwas verlegen kratzte sich Harold am Kopf. »Na ja, ein bisschen Geld haben meine Eltern schon verdient, nehme ich an. Aber mein Vater sagt immer, darüber redet man nicht.«

»Schon gut.« Lucius winkte ab. »Ist ja auch wirklich nicht wichtig. Gehen wir rein?«

»Aber klar!« Unter Harolds Führung durchquerten die Freunde – James hatten sie bei Miss Sophie im Club zurückgelassen – den Garten und gingen zur Tür. Harold klopfte. Nach wenigen Augenblicken wurden Schritte laut und die Tür öffnete sich. Ein Automatenbutler, dessen Körper mit polierten Bronzeplatten und Edelholz verkleidet war, kam zum Vorschein. »Guten Tag, Master Harold. Sie sind früh wieder aus dem Diogenes-Club zurück.« Seine kreisrunden, goldgelb glühenden Augen richteten sich auf die anderen. »Und Sie bringen Freunde mit. Wie angenehm.«

»Das ist Alfred«, stellte Harold den Butler vor. »Mein Vater hat ihn gebaut. Ein Einzelstück natürlich, wie jeder Automatenmann aus der berühmten Automatenmanufaktur Cavor.«

Sebastian stieß einen anerkennenden Pfiff aus. »Na, der sieht wirklich viel edler aus als alles, was sonst so auf den Straßen Londons herumläuft.«

»Nicht wahr?« Harold lächelte stolz. »Mein Vater baut die besten Automatenmenschen von ganz England. Und sie sehen nicht nur gut aus, sondern haben auch den modernsten Steuerkern, den man sich vorstellen kann. Gegen Alfred ist so ein Dampfdroschenkutscher wirklich eine Mülltonne auf zwei Beinen.«

Alfred neigte den Kopf ein wenig, und seine Augen flackerten. »Hören Sie auf, Master Harold. Sie machen mich ganz verlegen.« Er blickte die anderen an. »Wären Sie so freundlich, mir Ihre Begleiter vorzustellen?«

»Klar«, antwortete Harold. »Das sind Lucius, Sebastian und Theo.«

»Hallo, Alfred«, sagte Lucius.

»Schön, dich kennenzulernen«, fügte Theo hinzu, und Sebastian tippte sich mit zwei Fingern grüßend an die Stirn.

»Sehr erfreut«, erwiderte der Automatenbutler. »Bitte kommen Sie herein, junge Herrschaften. Ich werde mich gleich in die Küche begeben, um Ihnen einen Eistee zuzubereiten.« Mit diesen Worten drehte er sich um und schritt steif, aber ohne jedes Quietschen oder Fauchen, wie sie es von James gewöhnt waren, davon.

»Mensch, Harold«, staunte Sebastian. »Dein Vater ist wirklich ein Genie!«

»Kein Wunder«, gab Harold zurück, als sie über die Schwelle traten. »Er hat sein Leben lang nichts anderes gemacht, als Automatenmenschen und ihre simpleren Vorgänger zu bauen. Er ist mächtig stolz auf jeden einzelnen, aber wenn ihr mich fragt, kommt keiner von ihnen an James heran.«

»Natürlich nicht.« Lucius feixte. »Niemand ist wie James, so viel steht fest.«

Sie gingen durch den breiten Korridor an einem ebenfalls künstlichen Dienstmädchen vorbei, das gerade ein paar Bilder abstaubte. »Mein Zimmer ist oben«, verkündete Harold und wandte sich einer breiten Treppe zu. Er hob die Stimme. »Alfred! Wir sind bei mir!«

»Sehr wohl, Master Harold«, drang die Antwort aus einem Raum am Ende des Korridors, der die Küche sein musste.

»Habt ihr nur Automaten als Personal?«, wollte Theo wissen.

»Na, was denkst du denn?«, gab Harold zurück. »Wozu brauchen wir Menschen hier im Haus, wenn wir Alfred, Ada und George haben? Menschen brauchen ein Bett, etwas zu essen, Freizeit; sie kosten Geld und machen Fehler bei der Arbeit, weil sie müde sind oder keine Lust haben oder sie irgendetwas ablenkt. Automatenbutler dagegen sind genügsam. Sie haben keine Launen und funktionieren immer gleich gut. Außerdem sind sie eine sehr angenehme Gesellschaft.«

Lucius grinste. »Du solltest bei deinem Vater als Verkäufer einsteigen. Aber bei uns kannst du dir die Mühe sparen. Von uns hat keiner genug Geld, um sich einen Butler zu leisten, egal ob Mensch oder Maschine.«

»Ich wundere mich, dass du mit deinem Vater damals in den Diogenes-Club gekommen bist«, sagte Theo. »Du klingst, als wären dir Automaten lieber als echte Leute.«

Harold warf den anderen einen verlegenen Seitenblick zu. »Ich hatte früher auch nicht viele echte Freunde, also zumindest nicht im meinem Alter. Für die zwei oder drei Nachbarskinder war ich zu schlau. Die wollten nicht mit mir spielen. Deshalb habe ich mir ja James gebaut. Um einen richtigen Freund zu haben. Aber, na ja, als dann mein Vater irgendwann erzählte, dass ein Colonel Paddington seine Tochter in den Club mitgebracht hätte, da ... äh ... Also, meine Mutter meinte, ich wäre jetzt im richtigen Alter, um auch mal ... also ...«

»Ein Mädchen kennenzulernen?«, half ihm Sebastian liebenswürdig aus.

Lucius grinste und wechselte einen wissenden Blick mit ihm.

»Nein!«, rief Harold schnell und wurde rot dabei. »Um unter Menschen zu gehen. Um zu lernen, mit Gleichaltrigen etwas zu unternehmen.«

»Na, was ein Glück, dass ich bald dazukam.« Sebastian zwinkerte Lucius zu. »Von Unternehmungen war nämlich keine Rede, als wir uns im Rabennest trafen. Theo hat gestickt, und Harold hat gelesen, und zwischen ihnen war ein großer, weiter Raum.«

»Gar nicht wahr«, murrte das Mädchen. »Wir haben auch mal was zusammen gemacht.«

»Stimmt, wir waren im Naturkundemuseum«, fügte Harold eifrig hinzu.

»Du bist so ein Partylöwe, Harold«, spottete Sebastian freundschaftlich.

Sie erreichten den Korridor im ersten Stock, und Harold führte sie um die Ecke und an der Treppe zum Dachgeschoss vorbei zu einem Raum auf der linken Seite. Er schob die nur angelehnte Tür auf und machte eine einladende Geste. »Hereinspaziert in mein Reich.«

Neugierig trat Lucius an ihm vorbei. Er erwartete ein Jungenzimmer vorzufinden, mit einem Bett, einem Kleiderschrank, vielleicht ein paar illustrierten Magazinen auf der Anrichte, einem gerahmten Bild von einem Luftschiff an der Wand und einem Musikinstrument auf einem Ständer in der Ecke.

Stattdessen betrat er das reinste Chaos. An zwei von vier Wänden erstreckten sich lange Werkbänke, die wie eine Fortsetzung von Harolds Arbeitsbereich im Rabennest aussahen. Kolben, die an Metallstäben festgeschraubt waren, Reagenzgläser in Holzständern, Werkzeuge sowie Sortierkisten voller Schrauben, Zahnräder und anderen Bauteilen standen überall darauf herum. Vor der dritten Wand erhob sich eine Art Operationstisch, auf dem man wohl einen Automatenmann festschnallen konnte, wenn man Reparaturen an ihm vornahm. Scharniere und ein kompliziertes Gurtsystem erlaubten unterschiedlichste Lageveränderungen. Unter der Decke hingen Metallrohre, auf die Schläuche und allerhand Draht aufgerollt waren. Außerdem gab es ein Lesepult und ein Bücherregal, eine Schiefertafel voller Gekritzel, und an allen Wänden hingen Risszeichnungen.

Theo holte scharf Luft. »Meine Güte, Harold! Mit *der* Unordnung kommst du bei deinen Eltern durch?«

Harold verschränkte die Arme vor der Brust. »Ich bin Erfinder«, verteidigte er sich. »So muss ein Erfinderzimmer aussehen.«

»Und du schläfst auf dem Ding, oder was?«, fragte Sebastian und deutete grinsend in Richtung Operationstisch.

»Unsinn.« Harold verdrehte die Augen. »Mein Schlafzimmer liegt auf der anderen Gangseite. Aber da ist nichts außer meinem Bett und einem Kleiderschrank drin. Da halte ich mich bloß zum Schlafen auf. Hier verbringe ich alle übrige Zeit – wenn ich nicht gerade im Rabennest bin.«

»He, was ist das denn?«, fragte Theo. Sie hatte eine Kiste unter der rechten Werkbank erspäht, aus der vier kleine Metallbeine ragten. »Ist das ein Automatentier?«

»Ach, das war mein erster Plan, uns zu etwas mehr Schlagkraft zu verhelfen«, antwortete Harold und zog das offensichtlich unfertige Bauprojekt hervor.

»Ein künstlicher Wachhund«, erkannte Sebastian.

Harold nickte. »Ja. Ich habe ihn mir vom Schrottplatz geholt. Aber ich kriege den Steuerkern nicht mehr zum Laufen, und es erschien mir einfacher, James aufzurüsten, als einen neuen Steuerkern zu programmieren. Denn dazu hätte ich die Hilfe meines Vaters gebraucht.«

Anerkennend ließ Lucius seinen Blick über das Durcheinander gleiten. »Harold, mein Freund, ich bin beeindruckt – und neidisch. Wenn ich da an mein Zimmer in der Baker Street denke ... Und in Holmes' Labor darf ich selbst dann kaum einen Fuß setzen, wenn er dabei ist. Dass er mich dort alleine experimentieren ließe, ist völlig ausgeschlossen.«

Harold griff nach einem Bauteil, das neben ihm auf der Werkbank lag, und drehte es in den Händen. »Ganz aus Freundlichkeit lässt mich mein Vater hier auch nicht basteln. Natürlich will er, dass ich möglichst viel über Automaten lerne, damit ich in zehn Jahren oder so in seine Manufaktur einsteige. Automaten aus dem Hause Cavor haben schließlich einen gewissen Ruf. Der soll so lange wie möglich erhalten bleiben.«

Lucius runzelte die Stirn. Das klang, als wäre Harold darüber nicht ganz so glücklich. »Willst du das denn nicht?«, fragte er. »Ich dachte immer, Automatenbauen wäre das, was du am liebsten machst.«

»Ja, schon. Aber doch nicht nur.« Harold hob den Kopf und verzog das Gesicht. »Wann soll ich denn meine Spezialteemaschinen und meine Blitzschocker und all die anderen Sachen erfinden, die mir noch im Kopf herumspuken, wenn ich immer nur künstliche Diener für reiche Kunden baue? Wisst ihr, mein Vater geht in seiner Arbeit voll auf. Der liebt den Bau von Automaten so wie ein Schweizer Uhrmacher seine Uhren. Aber mir ist es egal, wie James aussieht – solange er nur möglichst viele tolle Sachen kann. Ich bin Erfinder, kein Kunsthandwerker.«

Nachdenklich nickte Lucius. »Schätze, das verstehe ich.«

Theo trat auf Harold zu und legte ihm mitfühlend eine Hand auf den Arm. »Das ist doch alles noch so lange hin. In zehn Jahren kann viel passieren. Ich würde mir nicht so viele Gedanken machen. Freu dich erst mal, dass deine Eltern dir so viele Freiheiten lassen. Alles andere kommt später. Und wenn du kein Automatenbauer werden willst, dann muss dein Vater eben damit leben.« Ihre Mundwinkel verzogen sich zu einem verschmitzten Lächeln. »Mein Vater muss schließlich auch damit leben, dass ich niemals langweilige Damenkleider tragen und eine gute Hausfrau wie Mrs Hudson abgeben werde. Da kann er noch so sehr herumpoltern wie auf seinem Kasernenhof. Ich mache, was ich will!«

»Darauf würde ich trinken, wenn ich etwas zu trinken hätte«, sagte Sebastian lachend.

Ein mechanisches Raspeln erklang – ein Räuspern, wie Lucius gleich darauf begriff –, und Alfred kam herein. »Junge Herrschaften, der Eistee«, verkündete er.

»Danke, Alfred«, rief Sebastian. »Genau zum richtigen Zeitpunkt.« Sie verteilten die Gläser, und als der Automatenbutler sich wieder zurückgezogen hatte, stießen sie klirrend damit an. »Auf eine Zukunft, die *wir* in der Hand haben«, verkündete Sebastian.

»Genau!«, pflichtete Lucius ihm bei.

Als sie tranken, wurde Lucius auf einmal bewusst, dass er sich nie große Gedanken darüber gemacht hatte, wie sein Leben in zehn Jahren aussehen würde. Unbewusst war er davon ausgegangen, dass er immer weiter mit seiner Mutter um die Welt reisen, Zauberkunststücke aufführen und Abenteuer erleben würde. Dass er auch etwas anderes mit seinem Leben anfangen könnte, war ihm nie in den Sinn gekommen. *Zumindest nicht, bis ich nach London kam*, dachte er. Sherlock und Mycroft Holmes hatten sein Leben verändert, jeder auf seine Weise. Plötzlich war Lucius Ermittler und so eine Art Geheimagent der britischen Krone, genau wie seine drei Freunde. Es gab wahrlich schlechtere Berufe, oder etwa nicht?

»Und jetzt«, verkündete Sebastian, »will ich die Werkstatt deines Vaters sehen, wie du es uns versprochen hast.« Er stellte sein Glas beiseite, dessen Inhalt er in einem Zug hinuntergekippt hatte, als wäre er ein Hafenarbeiter, der einen Schnaps trinkt.

»Klar, gerne«, beeilte Harold sich zu sagen. »Wartet nur, gleich werden euch die Augen übergehen! Mein Vater baut gerade einen Automatenbutler für einen französischen Diplomaten, und wenn ihr dachtet, dass Alfred bereits reich verziert ist, werdet ihr staunen.«

Auch der junge Erfinder trank seinen Eistee aus und stellte das Glas achtlos auf seine Werkbank. Dabei fiel sein Blick aus dem Fenster, und Lucius sah, wie er stutzte. »Was ist denn da los?«, murmelte Harold. »Die Polizei ist bei Lord Archibald?«

Rasch gesellten die anderen sich an seine Seite. »Tatsächlich, das ist Scotland Yard«, sagte Sebastian. »Die nehmen jemanden fest.«

»Das muss der Gärtner sein, den Holmes gestern Abend überführt hat«, sagte Lucius. Neugierig blickte er auf den weißhaarigen Mann, der noch eine Gartenschere in der Hand hielt und völlig verdattert dreinschaute, als die Beamten ihn in die Mitte nahmen.

Entgeistert starrte Harold ihn an. »Mister Holmes hat *was* getan? Er hat Booth eines Verbrechens überführt?«

»Du kennst den Mann?«, fragte Theo.

»Aber klar«, antwortete Harold. »Das ist Boothy, der Gärtner von unseren Nachbarn Lord Archibald und Lady Eloise. Er ist ein herzensguter Mensch, und er hat mir schon oft mit gutem Rat zur Seite gestanden. Der tut keiner Fliege was zuleide. Was soll er denn verbrochen haben?«

Rasch berichtete Lucius ihm und den anderen, was gestern am Abend vorgefallen war. »Ganz habe ich nicht verstanden, wie Holmes zu dem Schluss gekommen ist, dass dein Booth an allem schuld sei. Ich glaube, er hat ihn mithilfe eines Schuhs überführt. Es gab wohl nur einen Schuh im Haus, der zu den Spuren im Raum passte, und der gehörte Booth. Oder so ähnlich. Jedenfalls war sein Urteil klar und deutlich.«

»Und es war falsch!«, empörte sich Harold. »Es muss falsch sein. Warum um alles in der Welt sollte Booth die Waffensammlung des alten Lords zerstören? Er arbeitet schon für ihn, seit ich denken kann. Und eigentlich geht er auch nie ins Haus. Seine Frau und er wohnen in einer eigenen kleinen Unterkunft am anderen Ende des Grundstücks. Boothy lebt nur für seine Blumen und Zierbüsche. Waffen interessieren ihn überhaupt nicht. Das weiß ich ganz sicher.«

»Vielleicht hatte er in letzter Zeit Streit mit seinem Brötchengeber«, mutmaßte Sebastian, der noch einmal nach unten spähte. Die Beamten führten Mister Booth gerade auf eine geschlossene Dampfdroschke zu, die am Straßenrand vor dem Anwesen parkte. Ein grauhaariges Mütterchen in Rock und Schürze kam händeringend herbeigelaufen und schien erfahren zu wollen, was hier gerade vor sich ging.

»Das ist Granny Margaret, Boothys Frau«, erklärte Harold. »Und, nein, es gab ganz sicher keinen Streit. Davon hätte ich gewusst. Boothy und ich unterhalten uns jeden zweiten oder dritten Abend.« Der junge Erfinder schüttelte den Kopf, immer noch fassungslos. »Da muss ein Irrtum vorliegen. Mister Holmes muss einen Fehler gemacht haben.«

»Holmes einen Fehler?« Skeptisch sah Lucius ihn an. »Sag das lieber nicht laut, wenn er in der Nähe ist. Holmes macht keine Fehler. Er ist ein Meisterdetektiv.«

»Er hat sich geirrt, als es darum ging, wo sich deine Mutter versteckt«, erinnerte ihn Theo. »Mehrfach sogar, wenn ich mich richtig entsinne.«

»Das stimmt«, gab Lucius zu. »Aber das war doch etwas ganz anderes. Meine Mom kennt Holmes ja schon lange, und sie hat ihn mit ihrem Brief an mich absichtlich in die Irre geführt, um ihn zu ärgern.«

»Trotzdem kann da etwas nicht stimmen«, beharrte Harold. »Eher würde Lord Archibald beim Schlafwandeln seine Sammlung selbst zerstören, als dass Boothy sich daran vergreift. Ich verstehe das einfach nicht.« Flehend sah er Lucius an. »Kannst du nicht noch mal mit Mister Holmes sprechen? Ihn überzeugen, dass er sich den Tatort erneut anschaut? Er muss etwas übersehen haben.«

Unbehaglich rieb sich Lucius mit der Hand übers Kinn. »Ich weiß nicht ... Es läuft gerade ein bisschen besser zwischen ihm und mir. Wenn ich ihm jetzt vorwerfe, er würde beim Ermitteln Fehler machen, kann ich gleich aus der Baker Street ausziehen.«

Sebastian klatschte in die Hände, wie so oft, wenn er zu einer Entscheidung gekommen war, die jede weitere Diskussion beenden sollte. »Dann ist die Angelegenheit klar«, sagte er. »Die Rabennest-Bande nimmt sich des Falls an.«

»Wir?« Theo hob eine Augenbraue.

»Das passt doch«, gab Sebastian zurück. »Sherlock Holmes hält jemanden für schuldig, der laut Harold nicht schuldig sein kann. Viel mysteriöser geht es doch gar nicht. Ich tippe darauf, dass Mister Booth von einem Dämon besessen ist. Oder er wird von Marsianern ferngesteuert, die ihn mit Hypnosestrahlern gefügig gemacht haben.«

Das Mädchen verdrehte die Augen. »Du liest wirklich zu viele von deinen Bildergeschichten für Jungs, Sebastian.« Aber sie lächelte bei den Worten.

»Ich lese gar nicht, wenn es sich vermeiden lässt«, erwiderte der blonde Junge grinsend. »Aber ich kenne Harold lange genug, um einiges von dem mitbekommen zu haben, was in diesen illustrierten Heftchen steht.«

»Na, verrückter als ein magischer Kristall oder ein unsichtbarer Mann wäre das jedenfalls auch nicht«, bemerkte Lucius. Dann nickte er. »Aber egal, wie nun die Wahrheit aussieht: Wenn Booth wirklich eine so gute Seele ist, wie Harold es sagt, sind wir es ihm schuldig, weitere Nachforschungen anzustellen. Schon Harold zuliebe.« Wie er das Ganze Holmes erklären wollte, darüber dachte er besser noch gar nicht nach.

»So ist es«, tönte Sebastian. »Einer für alle und alle für Boothy!«

»Danke, Leute.« Harold zwinkerte, dann wischte er sich mit den Fingern eine Träne der Erleichterung aus den Augenwinkeln. »Ich bin wirklich froh, dass ihr helfen wollt.«

»Ehrensache«, sagte Lucius. Er warf einen weiteren Blick aus dem Fenster. Soeben fuhr die Kutsche vom Grundstück los. Zurück blieb eine einsame alte Frau, die die Hände vor den Mund geschlagen hatte und das Geschehen noch gar nicht fassen konnte. Neben ihr auf dem Boden lag eine vergessene Gartenschere.

KAPITEL 4:

Ein Fehler mit Folgen

»Granny Margaret?«

Die alte Dame reagierte gar nicht. Sie stand noch immer auf dem schmalen Weg vor Gwynnemoore Hall und sah zur Straße, wo sich die Kutsche der Polizei rasch entfernte. Sie wirkte zutiefst erschüttert, weinte aber nicht – wahrscheinlich saß der Schreck dafür einfach zu tief.

»Granny?«, fragte Harold erneut. Vorsichtig trat er neben sie und berührte sie am Arm.

Mrs Booth zuckte zusammen, als habe sie der Blitz getroffen. Dann blinzelte sie und fasste sich wieder. »Oh«, sagte sie leise und in spürbar erzwungener Fröhlichkeit. »Harold. Das ist ja eine schöne Überraschung.«

»Wir haben alles gesehen, Granny«, sagte der junge Erfinder und deutete in Richtung des Nachbarhauses und seines Zimmerfensters. »Du musst uns nichts erklären. Und auch nichts vormachen. Wir wissen Bescheid.«

Die alte Dame nickte langsam. Dann schimmerten plötzlich Tränen in ihren graublauen Augen.

»Wo war Ihr Mann vergangenen Abend?«, fragte Lucius sanft. So machten das die Detektive doch, oder? Sie blieben bei der Sache und kombinierten. »So gegen neun Uhr?«

Sie sah ihn an, als bemerke sie erst jetzt, dass Harold nicht allein gekommen war.

»Theodosia Paddington«, stellte sich Theo ihr schnell vor und machte sogar einen kleinen Knicks. »Das sind meine Freunde Sebastian und Lucius.«

»Wir sind Detektive«, verkündete Sebastian und stemmte die Hände in die Hüfte.

»Wir wollen helfen«, sagte Harold bedeutend bescheidener. »Boothy ist doch kein Verbrecher!«

Noch immer wirkte Mrs Booth vollkommen fassungslos. »Ihr wollt ...?«

»Wo war Ihr Mann gestern Abend?«, wiederholte Lucius. Es half ihr vielleicht, wenn sie einfach nur Fragen beantworten musste.

»Na, hier«, sagte die alte Dame auch prompt. »Zu Hause, genau wie ich. Und um neun Uhr? Da waren wir schon so gut wie im Bett.«

»Ist Ihnen denn nichts aufgefallen?«, hakte Theo freundlich nach. »Kein seltsames Licht in Lord Archibalds Haus? Kein lautes Geräusch, das von draußen kam?«

Sebastian nickte. »Keine Kutsche vor dem Anwesen?«

Sie schüttelte den Kopf. »Darauf haben wir kaum geachtet, fürchte ich. Ein Licht wäre uns vermutlich nicht entgangen, weil wir von unserem Zimmer aus direkt auf Lord Archibalds Haus sehen. Aber sonst ...«

Also war da kein Licht, dachte Lucius. *Vielleicht.*

Ein Einbrecher, der in völliger Finsternis zuschlug? Das

klang allerdings wenig wahrscheinlich. Der würde doch gewiss ständig gegen irgendwelche Möbel stoßen. Einmal mehr rief Lucius sich in Erinnerung, wie viel Krempel es in der Sammlung des alten Lords gab. Dazwischen hatte sich niemand blind bewegen können, ohne sich wehzutun!

Es sei denn, er oder sie kennt das Zimmer in- und auswendig. Wie im Schlaf.

Auch das sprach eigentlich gegen den Gärtner. Dieser Mister Booth kümmerte sich um die Grünanlagen, wie Harold sagte. Mit dem Inneren des Hauses hatte er nichts zu tun. Oder?

Lucius drehte sich kurz um und sah zu Gwynnemoore Hall. An einem Fenster im oberen Stock des stolzen Anwesens stand gerade ein Automatenbutler und reinigte die Glasscheibe mit einem Lappen. Das Bild wirkte vollkommen harmlos und alltäglich – so sah es in diesem Moment gewiss in vielen Häusern dieser Stadt aus –, und doch musste der Junge stutzen. Er hatte gar nicht gewusst, dass der Lord auch nichtmenschliche Diener beschäftigte.

»Na, selbstverständlich«, sagte Harold, als Lucius ihn darauf ansprach. »*Jeder* sollte einen Automatenbutler haben! Zumindest findet mein Vater das – und ich auch. Außerdem ist der Lord ja unser Nachbar. Da sind die Wege natürlich besonders kurz. Der Butler dort oben ist Hubert. Mein Vater hat ihn vor ein paar Jahren im Auftrag von Lady Eloise angefertigt. Es war, glaube ich, ein Geburtstagsgeschenk an Lord Archibald.«

»Geburtstag«, wiederholte Mrs Booth. Abermals kamen ihr die Tränen. »Jacob hat in zwei Wochen Geburtstag ...«

Das musste ihr Mann sein. Plötzlich verstand Lucius, was sie meinte.

Auch Theo begriff sofort. »Wir tun, was immer wir können, damit er ihn daheim feiern kann«, versprach sie der traurigen alten Frau. »Machen Sie sich keine Sorgen. Wir glauben Ihnen.«

»Sherlock Holmes hat sich geirrt«, sagte Harold. »Es muss einfach so sein!«

»Und das werden wir auch beweisen«, ergänzte Sebastian. Dann wurde sein Tonfall deutlich leiser. »Irgendwie.«

»Wir könnten ja mal zu Mister Booth gehen«, schlug Lucius vor. »Mit ihm persönlich sprechen und hören, was er zu sagen hat. Vielleicht kommen wir so an eine erste heiße Spur.«

»Mit Boothy sprechen?«, wiederholte Harold ungläubig. »Aber ... Aber die Polizei hat ihn doch eben abgeführt.« Er deutete auf die Gartenschere am Boden, als bedürfe es noch eines Beweises für Booths bedauernswertes Schicksal.

Lucius schmunzelte. »Ich wollte schon immer mal sehen, wie es bei Scotland Yard so ist. Du nicht auch?« Die Vorstellung, die Beamten bei der Arbeit zu beobachten, faszinierte ihn mit jeder verstreichenden Sekunde mehr. Vielleicht trafen sie dort auch Lestrade, den mürrischen Inspektor, der sie nach dem Abenteuer um den Goldenen Machtkristall in die Zange hatte nehmen wollen. Holmes, der Lestrade von seinen eigenen Fällen kannte, hatte keine sonderlich hohe Meinung von ihm. Aber der Inspektor wusste, wer Lucius und die anderen waren – und das mochte sich als hilfreich erweisen, um zu Boothy vorzudringen.

»Ich weiß nicht, Jungs«, sagte Theo. »Da lässt man uns bestimmt nicht einfach so hereinspazieren.«

»Einen Versuch ist's wert«, entschied Sebastian. »Und durch bloßes Rumstehen lösen wir den Fall bestimmt nicht.« Er wandte sich an die alte Frau. »Mrs Booth, können wir Ihrem Mann irgendetwas von Ihnen ausrichten?«

Wieder wirkte sie völlig ratlos. Dann aber nickte sie. »Ihr ... Ihr könntet ihm seinen Schlafanzug bringen«, sagte sie ein wenig verwirrt. »Den hat er in all der Hektik eben vergessen. Und die Nächte sind doch so kalt ...«

»Abgemacht«, sagte Sebastian. »Bringen Sie uns den Schlafanzug raus? Dann übernehmen wir.«

Die alte Dame schritt sofort zur Tat. Sie war sichtlich froh, überhaupt etwas tun zu können. Dass sie mit vier Kindern sprach und nicht mit Erwachsenen, schien sie gar nicht mehr zu kümmern.

»Spinnst du?«, flüsterte Theo, als Mrs Booth außer Hörweite war, und sah Sebastian aufgebracht an. »Wir können doch nichts versprechen, was wir nicht halten können.«

»Wer sagt denn, dass wir das nicht können?«, erwiderte der Abenteurersohn grimmig. »Ich jedenfalls nicht. Ich glaube an uns!«

»Wollen wir hoffen, dass Inspektor Lestrade auch an uns glaubt«, sagte Lucius leise.

»Lestrade?«, fragte Sebastian. »Wie kommst du jetzt auf den?«

»Na ja, er ist der Einzige bei Scotland Yard, den wir beim Namen kennen. Ich würde mich zuerst an ihn wenden. Aber ich bin mir echt unsicher, ob er uns helfen wird. Wir gehören zu Sherlock und Mycroft Holmes, und die mag er beide nicht sonderlich.«

»Dann ist es ja gut, dass wir ohne sie auftauchen«, konterte sein Freund.

Mrs Booth kam mit dem Schlafanzug ihres Mannes zurück. Das Kleidungsstück war grau gestreift und bestand aus einem einzigen Teil. Es kam Lucius sehr schmal vor – genau wie dieser Boothy selbst. Schmal und alt … und schwach.

Wir müssen *dem armen Mann helfen*, dachte er. *Koste es, was es wolle. Und in einem hat Sebastian völlig recht: Wenn wir selbst nicht an uns glauben, wer soll es sonst tun?*

»Vielen Dank, Mrs Booth«, sagte Theo und nahm den Schlafanzug entgegen. Mit geschickten Handgriffen faltete sie ihn zusammen und verstaute ihn irgendwo in den Untiefen ihres indischen Kleides. »Wir melden uns, sowie wir mehr wissen. Versprochen.«

»D…Danke«, sagte die alte Dame. Sie sah Harold an, als verstehe sie die Welt nicht mehr. »Ich danke euch, Kinder.«

»Nur die Ruhe, Granny Margaret«, sagte ihr junger Nachbar. »Ab jetzt kümmern sich Profis um den Fall!«

Lucius hoffte es. Er hoffte es sogar sehr. Doch während er noch zweifelte, rannte Sebastian bereits zur Straße, um eine

Droschke anzuhalten. Nach wenigen Minuten kam auch eine des Weges – in Kensington vermutlich keine Seltenheit –, und schon waren die vier Freunde aus dem Rabennest wieder unterwegs.

Das keine vier Jahre alte Hauptquartier von Scotland Yard lag im Stadtteil Westminster, ziemlich genau in der Mitte zwischen dem Palast der Königin und dem Ufer der Themse. Noch vor Kurzem, so wusste Lucius, hatte diese Gegend keinen allzu guten Ruf gehabt. Und auch heute gab es dort noch Ecken und Gässchen, die man lieber nicht betrat, wenn man sein Leben oder seine Geldbörse behalten wollte. Doch Scotland Yards Anwesenheit war ein klares Zeichen dafür, dass die Stadt hier aufräumen wollte und die Verbrecher sich in Zukunft andere Spielwiesen suchen mussten.

»Ganz schön großer Kasten«, bemerkte Sebastian staunend, als die vier Freunde vor den Toren des neuen Polizeihauptquartiers aus ihrer Droschke stiegen.

»Aber nicht gerade hübsch«, meinte Theo.

Das Gebäude, in dem sich Mister Booth inzwischen aufhalten musste, sah aus wie ein großes, quadratisches Paket aus rotem und schmutzig weißem Backstein. Zahlreiche Schornsteine zierten sein Dach, runde Türmchen seine vier Ecken. Es hatte viele Stockwerke und vermutlich noch mehr Eingänge. Ein silbernes Luftschiff, auf dem das Emblem der Polizei prangte, schwebte in Parkposition über einer kleinen Ein- und Ausstiegsplattform am Rand des Daches.

»Das ist ja eine richtige Burg«, murmelte Harold.

Lucius verstand ihn gut. Er stellte sich vor, durch die Türen von Scotland Yard gingen keine Polizisten und Detektive, sondern Ritter in glänzenden Rüstungen ein und aus. Das Bild schien zu dem klobigen und irgendwie trotzig wirkenden Haus zu passen. Sherlock Holmes hatte mal erzählt, im neuen Scotland Yard arbeiteten mehrere Tausend Personen gleichzeitig. Das war eine ganz schöne Menge!

»Und da drin sollen wir deinen Nachbarn finden?«, fragte Theo. Sie klang nicht gerade zuversichtlich.

»Wir *müssen* ihn finden«, sagte Harold. Flehentlich sah er seine Begleiter an.

Sebastian nickte. »Das werden wir auch.«

»Nämlich wie?«, fragte Lucius.

Der junge Abenteurer lächelte schelmisch. »Na, wie immer«, sagte er. »Mit Grips … und Sturheit.«

Gemeinsam betraten die vier das Gebäude durch den Haupteingang. Im Inneren des Hauses war es deutlich lauter als draußen. Überall standen oder liefen Männer in dunklen Anzügen herum und redeten miteinander. Viele trugen Hüte, und ein Schnurrbart schien wohl ebenfalls zum guten Ton zu gehören. Hier und da gingen auch Automatenmenschen ihren Arbeiten nach: Schweigend fegten sie die Fußböden und Treppen, putzten die Fenster und trugen schwer wirkende Aktenstapel durch die Gegend. Doch obwohl auf den Stufen und Fluren von Scotland Yard derart emsiges Treiben herrschte, hielt niemand die vier Freunde aus dem Rabennest auf. Die vielen Uniformierten und anderen Erwachsenen hatten offenbar Wichtigeres zu tun, als sich nach ein paar Kindern umzusehen. Das war ihnen nur recht.

Nach wenigen Metern erreichten sie eine Empfangstheke aus schwarz gestrichenem Holz. Sie wirkte kaum weniger klobig als das Haus und reichte dem schmächtigen Harold fast bis zu den Schultern. Dahinter stand ein extrem dicker und extrem schlecht gelaunt wirkender Mann mit kugelrundem Kopf. Dunkle Schweißringe zierten die Achseln seines ansonsten schneeweißen Hemds. Auf seiner stattlichen Glatze spiegelte sich das wenige Sonnenlicht, das durch die Fenster herein fand.

»Verzeihung?« Theo schenkte dem Mann ein artiges Lächeln. »Sir?«

Herr Glatzkugel reagierte nicht. Stattdessen studierte er ein kleines Dokument, das ihn soeben per Rohrpost erreicht hatte. Die ständig zischenden Postrohre unter der Etagendecke bestanden aus poliertem Messing und schienen quer durch das ganze Gebäude zu verlaufen; es gab wohl kein Büro, das keinen Rohranschluss besaß. Der Inhalt des kleinen Dokuments schien für den Glatzkopf tausendmal wichtiger zu sein als seine vier jungen Gäste.

Irre ich mich, oder ist der einfach nur unhöflich?, fragte sich Lucius. Er sah sich schon nach einem Weg um, der an Glatzkugel vorbeiführen würde, doch es gab keinen. Jeder Besucher, der in den Bauch dieses Hauses wollte, brauchte dazu offenbar die Erlaubnis des Mannes am Empfang.

»Verzeihung?«, fragte Theo erneut.

Sebastian war weit weniger geduldig. »He da!«, rief er und schlug zugleich mit der flachen Hand auf die Theke.

Das genügte. Glatzkugel zuckte zusammen, blinzelte und sah verdutzt von seinem Blatt Papier auf. Unwillig musterte er die Freunde, und sein Ton wurde sehr abfällig. »Was wollt *ihr* denn?«

Also irre ich mich nicht*!*, dachte Lucius grimmig. *Typisch Erwachsener*. Es kam erschreckend häufig vor, dass Erwachsene die Detektive aus dem Rabennest nicht ernst nahmen.

»Wir suchen Mister Booth aus Kensington«, sagte Harold. »Er muss vor kurzer Zeit hier eingetroffen sein.«

»Als Inhaftierter?«, fragte Glatzkugel und hob amüsiert die buschigen Augenbrauen.

»Als Verdächtiger«, widersprach Lucius ein wenig schroff. Dieser Kerl wurde von Sekunde zu Sekunde unsympathischer. »Das ist ein Unterschied, oder etwa nicht?«

Glatzkugel griff seufzend unter seine Theke und zog eine schwere Kladde hervor, in der er langsam und lustlos herumblätterte. »Na, für euch jedenfalls nicht«, murmelte er dabei. »Denn ganz egal, ob dieser Bluth –«

»Booth«, korrigierten Theo und Harold ihn gleichzeitig.

Doch Glatzkugel sprach einfach weiter. »... schuldig oder unschuldig ist, kann ich euch nicht zu ihm vorlassen. So viel ist mal sicher.«

»Weshalb nicht?«, erkundigte sich Sebastian. »Mister Booth hat nichts Unrechtes getan.«

»Das sagt ihr«, erwiderte der kahle Mann gelassen. »Aber ob das stimmt, müssen die Ermittlungen erst zeigen. Und er wäre kaum hier, wenn's da nichts zu ermitteln gäbe, nicht wahr?« Inzwischen hatte er Booths Eintrag in seiner Kladde gefunden. »Ah, hier steht's ja: Jacob Christopher Booth aus Kensington, ›äußerst tatverdächtig‹ im Fall Gwynnemoore Hall.« Seufzend sah er wieder zu den Freunden, doch es lag keinerlei Mitleid in seinem Blick. Eher das Gegenteil. »Schlagt euch das aus dem Kopf, Kinder. Dieser Booth sieht das Licht der Sonne erst wieder, wenn er verurteilt wurde und seine gerechte Strafe abgesessen hat. Und euch Dreikäsehochs sieht er vorher ebenfalls nicht.«

Lucius, Theo, Harold und Sebastian protestierten gleichzeitig. Für einen kurzen Augenblick war ihr Protest sogar lauter als das Geplauder der Männer in den dunklen Anzügen.

Und das machte den Unterschied.

»Lucius?« Eine vertraute und unfassbar überrascht klingende Stimme erklang im Rücken des Jungen. »Sebastian Quatermain?«

Schnell drehten sich die Freunde um und verstummten. Tatsächlich: Inspektor Lestrade war soeben durch den Haupteingang ins Gebäude getreten. Seine Kleidung wirkte wie immer etwas ungepflegt und auf seinem stoppelbärtigen Gesicht mit dem buschigen Schnurrbart schien ein Ausdruck schlechter Laune festgefroren zu sein. Er war offensichtlich stehen geblieben, als er die jungen Besucher hörte und ihre wild durcheinanderplärrenden Stimmen erkannte.

Nun sah er sie ungläubig an. »Was wollt ihr denn hier?«

»Gerechtigkeit«, antwortete Harold aufgebracht.

Doch sofort schaltete Lucius sich ein. »Wir wollten Mister Booth seinen Schlafanzug bringen«, sagte er, bevor Lestrade auf Harolds übereilten Kommentar antworten konnte. Wie zum Beweis hielt Theo das Kleidungsstück in die Höhe, das Mrs Booth ihnen mitgegeben hatte.

Der Inspektor sah Lucius an, als glaube er ihm kein Wort. »So so«, sagte er.

Glatzkugel räusperte sich. »Ich wollte die Gören soeben vor die Tür setzen, Inspektor«, erklärte er untertänig.

»Schon gut, Barton.« Lestrade winkte ab. »Ich kenne die vier. Ich kümmere mich selbst um sie.« Einen Moment lang musterte er die Freunde stumm und schien abzuwägen, ob *er* sie rauswerfen sollte. Doch dann nickte er mürrisch. »In Ordnung, kommt mit.«

Zu Bartons merklicher Überraschung führte Lestrade die jungen Besucher an der Empfangstheke vorbei und ins Innere des Gebäudes. Lucius nutzte die Gelegenheit, der mürrischen Glatzkugel ein triumphierendes Grinsen zu schenken. Auch Theo und Sebastian sahen siegessicher zu Barton zurück.

Ihre Sicherheit schwand aber schon nach wenigen Minuten. Lestrade führte die Freunde nämlich nicht zu Mister Booth, sondern in ein kleines und mit allerhand Papieren und Aktenordnern vollgestopftes Büro. Vor dem Fenster konnte man den Turm unten am Fluss erkennen, in dem die große Glocke namens Big Ben hing.

»Also gut«, sagte Lestrade, hängte Mantel und Melone auf einen Ständer und ließ sich danach in den hölzernen Stuhl hinter dem Schreibtisch fallen. Seine buschigen Augenbrauen zogen sich zusammen und er blickte Lucius und die anderen prüfend an. »Ich weiß zwar, dass ich das bereuen werde, aber: Ich höre. Was habt ausgerechnet ihr mit diesem Booth zu tun, hm?«

Harold erklärte es ihm. »Und Booth ist unschuldig, Inspektor«, beendete er seinen kleinen Bericht. »Das wissen wir genau!«

Lestrade hob warnend die Hand. »Ihr glaubt es«, betonte er streng. »Aber glauben ist nicht wissen. Ihr *wollt*, dass Booth nicht der Täter ist. Aber ihr könnt das genauso wenig beurteilen wie ich.«

»Und warum haben Sie ihn dann verhaftet?«, brauste Sebastian auf. »Wenn Sie es doch selbst nicht wissen?«

»Weil die Spuren – die sogenannten Indizien – für uns Ermittler eine sehr klare Sprache sprechen«, entgegnete der Inspektor. Er zog eine Akte vom Stapel auf seinem Schreibtisch und schlug sie auf. »Hier steht es schwarz auf weiß. Alle Indizien deuten auf Booth als Täter von Gwynnemoore Hall.« Er sah zu Lucius. »Sherlock Holmes sieht das übrigens genauso.«

Seit wann schert es Sie, was Sherlock Holmes denkt?, fuhr es Lucius durch den Kopf. Seines Wissens hielt Lestrade ähnlich wenig von Mister Holmes' Methoden wie Holmes von Lestrades Fähigkeiten als Verbrechensbekämpfer. Doch er bremste sich, bevor er die spöttische Frage laut aussprechen konnte. Es half nichts, den Inspektor noch mehr zu verärgern.

»Booth *ist* unschuldig«, murmelte Harold trotzig.

»Wahrscheinlich nicht.« Lestrade ließ die Akte auf den Tisch sinken, deutete darauf und schüttelte den Kopf. »Tut mir leid, Junge. Ich würde euch gern zustimmen, wenn ihr recht hättet.«

»Was wir ja noch nie hatten, richtig?«, fuhr Lucius ihn an. Er wollte nicht unhöflich sein, aber der Starrsinn dieses Mannes ging ihm einmal mehr gehörig auf die Nerven. »Nicht einmal damals bei der Sache mit dem Goldenen Machtkristall.«

Sebastian nickte und sah zu Lucius. »Genau! Und auch nicht bei der Jagd auf den Unsichtbaren, oder?«

»Wir haben der Königin das Leben gerettet«, wandte sich Theo nun an den Inspektor, deutlich weniger spöttisch als die beiden Jungs. »Und wir haben einen Verbrecher dingfest gemacht, den niemand sehen konnte.«

»Außerdem sind wir keine Gören, wie es Ihr Mister Barton behauptet«, ergänzte Harold, »sondern …«

»Detektive!«, sagte Lucius fest.

»Sehr richtig«, behauptete Sebastian. »Detektive mit einer heißen Spur.«

Das war vielleicht ein bisschen zu viel des Guten, doch Inspektor Lestrade ließ es kommentarlos durchgehen. Er seufzte und fuhr sich mit der Hand über das Gesicht, als spüre er furchtbare Kopfschmerzen nahen. »Tinny?«, rief er dann.

Auf der Schwelle der noch immer offen stehenden Bürotür

erschien ein Automatenmann. Er war deutlich schmaler als James, aber auch sehr viel moderner – genau wie die unten im Foyer es gewesen waren. Seine Außenhülle, auf der ebenfalls das Emblem des Yards prangte, glänzte, und wenn er sich bewegte, quietschte und qualmte es nirgends. »Ja, Inspektor?«

»Tinny, für welche Uhrzeit war mein Verhör von Mister Booth aus Kensington angesetzt?«

»Mister Booth soll in wenigen Minuten vernommen werden«, antwortete der Automatenmann, der wohl so etwas wie Lestrades Sekretär sein musste, artig. Er schien Lestrades Termine besser zu kennen als der Inspektor selbst. Seine Stimme war sanft und sein Tonfall freundlich und sachlich. »In Zimmer AA-23, unten bei den Arrestzellen. Man erwartet Sie bestimmt schon, Sir.«

Lestrade nickte. »Danke, Tinny.« Nachdenklich sah er zu den vier Freunden, dann stand er auf, trat ans Fenster und blickte auf die Stadt und den Fluss hinaus.

Mehrere Sekunden verstrichen, in denen niemand etwas sagte. Schließlich drehte Lestrade sich wieder zu den Freunden um. »In Ordnung«, sagte er. »Ihr habt dem Yard zweimal geholfen, ziemlich üble Kriminelle dingfest zu machen. Ich schätze, ich bin euch wohl was schuldig.«

Nun hob Lucius die Brauen. Staunend wechselten er und Sebastian einen schnellen Blick.

»Das heißt, wir dürfen mit Mister Booth reden?«, fragte Theo.

»Ihr dürft mich begleiten, wenn *ich* mit ihm rede«, verneinte der Inspektor. »Ihr habt Tinny gehört: Ich muss runter zu Booth. Wenn ihr versprecht, mir keinen Ärger zu machen, lasse ich euch dabei zuhören.«

»Versprochen«, sagten Lucius und Harold gleichzeitig. Sebastian nickte ernst.

»Also dann«, seufzte Inspektor Lestrade und ging zur Tür.

Die Freunde folgten ihm. Lucius, der voranging, hörte als Einziger, was Lestrade ebenso leise wie mürrisch in seinen Schnurrbart murmelte: »Und ich *werde* es bereuen …«

KAPITEL 5:

Ein verzweifeltes Manöver

Lucius Adler hatte noch nicht viele Verhörzimmer aus nächster Nähe erlebt: In Genua hatte man ihn und den furchtlosen Schwertschlucker Giorgio bei einem abendlichen Spaziergang durch die Stadt mal fälschlich für Taschendiebe gehalten, und im kanadischen Toronto hatte sich seine Mutter Irene kurzzeitig eines Betrugsvorwurfs erwehren müssen. All diese Missverständnisse waren damals schnell aufgeklärt worden. Der Keller von Scotland Yard in London wirkte jedoch nicht wie ein Ort für Missverständnisse. Wer hier unten landete, bei dem schien die Sache sonnenklar zu sein.

Der Keller war absolut fensterlos. Seine schmucklosen Wände waren grau gestrichen, seine Fußböden schmutzig weiß gefliest, und in regelmäßigen Abständen hingen zweckmäßig-nüchterne Gaslampen, die kaltes Licht verströmten. Lestrade führte die Freunde an schweren, fest verschlossenen Zellentüren aus Metall vorbei und an Tischen, an denen uniformierte Wachmänner saßen und die Begleiter ihres Inspektors zwar fragend, aber stumm anglotzten.

Zwei schmale Korridore später erreichten die ungleichen fünf eine Ecke und zwei dort rechtwinklig nebeneinander liegende Türen. In der Mitte der rechten Tür, die außen gar keine

Klinke besaß, hing ein Schild mit der Aufschrift *AA-23 nicht stören*. An der linken stand nichts. Lestrade deutete auf sie.

»Dort hinein, verstanden?«, sagte der Inspektor. »Und keinen Mucks, andernfalls überlege ich mir noch mal, ob das hier wirklich eine gute Idee ist.«

»Wir werden schweigen wie ein ägyptisches Pharaonengrab«, sagte Sebastian und lächelte Lestrade an.

Der knurrte nur ungehalten, zog einen schweren Schlüsselbund aus der Westentasche und verschwand wortlos in Zimmer AA-23.

»Jetzt bin ich gespannt«, sagte Lucius. Er öffnete die linke Tür, die unverschlossen war, und trat ein. Die drei Freunde folgten ihm.

Das Nebenzimmer des Verhörraums war ebenfalls fensterlos und trist. Vor allem war es aber klein. Selbst Mrs Hudsons Vorratskammer in der Baker Street bot mehr Platz. Das Zimmer enthielt einen abgewetzten hölzernen Tisch, an dem ein Tinny recht ähnlicher Automatenmann saß. Seine mechanischen Hände ruhten auf den Tasten einer Schreibmaschine, und in die war eine gewaltige Rolle weißen Papiers eingespannt, die gut und gern mehrere Tage reichen mochte.

Der Automatenmann schien auf irgendetwas zu warten. Er hob nicht den Kopf, als die Freunde den Raum betraten. Stattdessen sah er einzig und allein auf ein wuchtiges Rohr, das schräg über ihm aus der an Zimmer AA-23 grenzenden Wand ragte. Das Rohr erinnerte Lucius stark an den Lautsprecher von Sherlock Holmes' dampfbetriebenem Grammofon im heimischen Kaminzimmer – und an die grauenhaft langweilige Musik der Schellackplatten, die der Meisterdetektiv dort gelegentlich hörte.

»Oh«, sagte Theo überrascht, als sie den Mann aus Metall bemerkte. »Verzeihung. Wir wollten dich nicht stören.«

Tinnys schweigsamer Bruder reagierte gar nicht. Fast kam es Lucius vor, als sei er kaputt und zu keinerlei Bewegung mehr fähig. Doch der Junge ahnte, dass dem nicht so war.

»Er protokolliert nur«, begriff Harold. »Allein dafür ist er da.« Er war zum Tisch getreten und betrachtete die Kombination aus Schreibmaschine, Grammofon-Rohr und Metallmann interessiert. »Sowie Inspektor Lestrade und Booth nebenan zu sprechen beginnen, wird er es von hier aus mitschreiben – Wort für Wort.«

Sebastian nickte. »Damit die Polizei das Verhör auch schriftlich hat. Zum Nachlesen. Und für Lestrades Aktenberge.«

»Gar nicht mal dumm«, fand Lucius. »Ein Automatenmann ist immer sachlich und unparteiisch. Der käme nie und nimmer auf die Idee, eine solche Mitschrift irgendwie zu verfälschen. Richtig, Harold?«

»Absolut«, stimmte der junge Erfinder zu. »Solange man ihn nicht anders programmiert, kann ein Automat nur tun, wofür er gemacht ist. Und er wird es gerne tun!«

»Eine Gartenschere kann ja auch keine Kuchen backen«, sagte Sebastian. »Dafür ist sie schlicht nicht gebaut worden.«

Theo war nun ebenfalls an den noch immer völlig reglosen

Protokollanten getreten. Fragend sah sie ihn an. »Ich weiß ja nicht«, murmelte sie. »Irgendwie kommt es mir falsch vor, diese Kreaturen als Werkzeuge zu betrachten. Sie sehen doch so menschlich aus. Schaut nur: Sie haben Arme, Beine, Schultern …«

»Die hat Harold auch«, sagte Sebastian. »Und trotzdem würde ich ihn nie und nimmer als *Mensch* bezeichnen. Kein Mensch hat dermaßen viele Allergien!« Dann lachte er frech und schlug dem überraschten Harold so fest auf die rechte Schulter, dass dessen Nickelbrille verrutschte.

»Au…«, machte Harold, fing sich aber schnell, »…ßerdem hat Sebastian durchaus recht. Tinny, Alfred und Co. *sind* Werkzeuge, genau wie so eine Gartenschere eins ist. Zumindest in den Augen der meisten Leute. Leider.«

Lucius wollte gerade etwas erwidern, da knackte es laut im Trichter des Schreibmaschinengrammofons. Keine Sekunde später wehte Inspektor Lestrades raue Stimme durch den kleinen Nebenraum des Verhörzimmers.

»Protokoll beginnen«, sagte der Mann von Scotland Yard unwirsch, und der Automatenmann begann tatsächlich, eifrig zu tippen. »Verhör: Joseph Christopher Booth, Verdächtiger. Verhörender Beamter: Inspektor G. Lestrade.« Es gab eine kurze Pause. »Also dann, Mister Booth. Ab jetzt liegt es ganz allein an Ihnen. Erzählen Sie mir, was ich hören will, und diese Sache ist im Nullkommanichts beendet. Versuchen Sie aber, mich für dumm zu verkaufen, verspreche ich Ihnen, dass Ihr Tag gerade erst anfängt, unangenehm zu werden.«

Lucius und Harold wechselten einen angstvollen Blick. Theo runzelte fragend die Stirn und öffnete den Mund, doch Mister Booth war schneller.

»Was wollen Sie denn hören?«, kam die Stimme des Gärtners aus dem Rohr, ganz vorsichtig und schwach. Sie klang alt und brüchig.

»Die Wahrheit!«, sagte Lestrade laut. Dann knallte es im Trichter, als hätte der Inspektor mit der flachen Hand auf einen Tisch geschlagen. »Und kommen Sie mir bloß nicht auf dumme Gedanken, Booth: Ich kenne die Wahrheit längst. Ich weiß, was in Gwynnemoore Hall passiert ist. Ich will es nur noch einmal hören – von Ihnen.«

Ein Stuhl knarrte. Stoff raschelte. Vermutlich stand der Inspektor gerade vom Tisch auf und ging im Raum auf und ab.

»Von mir?«, hörte Lucius den alten Gärtner ängstlich wiederholen. »A...Aber ich habe doch keinen blassen Schimmer ...«

»Sie waren es, Booth!«, unterbrach Lestrade ihn mit donnerndem Bass. »Tun Sie nicht so unschuldig. Wir wissen beide, dass Sie es waren. Ich biete Ihnen hier die Gelegenheit, Ihre Schuld aus freien Stücken zu gestehen. Das kann Ihnen helfen und den Richter milde stimmen. Dann müssen Sie vielleicht nicht so lange ins Gefängnis.«

Booths Stimme brach abermals. »Gefängnis?«

Lucius hörte dem alten Mann die Verzweiflung geradezu an. Hilflos sah der Junge zu seinen Freunden. Sebastian schaute grimmig auf das Grammofon-Rohr, Theo beobachtete den Automatenmann, und Harold wirkte wie am Boden zerstört.

»Hören Sie, Inspektor«, begann der Gärtner von Neuem. Er klang nun flehend und als wäre er den Tränen nah. »Ich *war* gestern Abend nicht in Gwynnemoore Hall. Sie irren sich!«

»Papperlapapp«, entgegnete Lestrade. »Selbst der große Meisterdetektiv Sherlock Holmes ist in dieser Sache ganz meiner Meinung. Er weiß, dass ich Sie längst überführt habe, Booth. Und jetzt frage ich Sie: Wem wird der Richter wohl eher glauben, hm? Einem Meisterdetektiv und einem Inspektor, die noch nie falschlagen, oder einem dahergelaufenen kleinen Gärtner aus Kensington?«

Booth begann zu schluchzen. Lucius ballte die Hände zu Fäusten und biss die Zähne zusammen. Dieses Verhör war vollkommen ungerecht. Inspektor Lestrade zog gar nicht erst in Betracht, dass Booth unschuldig sein könnte. Er wollte ein Geständnis von dem alten Mann. Die Wahrheit interessierte ihn nur, solange sie dem entsprach, was er dafür hielt.

Anfangs hatten Lucius noch Zweifel geplagt. Immerhin war Sherlock Holmes ein Meister in seinem Fach und irrte sich wirklich so gut wie nie. Doch nun, als er Mister Booth zuhörte, wusste er endgültig, dass Holmes diesmal einen Fehler gemacht haben musste. Booths Verzweiflung war nicht gespielt. So gut konnte niemand spielen, nicht einmal die große Irene Adler. Nun gut, seine Mutter konnte es vielleicht schon. Aber dieser Gärtner gewiss nicht!

Inspektor Lestrade bringt einen unschuldigen Mann ins Gefängnis, begriff Lucius. *Er zerstört Mister Booths guten Ruf und seine Zukunft, wenn wir es nicht irgendwie verhindern.*

»Denken Sie mal darüber nach, Booth«, erklang Lestrades strenge Stimme wieder aus dem Rohr. »Überlegen Sie sich sehr genau, ob Sie nicht doch noch offen mit mir sprechen wollen. Ich hole mir kurz einen Tee, einverstanden? Und wenn ich zurück bin, will ich endlich etwas von Ihnen hören! Protokoll Pause.«

Es knackte wieder. Die akustische Verbindung zu Zimmer AA-23 war unterbrochen. Dann hörte Lucius, wie nebenan die Tür zum Korridor geöffnet wurde und der Inspektor das Verhörzimmer verließ. Seine Schritte hallten den Gang hinab.

»Jetzt, Freunde!«, rief Sebastian plötzlich. Ohne auf eine Reaktion der anderen zu warten, riss der junge Abenteurer die Tür des Protokollraumes auf, eilte auf den Flur – und kam gerade noch rechtzeitig, um zu verhindern, dass die Tür von Verhörzimmer AA-23 wieder ins Schloss fiel.

Verwirrt sah Lucius ihn an. »Was in aller Welt tust du da?«

Sebastian zuckte mit den Achseln. »Ihr wolltet doch mit Mister Booth reden, oder nicht?«

»Ja, schon, aber ...« Lucius sah zu dem Automatenmann am Protokolltisch, der sich aber überhaupt nicht rührte und wieder wie abgeschaltet wirkte. Wahrscheinlich war er tatsächlich nur dazu da, um zu notieren, was im Nebenraum geredet wurde. Dann sah Lucius den Flur hinunter, in dem

Inspektor Lestrade verschwunden war. Auch dort rührte sich momentan nichts.

Theo trat neben Lucius. »Und was, wenn sie uns erwischen?«, wandte sie sich zischend an Sebastian.

»Das kümmert mich nicht«, gab dieser zurück. »Harolds Freund braucht Hilfe. Und von Lestrade wird er die nicht bekommen, das habt ihr selbst gehört.«

»Ganz genau«, sagte Harold. Der junge Erfinder war eben noch den Tränen nahe gewesen. Nun wirkte er aber entschlossener denn je. Er ging an Lucius und Theo vorbei zur Tür von Zimmer AA-23. Dort blieb er stehen und sah zu den beiden zurück. »Kommt ihr?«

Lucius nickte. »Ja«, antwortete er fest, griff nach Theos Hand und ging einfach los.

Zimmer AA-23 war genauso ungemütlich und düster wie der Rest des Kellers. Es maß etwa acht Quadratmeter und beherbergte neben dem Grammofon-Rohr, das auch hier aus der Wand ragte, nur einen schäbigen Tisch mit zwei Stühlen. Auf einem von ihnen saß Mister Booth, den Kopf in den Händen vergraben.

Als die Freunde aus dem Rabennest eintraten, sah der alte Gärtner auf. »Harold?« Ungläubig starrte er sie an.

»Wir haben nicht viel Zeit«, sagte Lucius und ließ die Tür zum Flur einen kleinen Spalt offen. Sie hatte nämlich auch von innen keine Klinke, nur ein Schloss. »Also sparen wir uns lange Erklärungen, einverstanden? Wir glauben Ihnen,

Mister Booth. Und wir sind hier, um Ihnen zu helfen, Ihre Unschuld zu beweisen.«

»Hast du eine Idee, wer gestern Abend bei Lord Archibald gewütet haben könnte?«, wandte sich Harold an seinen großväterlichen Freund. »Irgendeine Vermutung? Jeder Hinweis könnte uns von großem Nutzen sein, Boothy.«

Der alte Mann schüttelte den Kopf. Tränen schimmerten in seinen Augen, und die Falten in seinem schreckensbleichen Gesicht schienen von Minute zu Minute tiefer zu werden. »Nein, mein Junge. Ich kann es mir nicht erklären. Natürlich mag ein so reicher und bedeutender Mann wie Lord Archibald viele Neider haben ... aber dass der Tatort meine Spuren aufweisen soll, ist mir absolut unverständlich. Das kann nicht stimmen. Ich arbeite seit Jahren für den Lord. Ich würde niemals ein Verbrechen begehen.«

»Irgendjemand *hat* es begangen«, sagte Sebastian. »Die Frage ist: Wer?«

»Und warum«, ergänzte Theo. Sie reichte Mister Booth den mitgebrachten Schlafanzug. »Ihre Frau lässt Sie übrigens herzlich grüßen.«

Das genügte. Der alte Gärtner verlor endgültig die Beherrschung. Schluchzend legte er die Arme auf den Tisch und den Kopf auf die Arme. Lucius sah nur noch, wie seine schmalen Schultern zuckten. Das Bild kündete von einer Verzweiflung, wie er sie selten zuvor gesehen hatte – vielleicht noch nie. Und es machte ihn wütend.

»Wir lösen den Fall, Mister Booth«, versprach er dem Verdächtigen, obwohl er keine Ahnung hatte, wie sie das anstellen sollten. »Hören Sie? Machen Sie sich keine Sorgen, und lassen Sie sich von Inspektor Lestrade auch keine einreden. Wir kümmern uns um Sie.«

»Du bist bald wieder in Freiheit«, sagte Harold. Er war neben Booth getreten und strich seinem Nachbarn sanft über den Rücken. »Halte durch, ja? Es dauert nicht mehr lange.« Dann sah er zu Lucius, und in seinem Blick lag ein grenzenlos scheinendes Flehen.

Plötzlich flog die Tür von Zimmer AA-23 auf. Inspektor Lestrade, eine dampfende Tasse in der Hand, stand auf der Schwelle und sah die Freunde fassungslos an. »Ich glaube, ich sehe nicht richtig!«, entfuhr es dem Ermittler wütend. »Hatte ich euch nicht ausdrücklich aufgetragen, nebenan zu warten?«

»Nicht unbedingt«, sagte Sebastian, der sich am schnellsten wieder gefangen hatte. »Eigentlich baten Sie uns bloß, keinen Mucks zu machen – und wir waren auch wirklich sehr leise, finden Sie nicht?«

»Auch noch frech werden?« Inspektor Lestrade sah den jungen Abenteurer an, als wolle er ihn eigenhändig in eine seiner Zellen sperren und dann den Schlüssel wegwerfen. »Da hört sich doch alles auf! Reicht man euch Gören mal den kleinen Finger, nehmt ihr gleich den gesamten Arm, ja?«

»Inspektor, wir ...«, begann Lucius.

Doch Lestrade wollte seine Entschuldigungen und Erklärungen gar nicht hören. »Raus!«, befahl er barsch. »Sofort raus hier. Bevor ich mich noch vergesse!«

»Aber, Sir«, bat Theo.

»Was an ›Raus‹ habt ihr nicht verstanden, hm?« Lestrades Miene war so finster und seine Augen funkelten so drohend, dass sie alle unwillkürlich die Köpfe einzogen.

»Kommt, Freunde«, sagte Lucius leise. Niedergeschlagen ging er zur Tür und an Lestrade vorbei in den Korridor. Er wusste nicht, was schlimmer war: die Scham oder die Wut, die er gerade verspürte. Einerseits hatten er und die anderen Lestrades Gastfreundschaft klar ausgenutzt. Das gehörte sich nicht. Andererseits hatten sie aber nur tun wollen, was getan werden musste. »Kommt, wir gehen.«

Harold sah noch einmal zu dem alten Gärtner, dessen Miene immer blasser geworden war. »Halte durch, Boothy. Wir kümmern uns, hörst du? Wir holen dich hier raus.«

»Harold«, schluchzte Mister Booth. »P...Passt bitte auf euch auf, Junge. Bringt euch meinetwegen nicht in Schwierigkeiten.«

Der junge Erfinder winkte ab. »Tun wir sowieso immer«, sagte er und lächelte traurig. »Das wird schon wieder.«

Dann standen sie zu viert im Flur. Lestrade würdigte sie keines Blickes mehr, sondern schloss einfach die Tür hinter sich. Es war vorbei. Und doch hatte Lucius das Gefühl, als finge das eigentliche Abenteuer eben erst an.

»Was für ein Reinfall.«

Grimmig blickte Sebastian aus dem Fenster der Droschkenkabine und auf die Fassaden der Häuser, an denen sie soeben vorbeifuhren. Der Himmel hatte inzwischen völlig aufgeklart, was in London eher selten vorkam, und die Sonne schien. Doch nach Licht und Wärme war den vier Freunden aus dem Rabennest nicht zumute. Im Gegenteil: Am liebsten hätten sie sich im tiefsten und dunkelsten Loch verkrochen, das sie finden konnten. Zumindest fühlte Lucius sich so, und die anderen drei schienen ähnlich zu empfinden.

»Ein absoluter Riesenreinfall«, wiederholte Sebastian.

»Du kannst das noch fünfmal sagen«, tadelte ihn Theo, »aber damit ist Harolds Nachbarn auch nicht geholfen.«

Sebastian drehte sich zu ihr um. »Hast du vielleicht eine bessere Idee? Der arme Mister Booth steckt in großen Schwierigkeiten, und anstatt ihn zu retten, haben wir es uns mit Inspektor Lestrade verscherzt und sind keinen Schritt weitergekommen.«

»Das stimmt«, fand Theo. »Lestrade hat ... einfach keine Fantasie. Und eine viel zu hohe Meinung von sich selbst.«

»Lustig«, sagte Lucius. Trotz der schlechten Stimmung musste er kurz lächeln. »Sherlock Holmes beschreibt ihn immer ganz genauso.«

»Der arme Boothy«, murmelte Harold. Er saß am anderen Droschkenfenster, doch sein Blick haftete schon seit Fahrtbeginn am Boden der Passagierkabine. »Wir haben versprochen, ihm zu helfen, Freunde.«

»Das werden wir auch«, sagte Lucius fest.

»Und wie?«, fragte Sebastian fast schon anklagend. »Mister Booth hatte keine Spur für uns, der wir folgen könnten.

Wie gesagt: Wir sind so schlau wie zuvor, und Lestrade schickt Harolds bedauernswerten Nachbarn bestimmt bald vor irgendeinen schlecht gelaunten Richter, der kurzen Prozess mit ihm machen wird.«

»Lasst uns erst einmal zurück ins Rabennest fahren«, sagte Theo. Dorthin waren sie ohnehin unterwegs. »Dann sehen wir weiter. Am besten schauen wir uns diesen Tatort, von dem Lucius erzählt hat, mal zusammen an. Vielleicht fällt uns dort etwas auf, was Lestrade und Sherlock Holmes entgangen –«

Sie kam nicht dazu, den Satz zu beenden. Plötzlich wurde die Droschke von einem gewaltigen Ruck erschüttert, wie bei einem Erdbeben! Dann kippte die Welt zur Seite! Irgendwo knallte und knackte es laut. Lucius wurde von der Sitzbank geworfen und stieß gegen Theo, Sebastian kippte beinahe kopfüber aus dem kleinen Fenster. Dann verlor die Droschke endgültig das Gleichgewicht und fiel zur Seite um. Theo schrie auf, und Harold griff erschrocken nach ihrer Hand.

Es endete so schnell, wie es begonnen hatte. Eine beinahe unheimliche Ruhe folgte, kaum dass die Droschke auf der Seite lag. Lucius blinzelte die Sterne weg, die vor seinen Augen zu tanzen schienen, und hob vorsichtig die freie Hand zum schmerzenden Hinterkopf. »Ist mit euch alles in Ordnung?«, keuchte er.

»Alles bestens«, erklang Sebastians Stimme von irgendwo. Sie klang spöttisch und schmerzverzerrt. »Ich habe mir nur beinahe in die Hose gemacht, weil ich kurz davor war, unter die Hinterräder zu fallen. Sonst nichts.«

»Meine Brille ist verbogen«, murmelte Harold neben Lucius. Der junge Erfinder sah noch trauriger aus als vorhin, und tatsächlich saß das kreisrunde Nickelgestell gefährlich schief auf seiner Nase.

»Uns geht's gut«, sagte Theo und kam in Lucius' Sichtfeld. Ihr Haar war zerzaust und ihr Kopftuch wies einen Riss auf, ansonsten wirkte sie wie immer. »Aber wie geht es dir?«

Zuerst wusste Lucius nicht, was sie meinte. Dann berührte seine Hand endlich seinen Hinterkopf – und ein stechender Schmerz durchfuhr ihn. Als er die Hand wieder sinken ließ, klebte rotes Blut an seinen Fingern.

»Kopfverletzung«, attestierte Sebastian. Er kam näher – was in der schief liegenden Droschke gar nicht so einfach war – und besah sich Lucius' schmerzenden Schädel. »Mhm, das dachte ich mir. Ist nur ein Kratzer, Lucius, aber am Kopf bluten die besonders stark.«

»Hier.« Theo nahm das Kopftuch ab und reichte es Lucius. »Drücke das fest gegen die Wunde. Das stillt die Blutung.«

»Aber dein schönes Tuch ...«, murmelte Lucius.

»Ist sowieso kaputt«, erwiderte die Freundin gelassen. »Mach dir keine Gedanken.«

»Ich wüsste allerdings sehr gern, was hier los ist«, sagte Sebastian. Er kraxelte zum linken Fenster, das nun den Himmel über der Stadt zeigte. »Wer schmeißt denn hier arglose Droschken um?« Dann steckte er den Kopf aus dem Fenster. Einen halben Herzschlag später stieß er einen leisen Pfiff aus. »Ach du meine Güte!«

»Hm?« Lucius stand auf. Das Tuch fest gegen den Hinterkopf gepresst, kletterte er zu Sebastian und sah ebenfalls aus der umgestürzten Droschke hinaus ins Freie.

Der Anblick war bemerkenswert. Sie befanden sich auf einer belebten Kreuzung mitten in London, wo drei breite und eine schmale Straße aufeinandertrafen. Um sie herum herrschte ein wildes Chaos aus drei Droschken, die teils umgestürzt, teils halb zerstört auf dem Kopfsteinpflaster lagen. Lucius sah gebrochene Radachsen, schief in ihren Scharnieren hängende Kabinentüren, zersplittertes Holz. Die drei Automatenmänner, die die Droschken gesteuert hatten, wirkten vollkommen überfordert und ratlos. Auch die Passagiere der anderen Fahrzeuge, zwei ältere Herren in teuren Anzügen, schienen sich keinen Reim auf den Vorfall machen zu können. Sie waren unverletzt, wenigstens das.

»Ein Unfall?«, sagte Harold. Er war neben den beiden anderen Jungs erschienen. Mit einer Hand hielt er seine schiefe Brille fest, die zweite hielt er sich über die Augen, um sie vor der Sonne abzuschirmen. »Automatendroschken haben Unfälle?«

Lucius wunderte sich ebenfalls. Er hatte geglaubt, Maschinenmenschen könnten gar keine Fehler machen. Deswegen nutzte man sie ja schließlich als Droschkenfahrer, oder etwa nicht? Doch hier schien die Sache sehr eindeutig zu sein: Die drei Droschken hatten gleichzeitig die Kreuzung erreicht und einander die Vorfahrt genommen. Sie waren blindlings gegeneinandergeprallt – bei voller Fahrt!

Sebastian öffnete die Tür, und die vier Freunde kletterten aus ihrem Gefährt. Es war klar, dass dieses heute nicht mehr weiterfahren würde. Den Rest des Weges mussten sie wohl zu Fuß zurücklegen.

»Eins ist mal sicher«, sagte Theo, als sie draußen auf dem Bürgersteig standen, wo sich immer mehr Schaulustige versammelten. »Mit *Bleeker & Sons* fahre ich so schnell nicht mehr.«

Lucius brauchte einen Augenblick, bis er begriff: Alle drei Droschken gehörten demselben Fuhrunternehmen. Das Logo auf den Kabinentüren verriet es.

»Na, dann viel Spaß bei der Suche nach Alternativen.« Harold seufzte. »*Bleeker* ist das führende Unternehmen dieser Art in London. Viel Konkurrenz gibt es da nicht – zumindest bei automatisierten Droschken.«

»Und auch nicht-automatisierte haben manchmal Unfälle«, sagte Lucius. Aus den Augenwinkeln sah er Streifenpolizisten herbeieilen, die sich um die Situation auf der Kreuzung kümmern würden. »Das geschieht eben hin und wieder. Erst recht in einer Stadt mit so viel Verkehr. Lasst uns einfach froh sein, dass niemandem etwas passiert ist. Und nun kommt. Verschwinden wir lieber, sonst dürfen wir eine halbe Ewigkeit zu Protokoll geben, was eben vorgefallen ist. Und für Mister Booth zählt jede Minute.«

»Gute Idee«, stimmte Sebastian zu. Dann brachen sie auf, zu Fuß dem gar nicht mehr so weit entfernten Diogenes-Club entgegen. Doch solange sie auch marschierten, bekam Lucius diesen eigenartigen Unfall nicht aus dem Kopf. Er hatte wirklich geglaubt, Automatenmenschen könnten keine Fehler begehen.

So kann man sich irren, dachte er und rieb sich den schmerzenden Hinterkopf.

KAPITEL 6:

Eifrige Ermittlungen

Bevor sie ins Rabennest zurückkehrten, kauften sie sich zunächst an einer Straßenbude ein paar Sandwiches, denn in der gesamten Aufregung hatten sie das Mittagessen verpasst. Diese verspeisten sie dann in ihrem Hauptquartier oben im Turmzimmer. Gleichzeitig planten sie ihr weiteres Vorgehen.

»Theo, du meintest vorhin auf der Fahrt, dass wir uns noch einmal den Tatort anschauen sollten«, sagte Sebastian zwischen zwei Bissen. »Der Meinung bin ich auch. Das scheint der beste Anfang für unsere Ermittlungen zu sein.«

»Ich weiß nicht, ob uns das weiterhilft«, entgegnete Lucius. »Immerhin hat Sherlock Holmes den Tatort schon besichtigt. Glaubt ihr wirklich, dass er etwas übersehen hat, das uns dann auffällt?«

»Wer weiß«, gab Sebastian zurück. »Du darfst eins nicht vergessen: Wir glauben an Dinge, die er für Unsinn hält. Unsichtbare, Machtkristalle, Geister und so weiter. Also sehen wir möglicherweise auch Spuren, die er gar nicht beachtet, weil sie von etwas stammen, das nicht in sein Weltbild passt. Wir können sogar Spuren sehen, die er gar nicht wahrnehmen kann.« Bedeutungsvoll blickte er in Theos Richtung.

Lucius nickte langsam. Sein Freund hatte recht. Gerade

Theo besaß ein paar eigentümliche Talente, die Holmes vermutlich für Humbug gehalten hätte. Das Mädchen war bei seiner Geburt vor zwölf Jahren beinahe gestorben. Eine Art indische Hexe hatte sie gerettet. Seitdem besaß Theo einen besonderen Draht zum Übernatürlichen. Mal überkamen sie unheimliche Visionen, mal hatte sie ein bestimmtes Gefühl dafür, ob etwas geschehen würde oder nicht. Und seit ihrem Besuch bei dem Geisterfinder Carnacki vor ein paar Wochen, der ihr ein paar seiner Tricks beigebracht hatte, vermochte sie obendrein die Anwesenheit oder das Wirken ruheloser Seelen an einem Ort zu spüren.

»Du meinst, falls Booth besessen war oder falls ein Spuk für die Zerstörung der Waffensammlung verantwortlich ist, könnte Theo das herausfinden.«

»So dachte ich mir das«, sagte Sebastian.

»Mensch, das wäre doch gar nicht so abwegig!«, rief Harold. »Vielleicht hat ein Poltergeist das ganze Chaos angerichtet. Das würde alles erklären.«

»Dafür, dass du Geister vor ein paar Wochen noch für völligen Quatsch gehalten hast, bist du jetzt aber schnell dabei, ein Gespenst zum Schuldigen zu erklären«, bemerkte Theo. Das Mädchen sah die Jungs ernst an. »Seid mir nicht böse, aber wir sollten nicht vorschnell irgendwelche übernatürlichen Mächte ins Spiel bringen. Es gibt viel mehr gewöhnliche Verbrecher als schurkische Geister. Das sollten wir alle aus unserem letzten Abenteuer gelernt haben.«

Widerstrebend musste Lucius ihr da recht geben.

»Ich greife doch nur nach jedem Strohhalm, der sich mir bietet«, murmelte Harold.

»Und ich kann auch gerne das Zimmer auf Spuren eines Geists untersuchen«, sagte Theo. »Erhofft euch allerdings nicht zu viel davon. Ich glaube nicht, dass wir in dieser Geschichte auf einen Geist treffen.«

Nachdenklich sahen sich die Freunde an. »Könnte es einen zweiten Unsichtbaren in London geben?«, überlegte Harold. »Der Letzte war ganz scharf darauf, in den Häusern wohlhabender Bürger sein Unwesen zu treiben.«

»Aber dieses Mal wurde doch gar nichts gestohlen«, wandte Lucius ein. »Da war sich Lord Archibald sehr sicher. Seine Sammlung ist nur kaputt geschlagen worden.«

»Für mich klingt das nach einem Racheakt«, meinte Sebastian. »Einem wohlhabenden Kerl wird das Spielzeug zerschlagen. Sagte Boothy nicht, der Lord hätte zahlreiche Neider? Ich möchte wetten, er hat auch zahlreiche unzufriedene Angestellte. Nicht direkt in seiner Stadtvilla, aber vielleicht besitzt er Bauernhöfe oder Industriebetriebe, wo Menschen arbeiten, die er schlecht behandelt hat. Wisst ihr, man wird nicht reich, indem man ein netter Mann ist.«

»Also haben wir jetzt zwei Aufgaben«, fasste Lucius zusammen. »Wir müssen den Tatort noch einmal nach … ungewöhnlicheren Spuren absuchen. Außerdem sollten wir Lord Archibald und sein Umfeld unter die Lupe nehmen und uns über beides schlaumachen. Der letzte Punkt scheint mir eine Aufgabe für unseren guten James zu sein.«

»Oh, ein Rechercheauftrag.« Dröhnend stapfte James in seiner absurden Kampfrüstung näher. »Wie wunderbar. Ich hatte schon befürchtet, dass ich den ganzen Tag diese undankbare Schlange hüten würde.«

»Äh, du wirst sie weiter am Hals haben«, gab Lucius zu bedenken. »Wir können Miss Sophie unmöglich mit zu Lord Archibald nehmen.«

»Bitte verzeihen Sie, Master Lucius, aber ich fürchte, dass man auch im Stadtarchiv nicht sehr glücklich darüber sein wird, wenn ich einen Tigerpython mitbringe«, sagte James. »Ich würde meine Recherchen ja auf die Nachtstunden verlegen, wenn Miss Sophie selig in ihrem Körbchen ruht. Aber das Archiv hat äußerst kundenunfreundliche Öffnungszeiten. Es schließt bereits um sechs Uhr am Abend und macht erst um neun Uhr am Morgen wieder auf. Eine Unverschämtheit, wenn Sie mich fragen. Als hätten die Automatenarchivare nachts etwas Besseres zu tun, als bloß ihre Schrauben raus- und wieder reinzudrehen. Aber so ist das mit den städtischen Einrichtungen heutzutage. Es herrscht keinerlei Servicegedanke mehr.«

»Schon gut, James, beruhige dich«, sagte Lucius.

»Ich kann Miss Sophie auch nicht nach Hause bringen«, fügte Theo hinzu. »Dort ist niemand, der ihr Gesellschaft leisten würde. Und ich möchte nicht, dass sie sich langweilt.«

»Na großartig.« Sebastian schüttelte den Kopf. »Also willst du sie mitnehmen.«

Das Mädchen nickte. »Ich werde sie in ihren Korb legen.

Wenn sie vorher etwas zu essen bekommt, schläft sie bestimmt schnell ein. Niemand wird merken, dass sie bei uns ist. Nicht wahr, Miss Sophie? Du bist heute ganz brav.« Sie tätschelte der Schlange den flachen Kopf, die das stoisch über sich ergehen ließ.

Sebastian seufzte. »Wird schon schiefgehen.«

Eine Stunde später standen sie vor Gwynnemoore Hall: Lucius, Sebastian, Harold mit seinem prallvollen Überlebensrucksack, den er immer bei sich trug, wenn er sich hinaus in die Wildnis namens London wagte, und Theo mit einem zugedeckten Korb, der sie wie Rotkäppchen auf dem Weg zur Großmutter aussehen ließ. Sie folgten dem von Zierbüschen gesäumten Weg zum Haupteingang und klopften. Auf der Fahrt hatten sie überlegt, ob sie sich eine Geschichte ausdenken sollten: irgendeinen Vorwand, warum sie unbedingt noch einmal den Tatort sehen mussten. Aber sie wollten es stattdessen mit der Wahrheit versuchen. Lord Archibald konnte schließlich auch nichts daran liegen, dass sein langjähriger Gärtner unschuldig ins Gefängnis gesteckt wurde.

Die Tür öffnete sich, und ein eleganter Automatenmann in weinroter und mitternachtsblauer Lackierung stand vor ihnen. Auf seinen blanken Metallschädel war tatsächlich eine sorgsam gescheitelte Frisur gemalt. Lucius erkannte ihn sofort: Das war der Mann, der einige Stunden zuvor die Fenster geputzt hatte. Harold hatte ihn Hubert genannt.

Lucius wollte gerade den Mund öffnen, um etwas zu sagen, als der künstliche Butler bereits das Wort ergriff. »Master Harold.« Der Blick seiner leuchtenden Augen lag auf dem jungen Erfinder. »Welch Vergnügen, Sie mal wieder zu sehen.«

»Danke, Hubert«, erwiderte Harold.

»Was kann ich für Sie und Ihre Begleiter tun?«

Harold schob sich nach vorne. »Du hast bestimmt mitbekommen, dass Boothy von Scotland Yard verhaftet wurde.«

»Selbstverständlich. Ein tragischer Zwischenfall. Wer hätte gedacht, dass Mister Booth sich an der historischen Waffensammlung seiner Lordschaft vergreifen würde?«

»Wir glauben, dass Booth unschuldig ist. Und um das zu beweisen, würden wir uns den Tatort gerne noch einmal anschauen.«

Der Automatenbutler neigte den Kopf. »Ich verstehe. Bitte kommen Sie herein und warten Sie hier in der Eingangshalle. Ich werde seine Lordschaft über Ihr Anliegen unterrichten. Aber ich bezweifle, dass er sich im Augenblick mit Ihnen befassen kann. Er ist sehr beschäftigt.«

Die Freunde traten ins Haus, und Hubert schloss die Tür hinter ihnen. Dann drehte er sich um und schritt würdevoll davon.

»Echt praktisch, dass dein Vater den Butler gebaut hat«, meinte Sebastian. »Einem Freund wird Hubert sicher eher Auskunft geben als einem Fremden. Falls wir Fragen an ihn haben.«

»Erst mal sollten wir uns umsehen«, fand Lucius. »Hoffen

wir, dass uns Lord Archibald so freundlich empfängt wie sein Butler.«

Doch der Lord empfing sie überhaupt nicht. Stattdessen tauchte Lady Eloise auf, die Lucius gestern ebenfalls kennengelernt hatte. Die freundlich wirkende ältere Dame hatte ein Kleid an, das nur solche Menschen im Alltag tragen konnten, die für jeden Handgriff im Haushalt einen Diener hatten. Sie hatte die mit mehreren Ringen verzierten Finger vor dem Bauch verschränkt und sah die Freunde neugierig an. »Harold, na so was«, wandte auch sie sich zunächst an den Nachbarsjungen. »Hubert hat mir erzählt, dass du mit deinen Freunden hier bist, weil ihr euch um das Wohlergehen des guten Booth sorgt.«

»Das stimmt, Madam«, bestätigte der Angesprochene nickend. Erneut trug er ihre Bitte vor.

»Ich weiß deinen Eifer für den armen Booth wirklich zu schätzen«, sagte Lady Eloise, »aber der Fall wurde doch von Sherlock Holmes persönlich bereits gelöst. Ich kann mir kaum vorstellen, dass die Schlussfolgerungen dieses Genies falsch sein könnten.«

Wenn Sie wüssten, ging es Lucius durch den Kopf, aber er hütete sich, vor Fremden schlecht über Holmes zu sprechen. Schließlich wusste er aus dem Showgeschäft, wie wichtig es war, seinen Ruf zu wahren – egal ob als großer Zauberkünstler oder großer Verbrechensbekämpfer.

Harold entschied sich ebenfalls für eine andere Strategie: die Mitleidsschiene. »Bitte!«, flehte er. »Boothy ist doch so lieb. Vielleicht hat Mister Holmes recht und er ist wirklich in diesen Fall verwickelt, aber wenn ja, dann auf irgendeine andere Weise als alle denken.«

Lady Eloise zog fragend eine Augenbraue hoch. »Wie meinst du das?«

»Wir haben Boothy besucht«, verriet Harold. »Er schwört Stein und Bein, unschuldig zu sein. Und das glaube ich ihm. Boothy war immer eine ehrliche Haut. Also muss mehr hinter dem Ganzen stecken; vielleicht sogar mehr, als Mister Holmes erkannt hat. Wir müssen uns einfach selbst ein Bild davon machen. *Ich* muss es. Sonst könnte ich nicht mehr ruhig schlafen.«

Seufzend fuhr sich Lady Eloise mit den beringten Fingern über das hochgesteckte Haar. »Ja, ich weiß, was du meinst, Harold. Ich habe letzte Nacht auch kaum ein Auge zubekommen. Booth ist seit zwanzig Jahren unser Gärtner. Eine schreckliche Vorstellung, dass er sich so gegen uns gewandt haben könnte.«

Ihre Augen verengten sich etwas, als sie Lucius, Sebastian und Theo musterte. »Sagt mal, Kinder, ihr kommt mir doch von irgendwoher bekannt vor.«

»Ich war gestern Abend mit Mister Holmes und Doktor Watson hier«, sagte Lucius. Er stellte sich vor. »Ich wohne seit ein paar Monaten in der Baker Street. Meine Mutter ist eine Freundin von Sherlock Holmes.«

»Richtig, jetzt erkenne ich dich wieder.« Die Hausherrin wedelte mit einer Hand in der Luft umher. »Verzeih. Es herrschte so ein Durcheinander gestern. Und du sahst so anders aus in deiner schicken Sonntagskleidung und mit den gekämmten Haaren ...« Dann schüttelte sie den Kopf. »Aber, nein, das meinte ich gar nicht. Ich kenne euch alle.« Ihre Miene hellte sich auf. »Natürlich! Wart ihr nicht vor ein paar Monaten in der Zeitung? Ihr habt den Anschlag auf Königin Victoria bei der Eröffnung der Kongarama-Ausstellung im Britischen Museum verhindert. Und bist du, Lucius, nicht sogar mit diesem jungen Mann ...«

»Sebastian Quatermain, guten Tag«, stellte Sebastian sich vor.

»Genau ... Seid ihr nicht sogar auf die Bühne gestürmt, um den Schurken aufzuhalten, der auf die Königin schießen wollte?«

»Das war mein Vater«, erklärte Sebastian murrend. »Und er war auch unschuldig. Jemand hatte ihn mit Hypnose dazu gebracht, die Königin anzugreifen, weil er seinen Ruf ruinieren wollte.«

Lady Eloise schlug die Hand vor den Mund. »Oh, verzeih, mein Junge. Ich wollte deinen Vater nicht beleidigen. Selbstverständlich war er unschuldig.«

Stirnrunzelnd blickte Lucius Theo an. »Könnte Booth auch hypnotisiert worden sein?«

Das Mädchen zuckte mit den schmalen Schultern. »Möglich ist alles. Und wenn ich mir den Tatort anschauen dürfte, könnte ich vielleicht schon mehr dazu sagen.«

»Nun gut«, sagte Lady Eloise. »Mein Mann mag es zwar

überhaupt nicht, wenn sich jemand ohne ihn in seinem Waffenzimmer aufhält, aber ihr könnt schließlich nichts mehr kaputt machen, nicht wahr?« Sie lächelte kläglich. »Also folgt mir, und schaut euch ruhig um. Wenn wir dem lieben Booth dadurch helfen, wäre mir das sehr angenehm.«

Sie gingen über die dicken Teppiche an den großen Ölgemälden und den feinen Ledersesseln vorbei, passierten die riesige Standuhr und stiegen danach die Treppe in den ersten Stock hinauf. Lucius kannte das alles noch vom gestrigen Abend, aber Sebastian und Theo staunten sichtlich. Als sie die offene Tür erreichten, hinter der sich die Sammlung des Lords befand, weiteten sich auch Lucius' Augen – allerdings nicht vor Bewunderung, sondern vor Erschrecken. »Wie sieht es denn hier aus?«, entfuhr es ihm.

»Es tut mir leid, wir sind noch nicht ganz mit den Aufräumarbeiten fertig«, erwiderte Lady Eloise. »Scotland Yard hat den Raum erst vor zwei Stunden freigegeben.«

»Das ist ja furchtbar!«

»Ja, nicht wahr? Es ist nach wie vor schrecklich unordentlich.«

»Nein, nein.« Lucius schüttelte den Kopf und sah die Adlige an. »Es ist viel zu sauber. Man darf einen Tatort doch nicht aufräumen!« Er deutete auf all die kaputten Waffen und zerschlagenen Möbel, die auf einem großen Haufen zusammengekehrt worden waren. Die Teile des Mobiliars, die gerettet werden konnten, standen zur Säuberung auf der anderen Raumseite. Dazwischen lagen bloß noch Läufer auf Marmorfliesen. Lucius schlug die Hände über dem Kopf zusammen. »Wie sollen wir denn hier noch Spuren sichern?«

Nun begriff auch Lady Eloise, wo das Problem lag. »Oje, das tut mir leid. Ich hatte mit keiner zweiten Ermittlergruppe gerechnet, darum hatte ich Hubert angewiesen, den Unrat zu beseitigen, dessen Anblick meinem armen Archie das Herz bricht.«

Theo legte Lucius eine Hand auf die Schulter. »Es ist nicht so schlimm«, sagte sie leise. »Die offensichtlichen Spuren hat ohnehin schon Sherlock Holmes gefunden. Die sprechen gegen Booth. Das, wonach wir suchen, lässt sich auch jetzt noch finden.«

Langsam nickte Lucius. »Du hast recht.« Er holte tief Luft. »Also los, Leute. Schwärmen wir mal aus und suchen nach dem einen Hinweis, der Booth entlastet.«

»Dann lasse ich euch jetzt besser allein«, verkündete Lady Eloise. »Ich schicke euch Hubert, der bei euch bleiben soll. Wenn ihr etwas findet, lasst es mich bitte wissen.«

»Das machen wir«, versprach Harold. »Vielen Dank, Madam.«

Als sie alleine waren, machten sie sich sofort an die Arbeit. Sebastian begab sich zu dem Unrathaufen und fing wahllos an, Waffen hervorzuziehen und zu betrachten. Ob er dabei nach Spuren suchte oder sie einfach bewunderte, vermochte Lucius nicht zu sagen. Harold stellte seinen Rucksack ab und zog zu Lucius' Überraschung den Geisterfinder daraus hervor. Das Gerät, das angeblich die Präsenz körperloser Spukgestalten nachweisen sollte, hatte er vor ein paar Wochen gebaut. Es blinkte und surrte ganz eifrig, aber viel mehr hatte Harold damit noch nie erreicht.

»Funktioniert das Ding mittlerweile?«, fragte Lucius seinen Freund und deutete auf das Gerät, dem Harold den sperrigen Namen TraSpuAuSpü verliehen hatte – als Abkürzung für »transportabler Spukaufspürer«.

»Das weiß ich, sobald ich damit einen Geist entdecke«, erwiderte Harold schief grinsend.

Lucius schüttelte seufzend den Kopf, dann begann auch er, den Raum genau in Augenschein zu nehmen, wobei er um Theo herumging, die sich im Schneidersitz auf einem der Läufer niedergelassen hatte. Das Mädchen schloss die Augen und entspannte sich. Fremdartige Worte kamen über Theos Lippen, Worte, die ein Mädchen gar nicht kennen sollte, alt und geheimnisvoll. Es handelte sich um eine Beschwörung, die Theo von dem Geisterspezialisten Thomas Carnacki gelernt hatte. Sie sollte Spuren spukhaften Treibens deutlich erkennbar machen und möglicherweise anwesende, ruhelosen Seelen zum Vorschein bringen. Dass das passierte, hatte Lucius auch noch nicht erlebt. Aber seltsam fand er es schon, wenn Theo so dasaß und vor sich hin murmelte – unheimlich und faszinierend zugleich.

So verbrachten sie ein paar Minuten. Sebastian wandte sich dem Fenster zu, öffnete es und beugte sich vor, als wolle er nach Spuren an der Hauswand oder im Blumenbeet direkt unter dem Fenster suchen. Harold ging stirnrunzelnd vor den zerschlagenen Schwertern und Musketen in die Knie. Theo öffnete die Augen, und als sich ihr Blick mit dem von Lucius kreuzte, schüttelte sie stumm den Kopf. Keine geisterhaften Einflüsse zu spüren.

»Wie sieht es mit Magie aus? Hattest du irgendwelche … Visionen oder so?«

»Nein«, antwortete sie. »Ich glaube, dieser Raum ist so durch und durch gewöhnlich wie Harolds Werkstatt.«

»He, meine Werkstatt ist nicht *gewöhnl*ich«, beschwerte sich der Junge hinter ihrem Rücken. »Sondern extrem *außer*gewöhnlich!«

Sebastian rollte mit den Augen.

»Ich meinte damit: frei von allem Übernatürlichen«, sagte Theo.

»Ach so.« Harold wandte sich wieder einem Schwert zu, dessen Klinge zwei Handbreit über dem Griff abgebrochen worden war.

»Was macht *ihr* denn hier?«, kam plötzlich eine blecherne Stimme von der Tür her.

Lucius drehte sich um und erblickte Hubert, der im Türrahmen stand. Verwirrt wollte er antworten. »Wir …«

Doch er kam nicht weiter. »Ist das eine Schlange?«, entfuhr es dem Automatenbutler. Er machte einen Schritt nach hinten. Mit einem Mal wirkte er geradezu außer sich! »Was hat eine Riesenschlange in diesem Haus zu suchen? Fort, fort, garstiges Biest.« Seine starken Metallarme vollführten scheuchende Bewegungen.

Was ist denn plötzlich in den gefahren?, fragte sich Lucius. *Eben an der Tür war er doch noch ganz freundlich.* Verwirrt blickte er zur Seite und sah, dass Miss Sophie sich selbstständig gemacht hatte. Offenbar war ihr in dem Korb langweilig geworden, deshalb hatte sie den Deckel hochgeschoben und sich bereits zur Hälfte aus ihrem Behältnis herausgewunden.

»Och, Miss Sophie.« Theo ging auf die Knie und ergriff die Schlange. »Wir hatten doch ausgemacht, dass du dich brav versteckst. Mit dir kann man auch wirklich nicht vor die Tür gehen.« Sie seufzte und schob das Tier sanft aber bestimmt in den Korb zurück. »Verzeihung. Kommt nicht wieder vor«, entschuldigte sie sich bei dem Maschinenmann.

»Das will ich hoffen«, gab Hubert zurück. Seine künstliche Stimme klang so mürrisch wie die von Sherlock Holmes, wenn Lucius mal wieder zu laut gewesen war. »Schlangen gehören nicht nach London. Wir sind hier doch nicht im Dschungel. Wenn Lord Archibald wüsste, was gerade in seinem Haus vor sich geht, würde er euch ungezogene Bälger vor die Tür setzen!«

»Beruhige dich, Hubert«, sagte Harold. Auch er schien sich über Huberts Verhalten zu wundern. »Lady Eloise hat uns erlaubt, uns umzusehen. Hat sie dir das nicht gesagt, als sie dich hergeschickt hat?«

Hubert zögerte nur kurz. »Doch, selbstverständlich. Aber sie erwähnte nicht, dass ihr hier alles wieder unordentlich macht. Und dass ihr eine Riesenschlange bei euch habt.« Er schüttelte den Kopf. »Als wären wir im Zoo.«

»Na ja«, sagte Lucius. »Ich schätze, wir sind ohnehin fertig, oder?« Betrübt sah er von einem seiner Freunde zum anderen. Sie hatten nichts gefunden, um Booth zu entlasten, keinen Beweis, der hieb- und stichfest genug gewesen wäre, um das Wort des großen Sherlock Holmes zu entwerten.

Die anderen nickten. Sebastian und Theo wirkten ebenfalls niedergeschlagen. Nur auf Harolds Miene zeigte sich ein Funken Hoffnung. »Darf ich Lady Eloise oder Lord Archibald noch etwas fragen?«

»Wenn es unbedingt sein muss«, sagte Hubert. Er drehte sich um. »Folgt mir.«

Sie hatten den Raum gerade verlassen, als Lady Eloise ihnen bereits entgegenkam. »Oh, ihr wollt schon wieder gehen.«

»Ja«, sagte Lucius. »Vielen Dank, dass wir uns umsehen durften.«

»Hattet ihr denn Erfolg?«

Fragend sah Lucius Harold an. »Das wissen wir noch nicht genau«, antwortete dieser. »Dazu müsste ich noch ein paar Untersuchungen an diesen Waffen vornehmen. Darf ich das Ritterschwert und dieses japanische Katana ausleihen?« Er hielt zwei zerbrochene Klingen hoch.

Verwirrt nickte die Adlige. »Ja, natürlich. Aber pass bitte auf damit. Das sind keine Kinderspielzeuge.«

»Sie kennen mich doch, Madam. Ich bin Wissenschaftler und damit die Vorsicht in Person.«

Beinahe hätte Lucius laut losgeprustet. *Der verrückte Erfinder Harold und vorsichtig?* Aber zum zweiten Mal in dieser Stunde riss er sich zusammen. Auch Harold hatte – wie Holmes – einen Ruf zu wahren.

»Na gut, mein Junge«, sagte Lady Eloise. »Ich weiß, dass dein Vater dich zu einem verantwortungsvollen jungen Mann erzogen hat. Daher will ich dir glauben. Aber bring die Teile bitte wieder, wenn du damit fertig bist.«

»Das werde ich.«

»Gut, dann geleitet Hubert euch noch zur Tür. Ich hoffe, dass ihr etwas findet, das Booth entlasten wird. Einen so guten Gärtner wie ihn bekommen wir nicht wieder.« Sie seufzte noch einmal aus ganzem Herzen, dann verabschiedeten sie sich. Harold verstaute die Waffen in seinem Rucksack und die Freunde wandten sich zum Gehen.

Während sie hinter dem Automatenbutler die Treppe hinunterstiegen, musste Lucius gegen seine Enttäuschung ankämpfen. Irgendwie hatte er sich mehr von diesem Besuch erhofft. *Mal sehen, ob James mehr Erfolg hatte als wir*, dachte er.

Im nächsten Moment gab es ein gewaltiges Poltern und Scheppern, dann lag Hubert der Länge nach vor der Treppe auf dem Boden.

»Hubert?« Lucius eilte die Stufen hinunter an seine Seite. »Alles in Ordnung mit dir?«

»Oh«, sagte Hubert und er wirkte dabei sehr zerstreut. »Ich muss einen Fehltritt getan haben. Das ist mir sehr unangenehm. Wenn Sie mir vielleicht aufhelfen könnten, Master Harold?«

»Na klar.« Rasch stellten sie den Automatenmann wieder auf die Beine.

»Geht es dir wirklich gut?«, hakte Harold nach. »Mir scheint, dein Kreiselstabilisator muss überprüft werden.«

»Ja, das wäre denkbar.« Hubert strich sich mit den Metallhänden über die polierte Brust. »Ich werde mich in den nächsten Tagen bei Ihrem Vater melden, wenn es genehm ist.«

Harold nickte. »Ich sage ihm Bescheid, sobald er heute Abend wieder daheim ist.«

»Vielen Dank.« Hubert stakste zur Eingangstür und öffnete sie. »Dann wünsche ich den jungen Herrschaften noch einen angenehmen Tag. Beehren Sie uns gelegentlich wieder.«

Gleich darauf standen die Freunde wieder auf der Straße.

»Keine Geister, keine Magie und keine Unsichtbaren«, stellte Lucius fest. »Ich glaube, übernatürliche Einflüsse können wir ausschließen.«

»Bleiben nur noch wütende Angestellte, die Lord Archibald und Boothy eins auswischen wollten«, sagte Sebastian.

»Mal sehen …«, sagte Harold.

»Wie meinst du das?«, wollte Theo wissen.

»Ich will noch nichts sagen, womit ich nachher falschliege. Aber ich muss dringend nach Hause, um ein paar Untersuchungen vorzunehmen. Könntet ihr James heimschicken, wenn ihr ihn im Rabennest trefft?«

Neugierig sah Lucius Harold an. »Klar, können wir machen. Verfolgst du etwa eine neue Spur?«

Ein kleines Lächeln stahl sich auf Harolds Lippen. »Vielleicht. Wenn ich mit meiner Ahnung richtigliege, wäre Boothy entlastet. Denn dann kann er nie und nimmer der Täter sein, selbst wenn er es gewollt hätte. Wir sehen uns morgen, Freunde.«

Mit diesen rätselhaften Worten wirbelte er herum und rannte nach Hause.

KAPITEL 7:

Die Frau im Nebel

»Was ist eigentlich, wenn Sie sich mal irren?«, fragte Lucius.

Sherlock Holmes, der wie üblich am Kopfende des Küchentisches saß, sah von seinem Abendbrot auf und hob eine Braue. »Und wo sollte dem so sein?«

»Na, beispielsweise gestern Nacht in Gwynnemoore Hall«, antwortete Lucius. Er griff nach seinem Glas und trank einen Schluck Milch, als könne die ihm den Mut zurückgeben, den er unter Holmes' strengem Blick zusehends verlor. »Sie waren gegenüber Lord Archibald ja absolut überzeugt, Mister Booth sei der Täter.«

»Mister Booth *ist* der Täter«, betonte der Meisterdetektiv. »Dank der Beweislage kann daran kein Zweifel bestehen. Und wenn ich richtig informiert bin, hat Inspektor Lestrade ihn heute früh auch folgerichtig verhaften lassen. Der Fall ist abgeschlossen, Lucius. Ich habe mich *nicht* geirrt.«

»Und was, wenn doch?«

Seit dem erneuten Besuch am Tatort waren gut zwei Stunden vergangen, und die Freunde aus dem Rabennest hatten sich für den Abend getrennt. Lucius war in die Baker Street 221b zurückgekehrt, wo Mrs Hudson bereits den Tisch für das Abendessen gedeckt hatte. Nun saß er mit ihr, Holmes und dem ebenso friedlich wie hungrig vor sich hin kauenden Doktor Watson in der Küche.

»Sherlock Holmes liegt nie falsch, Lucius«, sagte Watson mit vollem Mund und schelmischem Grinsen. Dabei warf er seinem alten Freund einen schrägen Seitenblick zu, der seinen Worten Hohn sprach, und nahm sich eine weitere Scheibe Wurst vom Tisch. »Er ändert höchstens mal seine Meinung.«

Holmes schnaubte ungehalten. Auf einen spöttischen Schlagabtausch hatte er merklich keine Lust.

»Iss, mein Junge«, sagte Mrs Hudson leise und legte Lucius ungefragt noch eine Toastscheibe auf seinen Teller.

»Nein, lassen Sie ihn ruhig«, bat Sherlock Holmes ein wenig zu streng, um glaubhaft zu wirken. »Der Junge hat Fragen. Und unser guter Doktor hier fand ja schon länger, ich solle ihm mehr Einblick in meine Arbeit gewähren. Richtig, Watson?«

Der stämmige Mediziner strich sich über den buschigen Schnurrbart, in dem sich Butter verfangen hatte. »Vollkommen richtig«, antwortete er ganz sachlich. »Lucius interessiert sich nämlich sehr für das, was Sie tun. Wären Sie nicht immer so mit sich selbst beschäftigt, wäre es Ihnen längst aufgefallen. Nicht wahr, Junge?«

Lucius wusste nicht, was er sagen wollte. Einerseits hatte er das Gespräch begonnen, andererseits wollte er aber nicht, dass es in Streit endete – und Sherlock Holmes klang durch und durch streitlustig. *Weil ich angedeutet habe, er könne sich irren*, begriff er. *Das kratzt jetzt an Holmes' Ehre*. Doch welchen Unterschied machte das schon? Holmes *hatte* sich geirrt, zumindest bei Mister Booth.

Seit Lucius bei Scotland Yard gewesen war und dann noch einmal am Tatort, arbeitete es in ihm. Er wusste, wie verrückt es war, ausgerechnet an Großbritanniens klügstem Detektiv zu zweifeln. Lestrade hatte nämlich vollkommen recht gehabt: Ein Sherlock Holmes lag niemals falsch. Aber was, wenn doch?

Lucius hatte es in Mister Booths schreckensweiten Augen gesehen, in Harolds flehendem Blick und in der Entschlossenheit, die auch Theo und Sebastian antrieben: Im Fall von Gwynnemoore Hall waren die Erwachsenen allesamt auf dem Holzweg. Und wenn die Freunde vom Rabennest es ihnen nicht bald bewiesen, würde es für den armen Booth schlimme Folgen haben.

Holmes legte seinen Toast zurück auf den Teller und beugte sich zu Lucius vor. »Also gut. Niemand soll sagen, ich wäre dir ein schlechter Gastgeber.«

Lucius verkniff sich ein Schmunzeln. Genau das sagte Sherlocks Bruder Mycroft doch fast jeden Tag aufs Neue über ihn! Sogar, wenn Sherlock zuhörte!

»Erleuchte mich, Lucius«, fuhr der große Detektiv fort. »Warum glaubst du, ich läge bei Booth falsch, hm?«

»Weil Sie ihn nicht kennen«, platzte es aus dem Jungen heraus, schneller als er sich bremsen konnte. »Sie haben keine Ahnung, wer Mister Booth ist. Und es interessiert Sie auch nicht. Für Sie gelten nur Ihre ... Ihre leblosen Indizien. Die

Scherben auf Lord Archibalds Fußboden und die Schuhgrößen seiner Dienerschaft. Nicht die Menschen.«

Watson lachte wissend und leise, griff aber schnell nach seiner Teetasse, um sich dahinter zu verstecken. Mrs Hudson wirkte, als sei ihr die ganze Situation unangenehm. Vermutlich schaufelte sie sich deswegen gerade einen mittelgroßen Berg an Frischkäse auf ihr Brot.

»Dir fehlt das Herz«, stellte Holmes fest und klang ehrlich überrascht. »Ist es das, Junge? Du findest, ich ginge zu sachlich vor?«

Langsam nickte er. Das traf es ziemlich genau: Das Herz fehlte. Und, so fand Lucius, es beschrieb Sherlock Holmes auch allgemein recht treffend.

Der Meisterdetektiv lehnte sich in seinem Sitz zurück und verschränkte die Arme vor der Brust. »Dann hör mir jetzt gut zu, Lucius. Doktor Watson will, dass ich dir etwas beibringe, und dies hier ist eine der wichtigsten Lehren, die ich dir überhaupt mitgeben kann: Das Herz ist bei der Aufklärung eines Verbrechens vollkommen unwichtig!«

Watson hustete, als habe er sich verschluckt. Er schien widersprechen zu wollen, bekam aber noch kein Wort heraus.

Doch Sherlock Holmes hob ohnehin warnend die Hand und fuhr einfach fort. »Wenn ich die Spuren auf Lord Archibalds Fußboden sehe und weiß, dass er eine Handvoll Bedienstete beschäftigt, die problemlos an den Schlüssel zu seinen Zimmern kommen können ... Dann brauche ich kein Herz. Dann genügt mir ganz allein mein Kopf, Lucius. Mein Verstand. Ein

Detektiv sortiert die Fakten und zieht aus ihnen seine Schlüsse. Er lässt sich nicht von Gefühlen beeinträchtigen, verstehst du? Erst recht nicht von unangebrachtem Mitleid. Wenn du klug bist, merkst du dir das. Mit Mitleid fängt man keine Verbrecher, sondern mit Grips und Ausdauer.«

Lucius sah zu dem stämmigen Arzt, aber Watson wischte sich noch die Hustentränen aus den Augen und japste leise. Dann sah er zu Mrs Hudson, die sich so konzentriert um ihr Käsebrot kümmerte, als gäbe es sonst nichts auf der Welt.

Schließlich stand er auf. Sein Teller war längst noch nicht leer, doch sein Appetit war ihm gehörig vergangen. Diese sturen, fantasielosen, rechthaberischen Erwachsenen ... Sie regten ihn mehr auf, als er in Worte zu fassen vermochte. Hier konnte er nicht gewinnen, das spürte er. Was immer er auch sagte, Holmes nahm es nicht ernst. Weil Holmes *ihn* nicht ernst nahm – selbst nach all den durchlebten und gemeisterten Abenteuern mit der Rabennest-Bande nicht.

»Darf ich auf mein Zimmer gehen?«, fragte er. Bevor er noch etwas Falsches sagte, ergriff er lieber die Flucht.

Holmes wirkte nicht überrascht. »Natürlich, mein Junge«, antwortete er kühl und ohne von seinem Abendbrot aufzusehen. Einzig Watson und die gute Mrs Hudson staunten nicht schlecht.

Doch auch sie waren Lucius in diesem Augenblick der Wut vollkommen egal. Ohne ein weiteres Wort verschwand er aus der Küche.

»Sehen Sie, Watson?«, hörte er den Meisterdetektiv noch

schimpfen, als er die Tür hinter sich schloss. »Das haben wir davon, wenn wir dem Jungen Einblick in unsere Arbeit gewähren: nur unnötigen Ärger!«

Lucius schluckte, ballte die Hände zu Fäusten und ging.

Der Abend schien kein Ende zu nehmen. Lucius schmollte und schmollte. Stundenlang blätterte er in seinen Büchern, ohne sich auf die Geschichten konzentrieren zu können. Zweimal versuchte er sich an einem Brief an seine Mutter, obwohl er gar keine Anschrift von ihr hatte, und beide Male brach er mitten im Text ab und zerknüllte das Papier voller Frust. Nichts wollte ihm gelingen – absolut gar nichts. Weil er sich ärgerte.

Er sah aus seinem Zimmerfenster und beobachtete, wie die Baker Street immer leerer und dunkler wurde. Er sah dem Sonnenuntergang zu und fragte sich, ob der arme Boothy in seiner Gefängniszelle auch ein Fenster hatte, aus dem er schauen konnte. Vermutlich nicht – und Leute wie Sherlock Holmes und Inspektor Lestrade trugen die Schuld daran!

Die Ungerechtigkeit der ganzen Sache regte ihn am meisten auf. Harolds alter Freund musste leiden, weil die Erwachsenen es so beschlossen hatten und keine Vernunft annahmen. Lucius litt, weil sie ihm nicht zuhören wollten und ihn, was immer er auch tat, für ein ahnungsloses Kind statt für einen echten Detektiv hielten. Und dieser eigensinnige Lord Archibald, der den Krieg so sehr vermisste, dass er ein ganzes Zimmer voller Waffen in seinem Haus hatte und als seinen größten Schatz betrachtete, ließ einen armen und friedlichen Gärtner verhaften. Warum? Nur weil fantasielose Sturköpfe wie Lestrade es ihm sagten und der Lord offenbar daran gewöhnt war, Männern mit wichtig klingenden Berufsbezeichnungen blind zu vertrauen. Hatte Archibald auch nur ein einziges Mal Zweifel an Holmes' Tätertheorie geäußert? Nein. Genickt hatte er, überrascht geguckt ... und die Polizei dann einfach machen lassen.

Es war nicht gerecht, nichts davon. Und es änderte sich nicht.

Auch, weil wir *es nicht ändern*, dachte Lucius. *Den ganzen Tag haben Theo, Harold, Sebastian und ich ermittelt – und trotzdem sind wir kaum weiter als am Morgen.*

Alle Theorien, die Booth' Unschuld hätten stützen können, mochten sich noch als komplett wertlos erweisen. Auch James' Recherche hatte nichts weiter erbracht als die Erkenntnis, dass Lord Archibald ein ungewöhnlich beliebter und von seinen Untergebenen geschätzter Mann war. Feinde schien er keine zu haben, sah man von den Afghanen ab, einem Volk gegen das er vor Jahren in den Krieg gezogen war. Aber an einen afghanischen Vandalen glaubte selbst Lucius nicht.

Vermutlich war auch das ein Grund für den Zorn, den er gerade verspürte: Er wollte von Holmes und Lestrade ernst genommen werden, hatte aber nichts zu Boothys Entlastung vorzuweisen. Keine Beweise, nur Gefühle.

Und ein erfolgloser Detektiv ist ein nutzloser Detektiv.

Durfte er sich da beklagen, dass ihm niemand so richtig zuhörte?

Irgendwann hatte er genug. Es ging schon auf Mitternacht zu, und im ganzen Haus war längst Ruhe eingekehrt, da schlug Lucius die Bettdecke zurück und stand auf. Eine halbe Ewigkeit hatte er nun an die Decke seines Zimmers gestarrt und keinen Schlaf gefunden. Vermutlich konnte er die gesamte Nacht abhaken. Auch das ärgerte ihn.

Schweigend ging er wieder zum Fenster und sah hinaus in die Dunkelheit. Nebel zog inzwischen durch die Baker Street, und die Gaslaternen waren nur mehr helle Kleckse im dunstigen Weiß. Ohne lange darüber nachzudenken, zog Lucius sich wieder an. Alles war besser als dieses elende, nutzlose Nichtstun! Dann öffnete er das Fenster und stieg auf die Fensterbank.

Sein Zimmer lag im ersten Stock. Die Hauswand war ziemlich glatt und zum Klettern eher ungeeignet. Doch wenn er es schaffte, das Regenrohr dort an der Ecke des Hauses zu fassen und mit den Fußspitzen in die Ritzen zwischen den einzelnen Mauersteinen kam ...

Er war schon lange nicht mehr geklettert, seit damals in den Pyrenäen. Und erst recht nicht ohne Sicherungsseil und professionelle Ausrüstung. Aber er hielt es in diesem Haus einfach nicht mehr aus, und die Treppe im Flur konnte er nicht benutzen, weil sie knarrte und Holmes für gewöhnlich einen leichten Schlaf hatte.

Wer nicht wagt ..., dachte Lucius, rutschte vorsichtig bis zum Rand der schmalen Fensterbank und streckte den Arm nach dem Regenrohr aus. Tatsächlich! Er konnte es erreichen. Zwar nur mit den Fingerspitzen, aber immerhin. *Ich müsste springen. Nur ganz kurz. Springen und direkt das Rohr umfassen, dann die Schuhsohlen gegen die Wand pressen und mich so abbremsen.*

Wäre Theo hier, würde sie ihn lebensmüde nennen. Harold hätte beim Blick nach unten gewiss schon seine Brille verloren. Und Sebastian ...

Sebastian wäre längst am Rohr hinuntergeklettert! Ohne groß zu überlegen. Und ohne Angst.

Lucius atmete tief ein, spannte die Muskeln an und sprang von der Fensterbank.

Beinahe verfehlte er das Rohr. Seine Hände glitten über das nebelfeuchte Metall und hatten Schwierigkeiten, sich daran festzuhalten. Außerdem hatte er den Sprung schlecht bemessen und ein wenig zu viel Kraft investiert. Doch seine Sohlen kratzten über die Mauer, und als er in einem panischen Moment das Gewicht nach vorn verlagerte, schaffte er es noch, den Arm um das Regenrohr zu legen. Und mit einem Mal hing er sicher daran.

Das Rohr quietschte ganz schön. Das ungewohnte Gewicht zerrte an seinen Halterungen, und erster Mörtel bröckelte aus der Hausmauer, wo diese in der Wand verschwanden. Abermals verlagerte Lucius seinen Schwerpunkt. Er atmete nun ganz flach und bemühte sich, keine ruckartigen Bewegungen zu machen. Plötzlich entsann er sich wieder all der Tricks und Kniffe, die er und seine Mutter bei ihrem gemeinsamen Kletterausflug in den Pyrenäen gelernt hatten. Und langsam – ganz, ganz langsam! – wagte er sich an den Abstieg.

Eins musste er diesen Briten lassen: So engstirnig sie mitunter waren, so stabil bauten sie aber auch ihre Häuser. Praktisch mühelos fanden seine Fußspitzen Halt in den schmalen Mauerritzen, und auch wenn das Rohr hin und wieder leicht ächzte und quietschte, bewegte es sich doch keinen Millimeter vom Fleck. Es dauerte nur wenig mehr als eine Minute, und Lucius hatte wieder festen Boden unter den Füßen. Staunend sah er vom Bürgersteig aus an der Hauswand empor. Das war leichter gewesen als gedacht.

Die Nacht war nahezu totenstill. Lucius drehte sich um und sah die Straße hinab. Nirgends rührte sich etwas, und hinter keinem der Fenster brannte mehr Licht. Ein leichter Wind trieb Nebelschwaden vor sich her, und die Luft war überraschend frisch und kalt.

Lucius schlug den Kragen seiner Jacke hoch, schob die Hände in die Hosentaschen und ging einfach los. Er hatte kein Ziel, und nun, da er draußen im Freien *war*, wusste er auch gar nicht mehr so richtig, was er hier eigentlich wollte. Im Gegenteil: Die Ruhe und die neblige Finsternis wirkten alles andere als einladend auf ihn. Doch nur Angsthasen hatten Angst, oder etwa nicht? Angst war etwas für kleine Kinder, nicht für mutige Detektive. Und in seinem Zimmer war die Nacht noch langweiliger als hier draußen im Nebel, das war klar.

Ein nächtlicher Spaziergang durch London, ganz allein und ohne Aufpasser. Wenn Mrs Hudson wüsste, was er gerade trieb, bekäme sie vor Sorge sicher kein Auge zu. Die Stadt sei gefährlich, das sagte sie ihm doch immer, insbesondere nach Einbruch der Dunkelheit. Aber je länger Lucius sie nun durchstreifte, desto besser und sicherer fühlte er sich. Herrlich unbehelligt und ganz schön erleichtert. Niemand störte ihn mehr, weil niemand mehr da war. Wohin er auch blickte, sah er nur verlassene Straßen und friedlich schlummernde Häuser. Die einzigen Laute, die an seine Ohren drangen, waren das leise Pfeifen des Windes und die fernen Geräusche der Vergnügungsviertel von London, in denen die Nacht zum Tag gemacht wurde.

Nach einigen Minuten erreichte der Junge den Regent's Park, eine weitläufige Grünanlage im Herzen von London. Lucius kannte den Park gut, denn er lag nicht allzu weit von der Baker Street entfernt. Gemeinsam mit Mrs Hudson hatte er dort schon einige faule Sonntagnachmittage verbracht, Tauben gefüttert und sich die Füße im sogenannten Boating Lake gekühlt, dem idyllischen See, der zum Park gehörte.

Nun aber, mitten in der Nacht und im Nebel, wirkte das Gelände absolut fremd auf ihn. Hier, so nah am Wasser, hingen die weißen Schwaden noch dichter und dämpften selbst das letzte Geräusch bis zur fast vollkommenen Stille. Die Gaslaternen am Rande des Parks fochten einen verlorenen Kampf; der Nebel und die Finsternis verschluckten ihr gelbliches Licht schon nach wenigen Metern. Auch die paar Laternen, die im Inneren der Anlage brannten – an den Wanderwegen, nahe der hölzernen Sitzbänke – waren nur ein Tropfen auf den heißen Stein namens Nacht und nahezu vollkommen nutzlos. Lucius hatte den Park kaum betreten, da wollte er auch schon wieder umkehren.

Und mit einem Mal hörte er das Geräusch!

Es war ein leises Lachen, hell und klar, aber auch irgendwie angestrengt. Künstlich wie das einer Schauspielerin. Fragend sah er sich um. Nirgends rührte sich etwas in den Schatten und den Schwaden, nirgends konnte er jemanden erkennen. Und doch ...

Habe ich mir das eingebildet?

Das passte gar nicht zu ihm. Irgendwo hier strich noch jemand umher. Eine Frau. Um diese von allen guten Geistern verlassene Stunde.

Lucius kniff die Lider enger zusammen und wagte ein paar weitere Schritte in den nebeldunklen Regent's Park. Die Nacht kam ihm immer unheimlicher vor, und obwohl er keinen wirklichen Grund dafür wusste, fühlte er sich beobachtet. Aus purer Einbildung?

Dann hörte er das Lachen wieder, und ihm war, als erkenne er die Stimme, undeutlich und gedämpft, aber vom Klang her dennoch eindeutig! Erschrocken blieb er stehen.

»Mom?«, flüsterte er. Erst danach bemerkte er, dass er die Frage tatsächlich ausgesprochen hatte. Ungläubig starrte er in die Finsternis und den Nebel. »Mom, bist du das?«

Erneut musste er an die eigenartige Begegnung vom Vormittag denken, diese Gestalt in der vorbeifahrenden Droschke, aber auch an Mister Ms kluge Worte. *Sie kann nicht hier sein,* rief er sich innerlich zur Ordnung. *Das bilde ich mir nur ein, weil ich es mir wünsche. Sie kann nicht hier sein, weil das absolut unlogisch wäre. Es wäre nicht vernünftig.*

Aber genau das warf er Sherlock Holmes und dem Inspektor doch vor, oder? Dass sie nur auf Logik und Vernunft achteten, nicht auf Gefühl oder Instinkt. Und nun stand er hier, mitten im nächtlichen Park, und hörte eine Stimme, die so vertraut schien, so angenehm und herrlich vertraut.

»Mom?«, rief Lucius zaghaft in den Dunst hinein. Er wollte, dass sie ihn hörte, dass sie ihn fand, aber gleichzeitig hielt ihn ein Rest von Zweifel zurück. Er war ganz allein. Was, wenn er sich irrte? »Mom, bist du das?«

Beim nächsten Geräusch lief er los, dem Lachen und der Stimme entgegen. Aufregung überkam ihn. Lucius sah nicht nach rechts und links, er folgte einfach dem Weg, den seine Ohren ihm wiesen. Bald schon kam er vom befestigten Weg ab und hatte nebelfeuchtes Gras unter den Schuhsolen. Die letzten Lichtkegel der Gaslaternen verschwanden hinter ihm, und es gab nur noch Schatten, weiße Schwaden und die Nacht.

Dann erreichte er den See, und alles wurde anders! Als hätte er nur auf ihn gewartet, verwirbelte plötzlich ein schwacher Wind die Nebelschwaden über der Wasseroberfläche und der fahle Schein des Mondes fiel durch die Wolken. Gerade genug, um den See zu erhellen – und eine Stelle am Ufer auf der anderen Seeseite. Dort, so klar und deutlich wie das Wasser und die Nacht, stand Irene Adler!

Sie trug dieselbe Kleidung wie am Vormittag in der Droschke. Auch ihre Frisur war noch gleich. Lucius traute seinen Augen kaum und konnte sein Glück kaum fassen. »Mom!«, rief er nun lauter. »Mom, hier!«

Sie schien ihn nicht zu bemerken. Stattdessen warf sie noch einen letzten Blick hinaus auf die stille Wasseroberfläche, dann drehte sie sich um und ging: Sie verschwand in den Schwaden und der Finsternis, als wäre sie nur ein Trugbild, nur ein Geist.

»Mom!« Jetzt ließ Lucius alle Vorsicht fahren. Sie entwischte ihm abermals! Er hob beide Arme und winkte wie verrückt. Fieberhaft sah er sich nach einem Steg um, einer Brücke – irgendetwas, das ihn in Windeseile über das Gewässer und zu ihr bringen mochte – und fand nichts. *»Mommy!«*

Schnell rannte er weiter, am Wasser entlang. Irgendwo musste es doch auf die andere Seite gehen. Oh, bitte, bitte – irgendwo da vorn. *Mom*, hallte es bei jedem Schritt durch seinen Verstand wie ein Rhythmus. *Mom ist in der Stadt. Mom ist wieder hier!*

Aber sosehr er sich auch anstrengte, er konnte sie am anderen Ufer nicht mehr ausfindig machen. Und als er nach knapp zehn Minuten keuchend und schweißgebadet dort ankam, wo sie gestanden haben musste, fand er keinerlei Spur von Irene Adler. Die weltberühmte Verschwindekünstlerin war einmal mehr verschwunden – ausgerechnet vor ihm.

Lucius wusste, wie unerklärlich es war, sie mitten in der Nacht in einem Londoner Park zu wissen. Hätte er es nicht mit eigenen Augen gesehen, hätte er es nie und nimmer geglaubt. Das Herz *war* bei Fragen der Logik nahezu vollkommen unwichtig.

Doch er hatte sie gesehen. Ohne Zweifel und ohne jede Frage. Irene Adler war in London.

Aber nicht bei ihm.

Irgendwo schlug eine Kirchturmuhr zur ersten Stunde des neuen Tages. Der Wind trug die tiefen, einsamen Glockentöne über die Dächer der Stadt und in die Stille des Parks hinein. Lucius Adler stand am Ufer des Boating Lake – die Hosenbeine feucht vor Tau, nichts als Nacht und Nebel zur Gesellschaft – und verstand die Welt nicht mehr.

KAPITEL 8:

Ein Rätsel kommt selten allein

An Schlaf war nun erst recht nicht zu denken. Innerlich aufgewühlt wie er war, kehrte Lucius in die Baker Street zurück. Es fiel ihm leichter, das Regenrohr hinaufzuklettern, als er befürchtet hatte, und schon nach kurzer Zeit lag er wieder im warmen Bett. Dort aber starrte er an die Decke seines Zimmers, den Kopf voller Fragen.

Sie würde nie nach London kommen, ohne schnurstracks zu mir zu eilen.

Niemals.

Trotzdem war sie im Park gewesen. Mutterseelenallein. So eindeutig wie der Mond am Himmel und das Wasser im See. Sie *war* in London. Und dieses Mal versteckte sie sich nicht vor irgendwelchen Verfolgern ... sondern vor Lucius!

Minuten wurden zu Stunden, und die Nacht dauerte an. Irgendwie schaffte er es doch noch, einzuschlafen, aber Erholung fand er nicht. Im Traum sah er sich durch den Keller von Scotland Yard streifen, vorbei an fest verschlossenen Zellentüren, die von Automatenmännern wie Tinny bewacht wurden. Und hinter jeder einzelnen Tür hörte er das Lachen seiner Mutter. Dann stand er plötzlich im Garten von Gwynnemoore Hall, sah an der Hauswand entlang nach oben und fand

Irene, wie sie Lord Archibalds Fenster putzte. Lucius rief ihren Namen, und sie schaute zu ihm hinunter. Anstatt ihm jedoch zu winken oder zu lächeln, wandte sie sich schweigend ab und schloss das Fenster. In einer dritten Traumsequenz kam Lucius ins Rabennest, und Irene war bereits dort. Sie stand neben Harolds Werkbank – und hetzte ihrem entsetzten Sohn den zur Kampfmaschine umgebauten James auf den Hals! Ohne Zögern, ohne erkennbaren Sinn und ohne Gnade.

Lucius schrie noch, als er erwachte. Sein Atem ging keuchend, und sein Nachthemd war schweißnass. Erst nach ein paar Augenblicken wusste er wieder, wo er war. Seufzend erhob er sich aus den Federn und sah sich um.

Vor dem Fenster kündigte ein blasser Streifen Helligkeit am Horizont den neuen Tag an. Die Straßen waren aber noch menschenleer. Allzu lange hatte er demnach nicht geschlafen, aber er hegte auch kein Interesse, es erneut zu versuchen. Lucius wusch sich schnell, zog seine Sachen an und öffnete die Zimmertür.

Im Flur herrschte völlige Stille. Holmes und Doktor Watson schlummerten sicher noch friedlich. Lucius ließ die knarrende Treppe trotzdem eine knarrende Treppe sein und ging ins Erdgeschoss. Zu seiner Überraschung brannte in Mrs Hudsons Küche schon Licht.

»Wo kommst du denn in dieser Herrgottsfrühe schon her?«, staunte die großmütterliche Wirtin, kaum das er auf der Schwelle erschien. Auch sie war bereits fix und fertig angezogen, bei ihr schien das um diese Zeit aber völlig normal zu sein. Sie saß am Küchentisch und hantierte mit allerlei Gemüse, das sie in kleine Würfel schnitt, und mit Kartoffeln, die sie schälte.

»Ich kann nicht mehr schlafen«, sagte er und trat seufzend näher.

Mrs Hudson schien zu spüren, dass er keine große Lust auf Nachfragen hatte. Sie sah ihn an, nickte und stand auf. Mit wenigen Schritten war sie am Schrank, wo sie einen Topf herausnahm, ihn mit dem Rest der Milch vom Vortag füllte und dann auf den Herd stellte. Schweigend wartete sie, bis die Milch kochte. Dann goss sie Lucius eine Tasse voll, gab zwei besonders stattliche Löffel Honig hinzu und stellte sie vor ihm auf den Küchentisch. Die Milch roch köstlich.

»Harte Nacht, hm?« Mrs Hudson sah zum Fenster. »Ja, manchmal sind sie das. Aber das Wichtigste ist, dass auch die härtesten Nächte aufhören, wenn die Sonne aufgeht. Also bald, mein Junge. Bald.«

Eigentlich wollte er gar nichts erzählen. Er hatte ja nicht einmal Interesse an Gesellschaft gehabt. Doch nun, da er neben der guten Seele der Baker Street 221b saß, dampfende Honigmilch vor sich und das Ende der Nacht halbwegs in Sicht, sprudelte es plötzlich aus ihm hinaus. Lucius erzählte von seiner Wanderung durch den Nebel, von den Gaslaternen im Park und dem leisen Lachen. Dann beschrieb er, was am See passiert war.

»Unmöglich«, sagte Mrs Hudson fest. Bis dahin hatte sie geduldig, wenn auch sichtlich entsetzt, zugehört. Nun aber konnte sie nicht mehr schweigen. »Das kann nicht sein, mein Junge. Glaub mir.«

»Das würde ich gern«, gestand er. »Aber es geht nicht. Denn ich habe sie gesehen. So sicher, wie ich Sie jetzt sehe, Mrs Hudson. Es war meine Mom.«

Die Wirtin wollte schon wieder protestieren. Lucius ließ sie gar nicht erst zu Wort kommen und berichtete ihr auch noch von der Droschkenfahrt mit Mycroft. Das genügte, sie verstummen zu lassen – für einen kurzen Augenblick.

»Trotzdem«, sagte sie dann, die faltige Stirn gerunzelt und nichts als Entschlossenheit im Blick. »Ich kenne Irene Adler, Lucius. Sie würde niemals …«

»Die Beweise sind eindeutig!«, unterbrach er sie halb entnervt und halb hilflos. Er sprach nun lauter, als er eigentlich wollte.

Doch Mrs Hudson störte sich nicht daran. Im Gegenteil: Sie schmunzelte. »Die Beweise, so so«, sagte sie ruhig und sah ihn an. »Merkst du eigentlich, wie du gerade klingst? Wie *wer* du gerade klingst, meine ich?«

Zuerst verstand er sie nicht. Dann aber begriff er – und erschrak gründlich. Gemeinsam hoben er und Mrs Hudson die Köpfe zur Zimmerdecke. »Nein«, hauchte Lucius.

»Oh doch, mein Junge. Mister Holmes hätte das eben nicht besser ausdrücken können. Für ihn zählen nur die Beweise, darüber hast du dich erst gestern Abend laut und deutlich beklagt. Und jetzt kommst du mir mit genau denselben Argumenten?«

Lucius schluckte. Mit einem Mal wusste er nichts mehr zu erwidern. Er hatte tatsächlich wie Holmes geklungen, oder etwa nicht? Ausgerechnet er.

»Die Beweise sagen vielleicht, dass deine Mutter in London ist und sich vor dir versteckt«, fuhr die freundliche Hauswirtin fort. »Und, ja, dein Verstand will diesen Beweisen bestimmt glauben. Denn das wäre nur logisch. Aber was sagt dein Herz, Lucius? Was *fühlst* du?«

Zweifel, schoss es ihm durch den Kopf, sofort und mit absoluter Überzeugung. *Ich fühle mich, als ob die Beweise lügen.*

»Können Beweise lügen?«, fragte er zögerlich und schaute Mrs Hudson an.

»Natürlich«, antwortete sie sanft. »Jeder kann lügen. Jeder ... außer der Wahrheit, und allein die zählt. Findest du nicht auch?«

Lucius nickte. Genau das war es, oder? Die Wahrheit fehlte. Er hatte seine Mutter gesehen, das schon, aber es fühlte sich dennoch nicht wahr an. Nicht, wenn er ehrlich zu sich war und auch sein Herz mitreden ließ. »Es passt nicht zu ihr.«

»Das sehe ich genauso.« Mrs Hudson lächelte. »Und mit der Zeit wird die Wahrheit ans Licht kommen, Lucius. Wart's nur ab.« Abermals sah sie zum Fenster. »Sie kommt so sicher wie der Sonnenaufgang, und mit ihr kommen auch die Antworten auf deine Fragen. Glaub mir.«

Er wusste, dass sie recht haben musste, irgendwie. Nicht nur, weil er ihr glauben *wollte*, sondern auch, weil es sich richtig anfühlte.

Ich muss abwarten, erkannte er. *Bis sich die Dinge aufklären. Ich muss durchhalten … genau wie Boothy. Auch wenn es mir schwerfällt.*

Beweise logen mitunter. Sherlock Holmes und Inspektor Lestrade mochten das anzweifeln, aber für ein Mitglied der Rabennest-Bande stand außer Frage, dass manche Dinge anders waren, als es den Anschein hatte.

»Darauf hätte ich auch allein kommen können«, murmelte Lucius bei sich und schenkte der ihn amüsiert beobachteten Mrs Hudson ein dankbares Lächeln. Dann griff er nach der Tasse voller Milch, nahm einen tiefen Zug, und zum ersten Mal seit Stunden fühlte er sich wieder halbwegs beruhigt. Und sicher.

»Na, ausgeschlafen?«

Lucius drehte sich um. Theo kam gerade den Bürgersteig vor dem Diogenes-Club hinabspaziert. Sie grinste ein wenig spöttisch.

»Das würde ich nicht sagen«, antwortete er und unterdrückte ein Gähnen.

»Siehst auch nicht so aus«, erwiderte die Freundin. »Deswegen frag ich ja.« Sie blieb neben ihm stehen und hakte sich bei ihm unter wie eine feine Dame. »Wolltest du gerade reingehen, oder was?«, fragte sie und nickte in Richtung der Clubtür.

Lucius blinzelte. Mit seiner Konzentration war es an diesem Vormittag tatsächlich nicht weit her. »Äh, ja?«

»Also dann.« Theo lachte kurz auf. »Gehen wir. Ich glaube, du brauchst dringend einen von Harolds Spezialtees. Einen der extrastarken.«

Lucius schüttelte sich bei dem Gedanken. Harolds selbst gemischte Teesorten waren in der Regel ziemlich ungenießbar. Doch weil er so stolz auf sie war, brachten es seine Freunde kaum übers Herz, ihm das zu sagen.

Wie üblich, war Lucius auch an diesem Morgen in den Diogenes-Club gefahren. Soeben erst hatte er die Droschke verlassen, die nun vor dem Eingang des großen Gebäudes hielt. Und schon war er Theo begegnet. Oder vielleicht nicht »schon«? Während der Fahrt hatte Mycroft angemerkt, dass Lucius immer wieder einzuschlafen drohte. Die durchwachte Nacht forderte offenbar ihren Tribut. Mycroft war inzwischen im Club verschwunden – und Lucius schien tagträumend auf dem Bürgersteig verharrt zu haben. Zumindest ein paar Augenblicke lang, bis Theo kam.

Gemeinsam näherten sich die beiden der Tür. Ihr Ziel war das Rabennest, wo sie neue Pläne zum Fall Boothy schmieden wollten. Außerdem interessierte es Lucius brennend, was Harold mit Lord Archibalds Waffen angestellt hatte.

Doch es kam anders.

»Lucius? Theodosia?« Ein Mann überquerte die Straße vor dem Club. Er hatte es sehr eilig und wich den vorbeifahrenden Droschken und Kutschen so gekonnt aus, als mache er dies den ganzen Tag. »Ihr seid es doch, oder? Freut mich, Kinder. Freut mich.«

»Kennst du den?«, murmelte Theo.

Lucius schüttelte den Kopf. Diesen Kerl hatte er noch nie gesehen. Der Mann war mindestens Ende Dreißig. Sein Haar war schwarz und ziemlich ungepflegt. Auch sonst machte er keinen allzu ordentlichen Eindruck. Das kantige Kinn war nicht rasiert, der dunkle Anzug wies ein paar Flecken auf, und das einstmals weiße Hemd sah aus, als habe sein Besitzer es schon seit Tagen an, ohne sich daran zu stören, dass es nicht mehr frisch war. Ein kleiner Schreibblock ragte aus einer Anzugtasche, und hinter dem rechten Ohr des Unbekannten klemmte, wie Lucius erstaunt bemerkte, ein Bleistift mit deutlichen Bissspuren.

»Lucius Adler und Theodosia Paddington.« Der Mann hatte die andere Straßenseite erreicht und blieb vor den zwei Freunden aus dem Rabennest stehen. Er lächelte breit, und doch wirkte sein Lächeln nicht unbedingt freundlich. »Dass ich das noch erleben darf. Schön, euch zu sehen, Kinder. Ich hatte gehofft, euch hier vor dem Club abzufangen – und siehe da: Meine Hoffnung erfüllt sich.«

Jetzt hatte er sie schon zum zweiten Mal »Kinder« genannt. Diese Anrede mochte Lucius nicht gerade; erst recht nicht in diesem abfällig klingenden Tonfall und von jemandem, der sich noch immer nicht vorgestellt hatte. Allmählich riss Lucius der Geduldsfaden. »Verzeihung, aber ... Wer sind Sie?«

»Oh, natürlich.« Der Fremde lachte leise. »Wie unhöflich von mir. McKee ist mein werter Name. Jeremy McKee. Ihr habt bestimmt schon von mir gehört.«

Theo und Lucius sahen sich fragend an. Dann zuckten sie mit den Schultern.

»Nicht?« Mister McKee wirkte enttäuscht. »Das, äh, erstaunt mich. Nein, wirklich, es erstaunt mich. Aber gut, was will man machen: Jeremy McKee, also ich, ist Londons wohl rasendster Reporter. Wo immer etwas geschieht, bin ich vor Ort und berichte. Darauf könnt nicht nur ihr euch verlassen, nein, ganz London kann es!«

Wieder wechselten Theo und Lucius einen Blick. Lucius saß jeden Morgen mit zwei leidenschaftlichen Zeitungslesern am Frühstückstisch und hatte bei dem Fall mit dem Unsichtbaren bereits selbst mit der örtlichen Presse zu tun gehabt. Ein McKee war ihm allerdings noch nie untergekommen.

»Ich glaube Ihnen nicht«, sagte er daher geradeheraus, und Theo nickte. Irgendwie hatten beide keine Lust, mit diesem Kerl zu sprechen. »Ich weiß nicht, woher Sie uns kennen und was Sie von uns wollen, aber ich finde, Sie haben uns lange genug aufgehalten. Guten Tag, Mister McKee.«

Er ging mit Theo weiter. Doch McKee trat ihnen in den Weg.

»Na gut, na gut«, sagte der Mann im fleckigen Anzug. Er klang nun schon deutlich weniger ehrenhaft als eben. »Ich bin nicht Londons rasendster Reporter. Ihr habt ja recht, damit wollte ich euch nur beeindrucken. Aber ich *könnte* es werden! Ja, wirklich. Mit den richtigen Artikeln und dem nötigen Tempo hätte auch ich das Zeug zum Spitzenjournalisten. Die ganze Stadt, ach, das ganze Land würde lesen, was ich Tag für Tag so zu vermelden hätte!«

»Und was hat das alles mit uns zu tun?«, fragte Theo ungeduldig.

Lucius verstand sie gut. Ein erfolgloser Reporter war nicht ihr Problem; sie hatten momentan genug eigene.

»Alles«, antwortete McKee und klatschte in die Hände. Mit einem Mal wurde er ganz sachlich. »Also, hört zu. Ich lungerte gestern bei Scotland Yard herum, wie so oft, und wartete auf eine gute Story. Ebenfalls: wie so oft. Und wen sehe ich da gemeinsam mit Inspektor Lestrade im Inneren des Gebäudes verschwinden? Euch Kinder. Und da kam ich natürlich ins Grübeln.« Er zog den Schreibblock aus seiner Tasche und blätterte darin. »Hier steht's: Vier Dreikäsehochs, auf die eure Beschreibungen passen, wurden auch im März bei der Kongarama-Ausstellungseröffnung gesehen. Als das Leben der Königin in Gefahr war.«

Nun musste Lucius stutzen. Meinte McKee etwa den Fall mit dem Goldenen Machtkristall?

»Und laut streng geheimen Polizeiakten«, fuhr der Reporter fort, »waren es auch vier Knirpse, die den Unsichtbaren dingfest machen konnten. Vor ein paar Wochen. Oben auf der Tower-Brücke.«

Theo riss die Augen auf. »D...Den Unsichtbaren?«

McKee winkte ab. »Stell dich gar nicht erst dumm, Theodosia. Ich bin im Bilde. Ich weiß genau, was ihr vier so treibt und leistet. Denn ich habe bestens recherchiert. Seit Monaten erlebt ihr hier in der Stadt die unglaublichsten Abenteuer, und die Öffentlichkeit hat kaum einen Schimmer davon!«

Das saß. Lucius, Theo, Harold und Sebastian arbeiteten seit März dieses Jahres gewissermaßen für Mister M und die britische Krone. Und aus Sicherheitsgründen durfte eigentlich niemand wissen, was sie bei ihren unheimlichen Fällen erlebten und welche Geheimnisse sie aufdeckten. Eigentlich.

»Sie haben herumgeschnüffelt«, klagte Lucius wütend und sah McKee an. »An Orten, an denen Sie nichts zu suchen haben.«

»Na und?«, rechtfertigte sich der zerknittert wirkende Reporter. »Von irgendetwas muss ich auch leben. Und Artikel verkauft nur der, der auch spannende Storys zu bieten hat. Also schnüffele ich herum.« Er schien keinerlei Gewissensbisse zu haben.

»Das ist verboten«, sagte Theo streng.

»Wen kümmert's? Mich interessiert nur die Story, nur die Möglichkeit eines spannenden Artikels. Ich suche Sensationen, Miss Paddington – und als ich euch vier gestern bei Scotland Yard sah, kam mir eine Idee. Jeremy, sagte ich zu mir, hefte dich doch mal an die Fersen dieser kleinen Knirpse. Wenn es stimmt, was die geheimen Polizeiakten sagen, und ihr immer wieder in fantastische Abenteuer geratet ... Na, dann muss ich eigentlich nur neben euch stehen und abwarten, bis die Sensationen von selbst zu mir kommen!«

Lucius traute seinen Ohren kaum. Der Kerl wollte sie beobachten? An ihnen kleben wie ein zweiter Schatten? Und danach würde er alles, was sie an Geheimnissen erlebten, für die Zeitung aufschreiben, um dadurch Geld zu verdienen?

»Keine Sorge«, sagte McKee, der Lucius' entsetzten Blick offenbar zu deuten wusste. »Ich will den ganzen Erfolg nicht allein für mich. Sieh's mal so, Jungchen: Mit jeder Titelseite, auf der ich euch als Helden präsentiere, gewinnen wir alle. Ich bekomme Geld von der Zeitung – und ihr bekommt endlich die öffentliche Aufmerksamkeit, die ihr verdient!«

Mister M fällt vor Schreck aus seinem Ohrensessel, wenn er das hört, dachte Lucius. *Seine vier Sonderagenten ... mit einem skrupellosen Sensationsreporter im Gepäck?*

»Unsere Fälle sind streng geheim«, sagte Theo. Es kam selten vor, dass sie zornig wurde, doch nun war sie es – sehr! »Und das, Mister McKee, sollen sie auch bleiben.«

»Hmmm.« Der Reporter verzog tadelnd das Gesicht. »Ich fürchte, dann habt ihr ein Problem. Denn meine Geldbörse ist gähnend leer, und das soll sie *nicht* bleiben!« Nun grinste er hämisch.

»Lassen Sie uns in Ruhe, Mister McKee«, sagte Lucius und schob sich mit Theo an dem Reporter vorbei. Mit wenigen, schnellen Schritten erreichten sie die Eingangstür.

McKee blieb auf dem Bürgersteig stehen. »Das werde ich nicht tun, Lucius«, sagte er ungerührt. »Vergiss das nicht. Wo immer ihr auch hingeht, was immer ihr auch macht ... ich werde ganz in eurer Nähe sein. Und fleißig mitschreiben.«

Na wunderbar, dachte Lucius grimmig und betrat den Club. Zum ersten Mal in seinem Leben war er froh darüber, dass ihn dort drin niemand ansprach.

KAPITEL 9:

Krise im Hause Cavor

Wenig später tauchte auch Harold im Rabennest auf. Hinter ihm stapfte Panzer-James in den Raum. Der Automatenbutler hatte sich allerdings schon wieder verändert. War seine massige Rüstung aus Altmetall gestern noch stumpf und stellenweise von Rost befallen gewesen, glänzte James heute wie die Waffen in Lord Archibalds Sammlung – bevor alles kaputt geschlagen worden war, wohlgemerkt. Die Metallteile waren so blank poliert, dass man den Blick hätte abwenden müssen, hätte die Sonne geschienen und sich ihr Schein darauf gespiegelt. Allerdings war von der Sonne nichts zu sehen. Der Himmel über London präsentierte sich an diesem Morgen grau und wolkenverhangen.

»Mensch, Harold, was hast du denn mit James angestellt?« Sebastian staunte.

Harolds Augen fingen ebenfalls an zu glänzen. »Toll, nicht wahr?«, sagte er. »Ich habe heute Morgen *die* Entdeckung gemacht. In der Brompton Road, auf halbem Weg von unserem Haus zum Diogenes-Club, hat eine neue Automatenwaschanlage aufgemacht. Also, ihr wisst schon, einer dieser Höfe, wo man seine Automatenmenschen hinbringt, damit sie mal wieder ordentlich aufpoliert werden. Das Irre an *Mister Bed-*

fords lupenreiner Automatenwäsche ist allerdings, dass dort alle Angestellten selbst Automaten sind! Maschinen, die Maschinen waschen. Ist das nicht verrückt?«

»Das reißt mich vom Stuhl«, entgegnete Sebastian spöttisch.

»Ach, du hast doch keine Ahnung von echtem Fortschritt, du alter Wildnisläufer.« Harold winkte grinsend ab. »Na, jedenfalls ist diese neue Waschanlage der letzte Schrei. Ich habe James natürlich gleich eine schöne Politur spendiert. Unser machtvoller Beschützer soll was hermachen. Finde ich zumindest.«

»Du bist ziemlich gut gelaunt heute Morgen«, stellte Lucius fest. »Offenbar bist du nicht über Mister McKee gestolpert.«

»Über wen?« Harold zog die Augenbrauen hoch.

»Ach, da war so ein schmieriger Reporter«, mischte sich Theo ein. »Er hat Lucius und mir vor dem Club aufgelauert. Anscheinend hat er uns gestern bei unserem Besuch bei Scotland Yard belauscht und ist jetzt der Meinung, wir wären einer Geschichte auf der Spur, die er für seine Zeitung ausschlachten kann. Er war jedenfalls ziemlich aufdringlich, und wenn wir nicht aufpassen, haben wir den von jetzt an im Nacken sitzen.« Sie seufzte, als sie noch einmal an die Begegnung zurückdachte.

»Nein, der ist mir nicht aufgefallen«, erwiderte der junge Erfinder kopfschüttelnd. »Ich bin aber aus einem anderen Grund gut gelaunt. Hiermit kann ich euch verkünden, dass Boothy offiziell unschuldig ist!«

»Was?« Erstaunt riss Lucius die Augen auf.

Auch Sebastian und Theo traten näher und sahen Harold neugierig an. »Wie kommst du denn darauf?«, wollte Sebastian wissen.

»Nun, heute Nacht gab es bei Lord Archibald wieder einen Zwischenfall«, erklärte Harold. »Das teure, chinesische Porzellan von Lady Eloisc wurde zerschlagen. Diesmal allerdings wurde der Täter von Mildred auf frischer Tat ertappt! Und ob ihr es glaubt oder nicht: Es handelte sich um Hubert.«

»Den Automatenbutler?«

Harold nickte. »Genau den. Ich hatte ja schon bei unserem Besuch gestern das Gefühl, dass etwas mit ihm nicht ganz in Ordnung ist. Ein Automat fällt nicht einfach so eine Treppe hinunter.«

Lucius nickte verblüfft. Auch ihm war dieser Diener eigenartig vorgekommen.

»Und er hat normalerweise auch keine Angst vor Schlangen, nehme ich an«, fügte Theo hinzu.

»Hä?« Verständnislos starrte Harold sie an.

»Erinnerst du dich nicht mehr? Als wir uns im Sammlungsraum von Lord Archibald umgeschaut haben, ist Miss Sophie aus ihrem Korb entwischt. Hubert hat sich aufgeregt wie meine Tante Ophelia, wenn ich Miss Sophie zum Tee mitbringe.«

»Stimmt«, pflichtete Lucius ihr bei. »Das war wirklich seltsam.«

»Dazu kommt«, fuhr Harold fort, »dass meine Untersuchungen der Waffen, die ich mir ausgeliehen habe, ein eindeutiges Ergebnis erbrachten: Einzig und allein ein Automat kann die Sammlung des Lords zerstört haben! Niemand sonst.« Der junge Erfinder öffnete seinen Überlebensrucksack, den er wie immer dabeihatte, und zog das halbe Katana hervor. »Ihr müsst wissen, dass beide Waffen enorm stabil sind. Dieses Katana beispielsweise wurde zweihundert Mal gefaltet, was an sich schon unglaublich ist. Dadurch ist es aber nicht nur scharf wie ein Skalpell, sondern auch so widerstandsfähig, dass ein Mensch es niemals zerbrechen könnte. Boothy hätte sich mit seinem ganzen Gewicht draufstellen können, es wäre nicht entzweigebrochen.«

Verstehend nickte Sebastian. »Nur ein Automatenmensch wäre stark genug, diese Waffen zu zerstören.«

»Genau darauf wollte ich hinaus«, gab Harold zurück.

»Warum ist das Holmes nicht aufgefallen?«, wunderte sich Lucius.

Sein Freund zuckte mit den schmalen Schultern. »Vielleicht, weil er nicht so viel Ahnung von Automaten hat wie ich? Viele halten diese Butler, Gärtner und Kutscher für harmlos und schwach, weil sie oft so dürre Gesellen sind. Aber das scheint nur so! James und Hubert sind fast so stark wie die Militärmodelle, die in der britischen Armee dienen. Der größte Unterschied zwischen den Kampfautomaten und den anderen liegt – abgesehen von der Bewaffnung – darin, dass die Automaten, die bei gewöhnlichen Bürgern arbeiten, nicht so gut geschützt sind. Weil es wichtiger ist, dass sie elegant aussehen, als dass sie robust sind. Aber ansonsten ähneln sich die Modelle in mehr Dingen, als man glauben würde.«

Theo schauderte. »Gruselig«, murmelte sie. »Wenn man bedenkt, wie viel Schaden die Automaten anstellen könnten, die allein in London ihren Dienst verrichten.«

»Aber das tun sie ja nicht«, widersprach Harold. »Automatenmenschen sind Werkzeuge, keine lebenden Wesen. Sie werden nicht wütend, nicht eifersüchtig und nicht neidisch. Sie haben keine Gefühle und zumeist auch nicht sonderlich viel Verstand. Deshalb käme es ihnen nie in den Sinn, gegen ihre Programmierung zu verstoßen.«

»James hat Gefühle und Verstand«, wandte Lucius ein. »Er ist fast wie ein Mensch.«

»Oh, vielen Dank, Master Lucius«, sagte James blechern. Dann zog er seinen Helm ab und ein Dampfwölkchen puffte aus den löchrigen Schweißnähten an seinem Kopf. »Ich weiß dieses Lob sehr zu schätzen. Daher werde ich den Tee für Sie alle heute mit besonderem Vergnügen zubereiten.« Zufrieden stampfte er in Richtung Werkbank.

»Ja, James ist etwas Besonderes«, gab Harold zu, als er seiner Schöpfung nachblickte. »Aber das stimmt gleich doppelt: Ich halte ihn nicht nur für einen besonderen Automatenbutler, er ist auch wirklich eine ungewöhnliche Ausnahme, weil dieser Blitz damals in ihn eingeschlagen ist.«

»Könnte Hubert auch von einem Blitz getroffen worden sein?«, fragte Sebastian.

Harold sah ihn zweifelnd an. »Es gab seit Wochen kein Gewitter über London. Ich hätte es bestimmt gemerkt, hätte im Nachbarhaus der Blitz eingeschlagen.«

»Lässt sich so ein Blitz künstlich herstellen?«, wollte Lucius wissen. »So wie bei deinem Blitzschocker, nur stärker? Was ich damit fragen will: Könnte jemand Hubert absichtlich Gefühle beigebracht haben, beispielsweise Zorn auf seinen Dienstherrn?«

Der junge Erfinder dachte kurz darüber nach. »Vermutlich ja. Das würde bedeuten, dass außer uns noch jemand weiß, wie ein Blitzeinschlag die Automatenmenschen verändert. Aber woher sollte das irgendjemand erfahren haben? Und selbst wenn: Das Wissen allein heißt noch lange nicht, dass dieser Jemand es auch in die Praxis umsetzen könnte. Nicht einmal ich habe den leisesten Schimmer, wie der Blitzschlag James' Steuerkern verändert hat. Mein Vater hat es auch nicht begriffen, obwohl er sich James danach genau angeschaut hat. Und wenn mein Vater nicht herausfinden kann, wie man in einem Automaten Gefühle weckt, dann kann das niemand.«

Lucius kam eine andere Idee. »Aber es könnte vermutlich jemand Hubert umprogrammiert haben, oder? Ihm einzuimpfen, dass er zu einem bestimmten Zeitpunkt dies oder das kaputt machen soll, kann doch kein so schwieriger Befehl sein.«

»Das ist wahr«, bestätigte Harold ihm. »Man kann Automatenmenschen selbstverständlich sabotieren, so wie jede Maschine. Wer Ahnung von Steuerkernprogrammierung hat, für den ist das keine große Sache. Also, die Programmierung ist schon zeitaufwendig. Aber danach muss man nur noch die Lochkarte mit dem Code in den Leseschlitz des Automaten stecken, und schon werden die neuen Befehle übertragen.«

Theo wirkte nicht überzeugt. »Aber warum sollte jemand Hubert Angst vor Schlangen einprogrammieren?«, fragte sie. »Oder ihn dazu bringen, Treppen hinunterzufallen?«

»Junge Herrschaften, der Tee«, meldete sich James zu Wort und reichte Harold sein Getränk. Er kannte die Vorlieben der Freunde mittlerweile gut genug, um gar nicht erst zu fragen, was sie trinken wollten – sofern sich Harold nicht wieder eine neue Mischung ausgedacht hatte. Sebastian trank am liebsten Rotbuschtee, Theo mochte vor allem indische Sorten, Lucius schmeckten die Früchtetees am besten, und Harold bevorzugte heißen Earl Grey.

»Danke, James«, sagte der Junge auf dem Sessel, nahm die Tasse entgegen und pustete sanft hinein. Über den Tassenrand hinweg sah er die anderen an. »Um deine Fragen zu beantworten, Theo: Hubert ist vermutlich die Treppe hinuntergefallen, weil die Steuerung seines Kreiselstabilisators nicht richtig funktioniert. Der dient normalerweise dazu, dass Automaten die Balance halten und aufrecht gehen können wie Menschen. Wenn Hubert wirklich von jemandem sabotiert wurde, könnte eine schlampige Programmierung solche Fehler im Steuerkern zur Folge haben.«

»Auch Angst vor Schlangen?«, wiederholte Theo. Offenbar regte sie sich immer noch darüber auf, wie der Butler von Lord Archibald sie wegen Miss Sophie angefahren hatte.

»Nein«, gestand Harold. »Und das ist das Seltsame. Dieses gemeine Verhalten, das er uns gegenüber an den Tag gelegt hat, kann kein Fehler sein. Das muss entweder sehr gezielt einprogrammiert worden sein oder …« Er brach ab und schüttelte den Kopf. »Keine Ahnung.«

»Seltsamerweise war Hubert später ja wieder total nett zu uns«, bemerkte Lucius. »Als er sich verabschiedete.«

Harold nickte. »Ja. Man könnte beinahe meinen, es gäbe zwei Programmierungen in seinem Steuerkern, die miteinander um die Vorherrschaft kämpfen: einen guten Hubert und einen bösen Hubert.«

»Diese technischen Einzelheiten sind doch gar nicht so wichtig«, warf Sebastian ein. »Viel wichtiger ist doch die Frage: Warum hat Hubert überhaupt Lord Archibalds Sachen kaputt gemacht? Und warum wollte er es Boothy in die Schuhe schieben? Wer möchte, dass Lord Archibald am Boden zerstört ist und Booth im Gefängnis sitzt? Denn darin sind wir uns ja wohl einig: Hubert ist nicht wirklich der Täter, er ist bloß das Werkzeug von jemand anderem.«

»So viel steht fest«, stimmt Harold ihm zu. »Aber was die Gründe hinter all dem sind …« Er legte die Stirn in Falten. »Da bin ich echt überfragt. Es ergibt alles keinen Sinn. Lord Archibald hat scheinbar keine Feinde und Boothy doch gewiss noch weniger. Niemand ist eine bessere Seele als Boothy.«

Lucius kam ein unerfreulicher Gedanke. »Harold, was wäre, wenn gar nicht Lord Archibald oder Boothy das Ziel dieses Gaunerstücks waren, sondern dein Vater?«

»Mein Vater? Aber wieso ...« Dann fiel bei ihm der Groschen. »Oh, Mann, richtig! Mein Vater hat Hubert gebaut. Wenn sich herumspräche, dass mein Vater Automatenmenschen verkauft, die danach in den Häusern der Käufer ...«

»Die alle ebenso reich wie einflussreich sind«, warf Lucius ein.

»Genau. Wenn also herauskäme, dass die Automaten aus dem Haus Cavor bei ihren neuen, reichen und wichtigen Besitzern ein riesiges Chaos anrichten ... Dann würde kein Mensch mehr bei meinem Vater künstliche Bedienstete bestellen. Dad wäre ruiniert!«

»So wie mein Vater damals beinahe durch den Goldenen Machtkristall ruiniert wurde.« Sebastian machte ein grimmiges Gesicht.

»Wir müssen sofort zu mir nach Hause!«, rief Harold. »Ich muss mit meinem Vater sprechen. Es scheint, als gäbe es jemanden, der seinen guten Ruf zerstören will!«

Eine Minute später rannten sie aus dem Haupteingang des Diogenes-Clubs. James, den sie einmal mehr zur Betreuung von Miss Sophie im Rabennest zurückgelassen hatten, stand auf dem Balkon des Turmzimmers und winkte ihnen aufgeregt nach. »Viel Glück, Master Harold«, rief er. Die Vorstellung, dass seinem Heim Schaden drohen könnte, schien auch den Automatenmann außerordentlich zu beunruhigen.

»Danke, James!«, antwortete Harold.

Sie bestiegen eine der Dampfdroschken, die für die Mitglieder des Clubs ständig zur Verfügung standen und – der Club pflegte seine Traditionen – ausschließlich menschliche Kutscher hatten. Harold nannte dem Kutscher die Adresse.

Als sie losfuhren, sah Lucius aus den Augenwinkeln, wie sich ein Mann aus dem Schatten eines Nachbargebäudes löste und winkend auf eine am Straßenrand stehende Droschke mit Automatenkutscher zulief. »Verflixt«, fluchte er.

»Was ist los?«, wollte Sebastian wissen.

»Dieser McKee-Kerl hat hier draußen auf uns gewartet, und jetzt folgt er uns in einer Droschke. Der hat uns echt noch gefehlt.«

»Lass mich mal machen«, sagte Harold. Er wandte sich dem Fenster zum Kutschbock zu. »Sie heißen Jock, richtig?«, wandte er sich an den Kutscher.

»Jawoll, Mister«, bestätigte der Mann mittleren Alters, der dort in seinen Kutschermantel gehüllt saß.

»Uns folgt eine Droschke. Wir möchten sie abhängen. Kriegen Sie das hin?« Harold griff in seine Tasche und drückte dem Kutscher ein paar Münzen in die Hand.

Jock zog die Augenbrauen hoch. »Ich hoffe, ihr flieht nicht vor Scotland Yard.«

»Nein, bloß vor einem aufdringlichen Reporter«, gab Harold kopfschüttelnd zurück.

»In dem Fall …« Der Kutscher steckte das Geld ein. »Den sind wir so gut wie los, Sir.« Er drehte sich um und zog an einigen Reglern.

Der Dampfkessel der Droschke fauchte und stampfte, dann

machte die Droschke einen Ruck nach vorne und nahm Geschwindigkeit auf. Hupend jagte das Gefährt die Gasse hinunter, dann eine weitere und bog schließlich auf die große Verkehrsstraße unweit der Themse ein, die nur als »Strand« bekannt war, weil sie vor Jahren noch am Fluss entlang verlaufen war. Seitdem hatte man am Ufer der Themse allerdings viel gebaut.

Auf dem Strand gab Jock erst richtig Dampf auf den Kessel. Atemberaubend schnell raste seine Droschke an Passanten und langsameren Fuhrwerken vorbei. Dabei brüllte und hupte der Kutscher in einem fort, um den Weg freizumachen.

Vor ihnen sprang ein Arbeiter mit seinem Handkarren an den Straßenrand, und ein Radfahrer rettete sich mit knapper Not in eine Hofeinfahrt. Fäuste wurden geschüttelt und Verwünschungen ausgestoßen, aber Jock lachte nur und heizte unbeirrt weiter.

Lucius warf einen Blick aus dem Kabinenfenster. »Ha!«, jubelte er. »Mister McKees Droschke bleibt zurück.«

»Kein Wunder«, sagte Harold, der neben ihm hinausschaute. »Einen Automatenkutscher kann man nicht bestechen, alle Verkehrsregeln zu missachten. Der fährt genau so, wie man hier fahren darf. Wie es ihm seine Programmierung vorschreibt.«

Theo grinste. »Und McKee beißt jetzt vor Frust bestimmt in seinen Bleistift.«

Nur um sicherzugehen, bog Jock noch vor dem Trafalgar Square nach rechts in das Gewirr der Seitengassen des Londoner West Ends. Im Eiltempo ging es durch Sträßchen, die schon kaum geeignet waren, in normaler Geschwindigkeit befahren zu werfen. Lucius schluckte, als er die Häuserfassaden so nah vor den Fenstern vorbeirauschen sah, dass es ihm vorkam, als müsse er nur die Hand ausstrecken, um sie zu berühren. *Hoffentlich baut Jock keinen Unfall*, ging es ihm durch den Kopf. Der vom gestrigen Tag steckte ihm noch in den Knochen.

Aber der Kutscher wusste offenbar, was er tat. Als sie schließlich heil aus dem Gassenlabyrinth wieder hervorkamen, ließen sie zwar eine Spur empörter Fußgänger und Kutschfahrer hinter sich zurück, aber von Jeremy McKees Droschke war nichts mehr zu sehen. Der rasende Kutscher Jock hatte den rasenden Reporter sauber abgehängt.

Zufrieden drosselte Jock die Geschwindigkeit, und gemütlich legten sie den Rest des Wegs bis nach Kensington zurück.

Lucius bog nun schon zum vierten Mal in drei Tagen in die Straße ein, in der Lord Archibald und die Familie Cavor lebten. Als er aus dem Droschkenfenster sah, fiel ihm bereits die dunkle Kutsche ins Auge, die sie schon gestern dort gesehen hatten. »Das sieht nach Ärger aus«, murmelte er.

»Wo?«, wollte Harold wissen und drängte sich an seine Seite.

»Ist das nicht das gleiche Gefährt, das gestern Boothy abgeholt hat?«, fragte Sebastian, der den Kopf aus dem gegenüberliegenden Fenster gesteckt hatte.

»Genau das dachte ich auch«, bestätigte Lucius.

Sie hielten vor der Haustür des Anwesens der Familie Cavor und stiegen aus. Jock hob zum Abschied die Hand. »Wenn ihr wieder mal schnell irgendwohin müsst, lasst es mich wissen«, sagte er zu Harold und machte sich auf den Rückweg.

Auch die andere Droschke schien gerade erst eingetroffen zu sein, denn noch während Lucius und seine Freunde auf dem Gehweg standen, öffnete sich die Kabine des schwarzen Fahrzeugs, und ein Beamter kletterte ins Freie. Hinter ihm kam Booth zum Vorschein, seinen grau gestreiften Schlafanzug im Bündel an die Brust gedrückt. Als er den Blick zum kühlen, grauen Himmel über London hob, wurden seine Augen feucht. Er wirkte wie ein Mann, der jahrelang in einem finsteren Kerker hinter Gittern verbracht hatte. Dabei war er bloß einen Tag von zu Hause fort gewesen. »Dass ich das erleben darf.« Ein seliges Lächeln trat auf seine faltigen Züge.

»Hallo, Boothy!«, rief Harold und winkte.

»Oh, hallo, Harold.« Der Gärtner nickte den Freunden zu. »Kannst du dir das vorstellen? Ich wurde freigelassen! Meine Unschuld ist endlich bewiesen. Der wahre Täter hat sich selbst entlarvt. Es war Hubert!«

»Es sind immer die Butler oder die Gärtner«, murmelte Lucius und erinnerte sich damit an den Ausspruch von Mrs Hudson. Es war irgendwie ironisch.

»Ich bin jedenfalls heilfroh, dass mein guter Ruf wiederhergestellt ist!«, fuhr Booth fort. »Warum diese vermaledeite Maschine mir allerdings die Schuld für seine Missetaten in die Schuhe schieben wollte, weiß nur sein Erbauer.«

»Das bezweifle ich«, sagte Harold. »Mein Vater hat Hubert persönlich gebaut, und er hat ihn bestimmt nicht mit so einer fehlerhaften Programmierung an Lord Archibald und Lady Eloise übergeben.«

»Oh, richtig.« Booth machte ein betroffenes Gesicht. »Verzeih mir, Harold. Ich hatte ganz vergessen, dass Hubert ein Cavor-Automat ist. Ich hoffe, dein Vater bekommt nun keine Schwierigkeiten.«

»Das wird sich noch zeigen«, meldete sich eine mürrische Stimme zu Wort. Sie gehörte einem Mann, dem Lucius lieber nicht so schnell wieder begegnet wäre.

»Inspektor Lestrade!«, entfuhr es Sebastian. »Was machen Sie denn hier?«

»Hm«, brummte der Ordnungshüter. »Das Gleiche könnte ich euch fragen. London ist groß, und trotzdem stolpert man immer wieder über euch vier Racker.«

»Ich wohne hier«, verteidigte sich Harold.

»Ach, ja. Der Cavor-Spross.« Lestrade kratzte sich am stoppelbärtigen Kinn. »Nun, und ich ermittle hier. Wie wir alle wissen, randalieren Automatenbutler nicht einfach grundlos in den Häusern ihrer Herrschaften herum. Also hat entweder jemand an der Programmierung herumgespielt, oder die Maschine wurde fehlerhaft ausgeliefert. So oder so: Irgendjemand ist hier ein Täter, und dieser Butler Hubert ist es nicht.«

»Mein Vater würde Lord Archibald niemals etwas Schlechtes wollen!«, rief Harold erbost. »Und er würde auch niemals fehlerhafte Automaten bauen. Wenn Sie das glauben, dann wissen Sie nicht viel über Cavor-Automaten.«

»Das stimmt.« Lestrade nickte. »Ich weiß nicht viel über Automaten, und ich weiß nicht viel über die Familie Cavor. Beides beabsichtige ich zu ändern – und zwar jetzt. Männer, bringt Mister Booth zu seiner Frau, und nehmt den Automatenbutler des Lords mit zur Untersuchung. Ich kümmere mich um den werten Herrn Ingenieur.« Mit diesen Worten – und ohne darauf zu achten, ob seine Befehle auch ausgeführt wurden – marschierte er auf das Haus von Harolds Eltern zu.

Vom Regen in die Traufe, dachte Lucius erschüttert. Booth, Harolds großväterlicher Freund, war frei. Doch nun steckte Harolds Vater in großen Schwierigkeiten. Dieser eigenartige Fall wurde immer heikler, und sie schienen der Lösung dieses Rätsels ferner denn je zu sein.

KAPITEL 10:

Unter Beschuss

Viel gab es für die Freunde nicht zu tun, nachdem Inspektor Lestrade das Haus der Cavors betreten hatte. Der Mann von Scotland Yard und Professor Cavor zogen sich sofort in die Werkstatt von Harolds Vater unterm Dach zurück, wo sie die Tür verschlossen, um ein ernstes Gespräch zu führen. Dabei waren Harold und die anderen unerwünscht. Kurz darauf verschwand auch Harolds Mutter im Dachgeschoss, weil sie, was Lucius gar nicht gewusst hatte, ebenso an der Fertigung von Cavor-Automaten beteiligt war wie Harolds Vater. Während der Professor sich vor allem um die Technik kümmerte, war Harolds Mutter für das elegante Äußere verantwortlich. Lucius sah Mrs Cavor heute zum ersten Mal. Sie kam ihm wie eine ziemlich schlaue, aber etwas humorlose Frau vor.

Kurz vor der Mittagsstunde trennten sich die Freunde schließlich. Harold wollte unbedingt bei seinen Eltern bleiben, solange die Polizei im Haus war. Theo allerdings zog es zu Miss Sophie ins Rabennest zurück, und Sebastian war zum Essen mit seinem Vater verabredet. Lucius fuhr in die Baker Street zurück, wo er von einer dankbaren Mrs Hudson empfangen wurde, die sehr froh über sein Erscheinen war. Holmes und Watson hatten sich nämlich so kurzfristig für den Mittag abgemeldet, dass sie nun auf einem großen Topf Linsensuppe mit Kartoffeln und Fleisch saß, der eigentlich für die Männer gedacht gewesen war. »Aber jetzt essen wir einfach, so viel wir wollen«, sagte sie in bestimmtem Tonfall zu Lucius, »und die feinen Herren bekommen heute Abend bloß die Reste.«

Genau das taten sie dann auch, wobei Lucius einmal mehr feststellte, dass die fürsorgliche Haushälterin die beste Köchin war, die er jemals kennengelernt hatte, die große Irene Adler eingeschlossen.

Gut gesättigt und bereit zu neuen Taten, kehrte Lucius gegen zwei Uhr ins Rabennest zurück. Harold, Sebastian und Theo waren schon alle anwesend. Sie beugten sich gerade über eine Nachmittagsausgabe der *Times*, die Theo, die auf einem der Sessel saß, aufgeschlagen auf den Knien liegen hatte. James ragte hinter ihnen auf, und von Miss Sophie war nur eine Schwanzspitze sichtbar, die auf dem Sofa gegenüber unter einigen Kissen hervorlugte.

Als Lucius hereinkam, blickten seine Freunde auf – und er wusste sofort, dass etwas ganz und gar nicht stimmte. Harold war kreidebleich im Gesicht, Theo wirkte merklich verärgert, und Sebastian sah sogar aus, als hege er Mordgedanken.

»Was ist los?«, wollte Lucius wissen.

»Dieser McKee ist los«, erwiderte Sebastian knurrend. »Offenbar hat er sich aus Rache, weil wir ihn vorhin abgehängt haben, einfach einen Artikel aus den Fingern gesogen. Und weil das noch nicht genügt, macht er aus einer Mücke einen Elefanten. Bei Mister McKee klingt es, als würde London ein waschechter Aufstand der Maschinenmenschen bevorstehen. Ich fasse es nicht, dass so ein Schund in der Zeitung abgedruckt wird.«

»Das muss ich lesen!« Lucius umrundete den Sessel und warf selbst einen Blick auf den Artikel.

Schon die fette Überschrift war ein klarer Hinweis, wohin der Text führen würde. »Automatenmenschen – Der Schrecken von London?« stand dort geschrieben. Darunter erwartete Lucius der nächste Schock. Ein etwas unscharfes, weil offenbar hastig aufgenommenes Bild zeigte James in seiner grob zusammengezimmerten Rüstung, der winkend auf dem Balkon des Rabennests stand. Nur wirkte die Geste auf dem Bild überhaupt nicht so freundlich, wie sie ursprünglich gemeint gewesen war. Stattdessen hatte man den Eindruck, der gepanzerte Automat würde bedrohlich die Fäuste schütteln. Die Bildunterschrift warnte entsprechend vor den Gefahren, die von aggressiven Automatenmenschen ausgingen. Dabei war James wirklich der harmloseste Kamerad, den Lucius kannte. Er konnte keiner Fliege etwas zuleide tun.

»So eine Gemeinheit!«, entfuhr es ihm, als er auf das Bild deutete.

»Ich bin tatsächlich nicht sehr gut getroffen«, fand auch James. »Diese neue Hülle lässt mich unerfreulich dick erscheinen. Man könnte denken, ich wäre so eine Tonne, die den Verkehr am Picadilly regelt.«

»Und das Bild ist noch nicht mal das Schlimmste«, sagte Sebastian.

Neugierig – und zunehmend fassungslos – ließ Lucius den Blick über die Zeilen gleiten. Jeremy McKee hatte wirklich ganze Arbeit geleistet. Er beschrieb den Angriff von Hubert auf Lord Archibald und gab Harolds Vater die Schuld daran, dem er Programmierfehler unterstellte. Dann führte er noch ein paar weitere, überhaupt nicht zusammenhängende Zwischenfälle auf, an denen Automatenmenschen beteiligt gewesen waren. Aus all dem zog er den Schluss, dass alle Maschinen enorm gefährlich seien – entweder weil die Menschen bei der Herstellung und Wartung nicht genug aufpassten oder weil sich die Automaten gar eigenständig ihrer Programmierung widersetzten. »Sitzen wir auf einem Pulverfass, das jeden Augenblick explodieren kann?«, fragte McKee am Ende seines Artikels herausfordernd. »Wir werden es bald erleben, daran hege ich aufgrund meiner Nachforschungen keinen Zweifel mehr. Und dann gnade uns Gott!«

Vor allem der vorletzte Satz war blanker Hohn, denn so wie Lucius das sah, hatte der Artikel mit ordentlichem Nachforschen nicht viel zu tun. Der Text des schmierigen Reporters bestand vor allem aus Informationsschnipseln, die er vermutlich von einem bestochenen Scotland-Yard-Mitarbeiter erhalten hatte, aus allgemeinem Geschwätz und wilden, sensationslüsternen Behauptungen.

»Das ist doch einfach nur Hetze«, schimpfte Lucius aufgebracht. »Mister McKee scheint jedes Mittel recht zu sein, um sich einen Namen zu machen, ganz egal, ob er seinen Lesern dabei unnötig Angst einjagt oder andere in den Dreck zieht.«

Hinter ihm bewegte sich James, aber Lucius achtete gar nicht weiter auf ihn. Er war so wütend, dass er am liebsten losgerannt wäre, um diesem Möchtegern-Reporter eins auf die Nase zu geben.

»Das könnte meinen Vater endgültig ruinieren«, murmelte Harold. Seine Hand verkrampfte sich um die Sessellehne, als müsse er sich daran festhalten, um nicht ohnmächtig zu Boden zu sinken. »Sein ganzes Lebenswerk hängt doch davon ab, dass die Kunden ihm vertrauen. Cavor-Automaten stehen für Qualität.« Er sah die anderen an. »Und deshalb verstehe ich auch einfach nicht, wie das mit Hubert passieren konnte. Ich kenne meinen Vater, und ich kenne seine Arbeit. Niemand ist sorgfältiger, wenn es um die Programmierung von Automaten geht. Da kann einfach kein Fehler passiert sein, nicht bei uns. Es muss sich um Sabotage handeln.«

Sebastian richtete sich auf und schlug sich mit der Faust in die flache Hand. »Umso wichtiger ist es, dass wir unsere eigenen Ermittlungen fortsetzen. Wir finden heraus, wer für diese ganzen Zwischenfälle verantwortlich ist. Und dann übergeben wir den Schurken der Polizei.«

»Das werdet ihr nicht tun!«, meldete sich plötzlich jemand zu Wort, aus dessen Mund Lucius diese Worte niemals erwartet hätte.

Überrascht fuhr er herum und starrte James an. Harolds Freund und Automatenbutler straffte klappernd seinen gepanzerten Metallkörper. Seine goldgelben Optiken flackerten auf eigentümliche Weise.

»Was?«, fragte Lucius verwirrt.

»Ihr werdet gar nichts mehr tun!«, schnarrte es blechern aus James' Mund. Dampf quoll aus seinen Nähten, und das Flackern in seinen Augen verstärkte sich. Sein Leib zuckte wie der einer Marionette, deren Puppenspieler betrunken war. »Ich habe es satt, dass ihr eure Nase in meine Angelegenheiten steckt! Das hat nun ein Ende.«

»James?« Harold legte den Kopf schief und blickte den Butler mit besorgter Miene an. »Geht es dir gut?«

Einen Moment lang nahmen James' Optiken wieder ihren warmen, kräftigen Farbton an. »Ojemine. Ich fühle mich ganz eigenartig. Es ...«

Dann trübte sich das Licht in seinen Augen erneut. »... ging mir nie besser!«, fuhr er mit veränderter, kälterer Stimme fort. Er streckte die Arme aus, um Lucius zu packen. Dass er ihn nicht herzlich in den Arm schließen wollte, war sofort klar.

Lucius handelte, ohne nachzudenken. Blitzschnell tauchte er unter dem Angriff hindurch und zog sich ein paar Schritte zurück. »He, was soll das?«, rief er alarmiert. Auch Theo, die mittlerweile aufgestanden war, und die beiden anderen Jungs gewannen etwas Sicherheitsabstand zu dem Automaten.

James kam unterdessen erst richtig in Fahrt. Mit einem heftigen Ruck riss er den Sessel um, auf dem Theo eben noch gesessen und Zeitung gelesen hatte. Polternd landete das schwere Möbelstück auf der Seite. Nun stoben die Freunde endgültig erschrocken auseinander. »Harold?«, wandte sich

Lucius an seinen Freund, in der Hoffnung, der könne Antworten bieten.

»Ich habe keine Ahnung«, machte der junge Erfinder diese Hoffnung sogleich zunichte. Hektisch rückte er seine verrutschte Nickelbrille gerade.

»Ihr braucht gar nicht wegzulaufen«, ließ James sie wissen. »Mir entkommt ihr doch nicht.« Dröhnend stapfte er durch den Raum. Nun passte seine bedrohlich aussehende Rüstung zu seinem Verhalten.

Doch Lucius war keineswegs glücklich über diese Veränderung. Wieder wich er dem wild gewordenen Automatenmann aus und huschte hinter den nächstbesten Sessel. Dort traf er mit Sebastian zusammen. »James spielt genauso verrückt wie Hubert«, stellte der fest.

Auf den Gedanken war Lucius noch gar nicht gekommen, aber es stimmte. Ähnlich musste auch Hubert bei Lord Archibald gewütet haben. »Sieht so aus«, bestätige er. »Aber was machen wir jetzt?«

Sein Freund zuckte mit den Schultern. Ratlosigkeit stand ihm ins Gesicht geschrieben. »Ich kenne mich nur mit angriffslustigen Löwen und Elefanten aus. Für außer Kontrolle geratene Technik ist Harold zuständig.«

»Wir müssen ihn ausschalten!«, rief Harold, der von einer Ecke zur nächsten flitzte, während James ihm nachmarschierte. Der Automatenbutler riss einen aufgehängten, afrikanischen Zeremonienspeer von der Wand und schleuderte ihn dem Jungen hinterher. Harold quiekte und warf sich zu

Boden. Der Speer sauste an ihm vorbei und krachte in die Aufbauten auf der Werkbank. Einige Reagenzgläser und Glaskolben gingen klirrend zu Bruch, und scharfer Gestank breitete sich im Rabennest aus, während eine Wolke aus grünem Dampf zur kuppelförmigen Decke aufstieg.

»Ausschalten. Alles klar.« Sebastian nickte, ballte entschlossen die Fäuste und stand auf. »Den bringe ich zu Fall. Wenn er erst liegt, ist er doch hilflos wie eine Schildkröte auf dem Rücken.«

»Nein, warte!«, wollte Harold ihn noch warnen, aber Sebastian war zu schnell. Schon hechtete er vor, um James seitlich zu erwischen und so zu Boden zu werfen. Er schien darauf zu bauen, dass sich der Automatenbutler noch ganz auf den jungen Erfinder konzentrierte.

Doch James bemerkte den Angriff und fuhr herum. Sein linker Arm beschrieb einen Bogen, und er traf Sebastian mit der Metallfaust direkt am Kinn. Der Junge flog zur Seite und landete zwischen den umgestoßenen Möbeln auf dem Boden. »Autsch!«, entfuhr es ihm und er stieß einen saftigen Fluch aus.

Harold rappelte sich unterdessen auf und rannte auf Lucius zu. »So geht das nicht«, rief er. »James ist viel zu stark und stabil für einen direkten Angriff.«

Wieder flackerten die Optiken des Butlers. Er hielt inne und legte den Kopf schief. »Ach du meine Güte!«, rief er aus und klang wieder ganz normal. »Was geschieht hier? Das bin doch nicht ich! Das ist …«

»... noch längst nicht vorbei«, fuhr er mit verzerrter Stimme fort. Immer wieder schaltete er nun zwischen seiner alten, friedlichen Natur und diesem mordlüsternen Kampfmodus hin und her »Ich mache euch fertig!«

»Oh, nein! Ich würde niemals ...«

»Doch, das werde ich!«

»Nein! Ich weigere mich.« James rang sichtlich mit sich selbst, aber es war ein Kampf, den er verlor.

»Widerstand ist zwecklos!«, schnarrte er, sowohl an sich selbst als auch an die Freunde gerichtet, und hob einmal mehr drohend die Arme.

»Der ist völlig verrückt geworden«, raunte Lucius Harold zu. Allmählich wurde er nervös. »Was machen wir jetzt?«

»James hat einen AUS-Schalter am Rücken«, erwiderte sein Freund hastig, »ungefähr in Hüfthöhe. Der ist durch eine kleine Klappe geschützt. Wir müssen irgendwie hinter James und ihn unschädlich machen.«

»Ist das nicht gefährlich für ihn?«, fragte Lucius. Immerhin war James etwas Besonderes, und auch wenn er jetzt gerade eher einem Berserker als einem Butler glich, wollte Lucius ihm nichts antun.

Doch Harold zerstreute seine Bedenken mit einem Kopfschütteln. »Ich habe ihn zu Reparaturen schon ganz oft ausgeschaltet. Das macht nichts.«

»Na gut«, meinte Lucius. »Aber jetzt ... Vorsicht!« Er packte Harold am Kragen und riss ihn zur Seite. Doch die schwere Eisenkugel, die James von der Werkbank gehoben und nach ihnen geworfen hatte, landete nicht auf ihren Köpfen, sondern glitt vielmehr darüber hinweg, bevor sie mit bläulichem Schimmern zur Decke davonschwebte.

»Nicht schon wieder«, stöhnte Sebastian auf der anderen Raumseite. Harold warf ihm einen verständnislosen Blick zu, doch der blonde Junge winkte nur ab.

»Hilfe, Master Harold!«, meldete sich James von der Werkbank zu Wort. Und erneut klang er, als wäre er ganz der Alte. Was immer mit ihm geschah, seine böse Seite schien einen gewaltigen Wackelkontakt zu haben. »Ich weiß nicht mehr, was ich tue. Habe ich jemanden verletzt? Ich hoffe es nicht. Das alles tut mir schrecklich leid, aber ich ...« Wieder änderte sich seine Stimme. »... werde nicht eher ruhen, bis ihr elenden Gören aus dem Weg geräumt seid!«

Auf einmal überkam Lucius ein Geistesblitz. »Theo!«, rief er dem Mädchen zu, das sich neben das Sofa duckte, auf dem Miss Sophie nach wie vor unter den Kissen lag. »Halte dich bereit.« Er packte Harold am Arm und floh mit ihm zu Sebastian. Dann senkte er rasch die Stimme und wandte sich an seine Freunde. »Ich habe einen Plan. Harold, du schleichst in James' Rücken. Sebastian und ich lenken ihn ab. Aber ganz vorsichtig, klar, Sebastian?«

Der nickte grimmig. »Noch mal gebe ich dem keine Gelegenheit, mir eine zu verpassen.« Er rieb sich das schmerzende Kinn.

»In Ordnung«, sagte auch Harold. »Versuchen wir es.«

Lucius sprang auf. Er schnappte sich das nächstbeste

Kissen und warf es nach James. »He, du Blechkamerad! Wenn du uns erwischen willst, musst du schon etwas früher aufstehen.«

»Genau, du Rosteimer«, höhnte Sebastian, der sich neben ihn stellte, die Hände in die Hüften gestemmt.

James wandte sich ihnen zu, und die Hand seines rechten Arms klappte nach unten.

»Oh, Mist«, fluchte Lucius, als er sah, wie die Spitze des Blitzschockers ausfuhr.

»Was haben wir denn da?«, fragte James hämisch. »Jetzt wird es richtig lustig.« In seinem Inneren begann es zu summen, als sich die Kondensatorspulen des gefährlichen Blitzschockers aufluden. Gleich würde er schießen!

»In Deckung!«, schrie Lucius und hechtete zur Seite. Keuchend kam er am Boden auf und schlitterte auf einem der kleinen Teppiche über die Marmorfliesen.

Einen Augenblick später krachte die Blitzentladung der Waffe und schlug in die Wand hinter ihm ein. Ein Gemälde in einem wuchtigen, vergoldeten Holzrahmen, das bezeichnenderweise eine Seeschlacht zeigte, fiel zu Boden und schlug so heftig auf, dass Teile des Rahmens splitterten.

Lucius rollte sich herum und kam auf die Beine. Dann stürmte er auf Miss Sophies Schlafplatz zu.

James stapfte ihm nach. Dabei drang ein Geräusch aus seinem Metallmund, das so irritierend war, dass Lucius es erst nach einigen Herzschlägen als blechernes Lachen erkannte.

Wieder surrten die Kondensatoren.

Schnell duckte sich Lucius neben Theo hinter das Sofa. Sein Blick glitt zu dem Kissenstapel, der nun in Bewegung geriet. Miss Sophie wollte wohl nachschauen, was für ein Lärm um sie herum veranstaltet wurde. *Alles oder nichts!*, dachte Lucius.

»Jetzt, Theo!«, rief er. »Weg mit den Kissen. Zeigen wir ihm, was Miss Sophie draufhat!«

»Was Miss Sophie *draufhat*?«, echote Theo ungläubig.

Doch Lucius wartete gar nicht darauf, ob sie dem Befehl folgte. Er schoss vor und riss den Kissenberg zu Boden. Unwillig zischend reckte die Schlange den Kopf in die Luft.

Und das erhoffte Wunder geschah! Mit einem metallischen Kreischen zuckte James, der sie beinahe erreicht hatte, zurück. Abwehrend riss er die Arme hoch. »Da ist dieses Biest wieder! Weg! Weg! Fort mit dir, du Höllenbrut.« Er stolperte zwei Schritte nach hinten, schien sich dann des aufgeladenen Blitzschockers in seinem Arm zu besinnen und senkte die Hand, um auf Miss Sophie zu zielen. »Das wird dir nicht schmecken«, prophezeite der Automat. »Ich werde ...«

In diesem Moment wurden seine Augen dunkel, und sein Körper erschlaffte. Die Arme fielen herab, die Schultern sackten nach unten, und der Oberkörper beugte sich leicht nach vorne. Die ungleichmäßig angebrachte Rüstung trug das Ihre dazu bei, dass seine Beine das Gleichgewicht nicht halten konnten. Unter ohrenbetäubendem Scheppern und Getöse landete James der Länge nach bäuchlings auf dem Fußboden.

»Mist«, entfuhr es Harold, der hinter dem Maschinenmann zum Vorschein kam. »Das hätte nicht passieren sollen. Ich hoffe, das hat nicht die Optiken ruiniert.« Er senkte die Hand, die soeben den AUS-Schalter betätigt hatte. Dann kniete er sich rasch hin und versuchte, James umzudrehen. »Helft mir mal«, ächzte er.

Misstrauisch näherte sich Lucius. »Ist er wirklich außer Gefecht?«

»Ja doch«, versicherte Harold. »Ich habe den Steuerkern heruntergefahren. Der macht gar nichts mehr.«

Vor der Zimmertür wurden Schritte laut. Dann öffnete sich der Eingang zum Rabennest, und ein halb alarmiert, halb verärgert wirkender menschlicher Butler im schwarzen Frack starrte ins Innere. Fragend sah er die Freunde an. Obwohl hier oben das Schweigegebot nicht galt, das im Rest des Diogenes-Clubs herrschte, sprach er kein Wort. Sein Blick sagte allerdings alles!

Lucius richtete sich langsam auf. Er ließ den Blick über den Raum schweifen. Ihr kurzer, aber heftiger Zusammenprall mit James hatte ein furchtbares Chaos hinterlassen. Mit entschuldigendem Grinsen hob er die Schultern. »Es ist alles in Ordnung«, erklärte er dem stummen Angestellten des Clubs. »Wir haben nur gespielt.«

Die weißen Augenbrauen des Butlers zogen sich vorwurfsvoll zusammen. Er legte einen Finger an die Lippen.

»Tut uns leid«, sagte Lucius und nickte demütig. »Wir sind ab jetzt leiser. Versprochen.«

Der Butler schnaubte missmutig und schüttelte den Kopf, danach schloss er wieder die Tür.

»Ein Glück, dass diese Burschen es gewohnt sind, sich nicht in die Angelegenheiten ihrer Gäste einzumischen«, meinte Sebastian. »Sonst hätte Mister Pinguin am Ende wissen wollen, *was genau* wir hier gespielt haben.«

»Ist doch ganz klar«, gab Lucius grinsend zurück. »Fangen. Mit James.«

»Apropos James.« Harold klopfte auf den Blechrücken des Automaten. »Ich wüsste gerne, was mit dem alten Burschen nicht stimmt. Helft ihr mir mal eben, ihn auf den Rücken zu legen?«

Gemeinsam rollten die Jungs ihren blechernen Freund James herum. Theo nahm unterdessen die aufgebrachte Miss Sophie auf die Schulter und ging ein paar Schritte zur Seite zum Fenster, wo sie beruhigend auf die Schlange einredete.

»Woher wusstest du eigentlich, dass auch James Angst vor Schlangen hat?«, fragte Sebastian Lucius.

»Ich wusste es nicht«, gestand Lucius. »Aber ich hatte so ein Gefühl. Er erinnerte mich in seinem Wahn irgendwie an Hubert. Und außerdem hat er gesagt, dass wir schon viel zu lange unsere Nase in Dinge stecken würden, die uns nichts angingen.«

Skeptisch sah sein Freund ihn an. »Du glaubst, Hubert und James stecken unter einer Decke?«

Lucius schüttelte den Kopf. »Nein, nicht direkt. Aber ich glaube, dass derjenige, der Harolds Vater schaden will, in beiden Fällen für die Ausraster der Automaten verantwortlich ist. Und der Kerl scheint Schlangen nicht zu mögen.«

»Dir ist schon klar, was du mit diesen Worten genau genommen sagst«, warf Harold ein, während er erst kurz die Optiken überprüfte, zufrieden nickte und anschließend die Brustplatte von James' Rüstung abnahm, um sie neben sich zu legen.

»Äh, nein.«

Der junge Erfinder klappte eine Wartungsluke auf und enthüllte ein Gewirr aus Zahnrädern, Drähten, Riemen und Kolben im Inneren des Automaten. »Du sagst, dass Hubert und James manchmal von einem bösen Schurken ferngesteuert werden.« Suchend spähte Harold in die Eingeweide seines Freundes und Dieners. »Denn wenn unser Bösewicht die beiden nur umprogrammiert hätte, um Unheil anzurichten«, fuhr er fort, »wäre eine so menschliche Angst wie die vor Schlangen niemals zutage getreten.«

Sebastians Augen weiteten sich. »Du meinst, der Bursche hat Hubert und James übernommen wie ein afrikanischer Dämon, der in den Körper eines unglücklichen Stammeskriegers fährt?«

»Genau das.«

»Aber das ist doch unmöglich«, sagte Lucius. »Wie soll das funktionieren?«

Harolds Miene verfinsterte sich. Wortlos stand er auf und ging zur Werkbank hinüber. Dort kramte er ein wenig in dem Durcheinander herum und förderte einen Schraubenzieher zutage. Dann kehrte er zurück und machte sich an James' Innenleben zu schaffen.

Gleich darauf zog er mit spitzen Fingern einen kleinen Kasten hervor. Er war beinahe quadratisch, und einige Kupferdrähte ragten aus der Unterseite. An der Oberseite des Kastens befand sich ein fragiles Gebilde aus mehreren Metallstücken, die zu einer Art Schüssel geformt waren.

»Hier hast du deine Antwort«, sagte Harold mürrisch. Er warf Lucius das Ding zu, der es geschickt auffing und verwundert in den Händen drehte.

»Was ist das?«, wollte er wissen.

»Etwas, das ich bis heute nicht für möglich gehalten hätte«, erwiderte der junge Erfinder. »Ich kenne diese Dinger, aber sie sind normalerweise riesengroß. So klein und doch so leistungsstark sind sie mir noch nicht untergekommen.«

»Nun mach's nicht so spannend.« Sebastian beugte sich neugierig vor. »Was haben wir hier?«

Harold stieß einen tiefen Seufzer aus. »Einen Funkempfänger«, erklärte er. »Ein Gerät, mit dem man Informationen und Befehle entgegennehmen kann, die in unsichtbaren Wellen aus der Ferne durch den Äther geschickt wurden. Dieses kleine Ding erlaubt unserem Gegner offensichtlich, von irgendeinem Ort in London eine Verbindung zu James herzustellen und nicht nur seine Sinne anzuzapfen, sondern auch seinen Körper vollständig zu übernehmen.«

Lucius spürte, wie ihm ein Schauer über den Rücken lief. »Oh, Mann! Das ist gar nicht gut.«

»Nein, in der Tat nicht«, pflichtete ihm Harold bei. Er klappte die Luke in James' Brust wieder zu und begann, die Panzerung zu befestigen. »Immerhin ist James jetzt von dem Spuk befreit. Den steuert niemand mehr fern.«

»Wenn das Ding Befehle aus der Ferne annimmt«, sagte Lucius und betrachtete den kleinen Funkempfänger. »Woher weißt du dann, dass unser Mann in London sitzt?«

»Schau, wie winzig die Antenne ist«, antwortete Harold und deutete auf die kleine Schüssel. »Ich kann mir nicht vorstellen, dass ihre Reichweite mehr als ein paar Meilen beträgt.«

»Hm ...«, brummte Lucius. »Und was machen wir jetzt damit?«

»Hubert«, meldete sich Theo plötzlich vom Fenster aus zu Wort. »Wir sollten uns auch Hubert anschauen. Wenn er ebenfalls so einen Funkempfänger im Leib trägt, dann wissen wir, dass dieser Apparat in James' Brust kein Zufall war, sondern Methode hat.«

»Klingt nach einem Plan«, fand Sebastian. »Das würde auch deinen Vater entlasten, Harold. Wenn Hubert auch manipuliert wurde, wäre klar, dass die Automaten von außen sabotiert werden und keine fehlerhafte Programmierung an ihrem Verhalten schuld ist.«

Harold nickte und stand auf. »Das wäre wunderbar«, sagte er, als er sich die Hände an der Hose abwischte. Gleich darauf verzog er das Gesicht. »Und es wäre schrecklich. Denn wer weiß, wie viele Automaten noch auf diese Weise sabotiert wurden. Ich sage es nicht gerne, aber möglicherweise hatte Mister McKee mit seinem Artikel recht, ohne es zu ahnen. Vielleicht steht London wirklich ein Aufstand der ferngesteuerten Maschinenmenschen bevor!«

Lucius schluckte. »Das darf nicht passieren. Wir müssen das unbedingt verhindern.« *Nur wie?*, fügte er in Gedanken hinzu. Sie ahnten nun zwar, *warum* die Automaten verrücktspielten. Von der Person, die im Hintergrund alle Fäden zog, fehlte ihnen allerdings nach wie vor jede Spur.

KAPITEL 11:

Ferngesteuert!

»Das ist jetzt nicht dein Ernst, oder?« Sebastian sah seinen Freund Harold ungläubig an. »Hier?«

Der junge Erfinder stand auf dem Bürgersteig vor dem klobigen Bau, in dem Scotland Yard beherbergt war. Kaum waren er und seine Freunde aus der Droschke gestiegen, die sie hergebracht hatte, da hatte Harold auch schon seinen Überlebensrucksack geöffnet und den TraSpuAuSpü herausgenommen. Mit dem fuchtelte er nun in der Luft herum. Das rechteckige Ding blinkte und brummte artig, sonst geschah aber nichts.

Warum sollte es auch?, dachte Lucius, der Harold ebenfalls staunend zusah. »Suchst du etwa immer noch nach Geistern?«

Harold nickte. »Kann doch sein«, rechtfertigte er sich schon fast verzweifelt. »Nur weil Theo bei Lord Archibald keinen Geist gespürt hat, heißt das ja noch nicht, dass wir es nicht doch mit einem zu tun haben.«

Theo lachte und legte ihm eine Hand auf die Schulter. »Harold, Harold«, tadelte sie ihn sanft. »Du klammerst dich auch an jeden Strohhalm, oder? Du willst einfach nicht glauben, dass Automatenmenschen gefährlich werden können.«

»Von allein können sie das auch nicht«, beharrte er trotzig. »Dieser seltsame Funkempfänger ...«

»James war jedenfalls ganz schön gefährlich«, meinte Sebastian und rieb sich das Kinn. »Mir tun jetzt noch alle Knochen weh. Hätte nie gedacht, dass der alte Bursche so einen kräftigen Wumms draufhat. Von dir hat er den jedenfalls nicht, Harold.«

»Das war nicht James!«, klagte Harold laut.

Lucius nickte. »Aber ein Geist war's auch nicht«, sagte er und nahm dem verzweifelten Erfinder den TraSpuAuSpü aus den Händen. Dann verstaute er das unnütze Ding wieder im Überlebensrucksack. »Lasst uns nach Hubert sehen. Wenn der auch so einen Funkempfänger in sich trägt ...«

»Dann haben wir vielleicht endlich eine heiße Spur«, beendete Theo den Satz.

Harold willigte ein.

Die vier Freunde waren zu Scotland Yard gefahren, um Lord Archibalds Automatenbutler aus nächster Nähe zu untersuchen. Lucius erinnerte sich noch gut, wie eigenartig sich Hubert am Vortag aufführte, als sie den Tatort besichtigt hatten. Und nun saß er an Boothys Stelle in Haft. Auch das war eigenartig – wenn auch nur auf den ersten Blick.

Vermutlich hatte Scotland Yard nie zuvor einen Automatenmann festgenommen. Warum auch, stellten die Automaten in den Augen der meisten Menschen doch reine Werkzeuge dar. Genauso gut könnte man Teekessel oder Zahnbürsten verhaften. Und doch ...

Irgendetwas sehr, sehr Eigenartiges geht hier vor sich, dachte Lucius. Es wurde allerhöchste Zeit, dass sie herausfanden, was.

Schweigend traten die Freunde vor das große Eingangstor von Scotland Yard. Für einen kurzen Moment sah sich Lucius nach Jeremy McKee um, konnte den lästigen Reporter zum Glück aber nirgends entdecken. Vielleicht saß er gerade am Schreibtisch und erfand üble Geschichten über die Rabennest-Bande, die morgen in der Frühausgabe der *Times* standen. Doktor Watson würde sich bestimmt vor Schreck an seinem geliebten Marmeladentoast verschlucken, wenn er das las.

»Wir vier, zurück bei Scotland Yard«, murmelte Theo, seufzte erneut und öffnete die Tür. »Na, das kann ja was werden.«

Im Inneren des gewaltig wirkenden Polizeihauptquartiers herrschte das übliche Treiben. Männer in dunklen Anzügen gingen mit wichtigen Mienen von hier nach dort, Automatenmenschen wischten die Fußböden und stapelten die Akten, und über all dies wachte der glatzköpfige Mister Barton an seiner Empfangstheke.

»Das ist jetzt nicht euer Ernst, oder?«, sagte Barton, kaum dass er die Freunde bemerkte. Lucius hätte beinahe geschmunzelt, klang er doch fast so wie Sebastian vorhin. »Traut ihr Gören euch tatsächlich noch einmal her?«

»Wir müssen mit Lord Archibalds Automatendiener sprechen«, eröffnete Sebastian ihm. »Dringend.«

»Und ich muss dringend so reich wie die Königin von England werden«, sagte Barton. »Aber beides können wir uns abschminken, Jungchen.«

»Na, hören Sie mal!«, beschwerte sich Sebastian. Abermals rieb er sich das schmerzende Kinn. »Es geht vielleicht um Leben und Tod.«

»Hätte ich für jedes Mal, wo ich diesen Satz hörte, ein Pfund Sterling bekommen«, erklärte der unfreundliche Glatzkopf brummend, »*wäre* ich heute so reich wie die Königin. Ach was, noch viel reicher. Dann wäre ich König!« Bei diesem Satz schüttelte er sich vor Lachen.

Lucius ahnte, dass sie mit Worten hier nicht mehr weiterkamen. Lestrade hatte sie am Vortag mit Schimpf und Schande aus dem Haus gejagt, und Barton, der sie ohnehin nie gemocht hatte, wusste das offensichtlich sehr genau.

Aber wo Worte nicht genügen, können Taten sprechen, dachte er. Dann setzte er seine beste Schauspieler-Miene auf, machte ein erschrockenes Gesicht und guckte zu Harold. »Siehst du das auch?«, keuchte er.

Der junge Erfinder runzelte die Stirn. »Hm?«, fragte er völlig ahnungslos. »Was denn?«

»Den Geist«, hauchte Lucius so überzeugend, als stünde er wieder mit seiner Mutter auf einer Theaterbühne. »Den Geist dort hinter Mister Barton …«

»Was?« Halb entsetzt, halb begeistert zuckte Harold zusammen – und tat genau, was Lucius von ihm erhofft hatte. Anstatt nachzudenken, zog er voller Freude den TraSpuAu-

Spü wieder aus dem Überlebensrucksack und schaltete ihn ein.

Lucius nutzte die kurze Ablenkung, um in Windeseile eine der zwei von Harold nachgebauten Verschwindetrickkugeln aus der Hosentasche zu ziehen. Er hatte sie sich, einem Bauchgefühl folgend, vor ihrer Abfahrt aus dem Rabennest von James geben lassen, der sich nur zu gerne von einem Teil seines Waffenarsenals trennte. Mit einer geschickten, unauffälligen Bewegung warf Lucius die winzige Kugel nun an Bartons Empfangstheke vorbei. Sie klatschte leise gegen eine Wand, ein schwacher Lichtblitz zuckte auf – und dann stieg eine Wolke dichten, grauweißen Rauchs empor.

»Der Geist!« Harold jubelte. Genau wie der Glatzkopf hatte er die Kugel gar nicht bemerkt. Stattdessen fuchtelte er nun wie ein Wahnsinniger mit seiner blinkenden Metallkiste herum. »Lucius, ich hatte recht! Das hier *ist* ein Geisterfall!«

Sebastian sah grinsend zu Lucius. Er stand der Empfangstheke am nächsten und schien Lucius' kleinen Plan sofort durchschaut zu haben. Während sich Mister Barton noch verwirrt umdrehte und nachsehen wollte, wo all der Rauch plötzlich herkam, öffnete Sebastian bereits den kleinen Durchgang neben der Empfangstheke.

»Schnell«, flüsterte Lucius. Er nahm Theo an der Hand und gab Harold einen kleinen Schubs. Im Nu waren die Freunde in der Deckung der Rauchwolke verschwunden, die aus dem Durchgang ins Foyer des Gebäudes quoll, und an dem Glatzkopf vorbei. Dann rannten sie los.

»He!«, rief Barton noch. Doch sie hatten einen Vorsprung und kannten sich dank ihres Besuchs vom Vortag bereits ein bisschen im Gebäude aus. Es gelang ihnen, dem unfreundlichen Glatzkopf zu entwischen und den Keller zu erreichen, wo die Zellen und Verhörzimmer lagen. Wie schon am Vortag, fühlte sich dort glücklicherweise keiner der Erwachsenen berufen, sie anzusprechen. Niemand hielt sie auf.

Noch nicht, ahnte Lucius. Es war nur eine Frage der Zeit, bis Barton sie hier unten fand. Das wusste er. Sie mussten sich sputen, wenn sie etwas erreichen wollten.

»Ach so«, sagte Harold. Allmählich begriff er, dass Lucius nur getrickst hatte und es hier gar keinen Geist zu entdecken gab. »Schade. Aber ich gebe die Hoffnung nicht auf, Freunde. Ihr werdet es mir noch danken, irgendwann.« Mit einem leisen Seufzen packte er seinen Geisterfinder wieder in den Rucksack.

»Ach, Harold.« Theo schenkte ihm ein amüsiertes und ein wenig mitleidiges Lächeln.

»Zimmer AA-23?«, fragte Sebastian. Er sah zu der entsprechenden Tür am hinteren Ende des Flures. »Dort könnte Hubert sein, oder?«

»Einen Versuch ist's wert«, fand Lucius, der auch keinen besseren Vorschlag hatte.

Und wieder war das Glück auf ihrer Seite! Kaum hatten sie die Tür des Verhörzimmers erreicht, trat niemand Geringeres als Inspektor Lestrade aus diesem heraus. Auch er trug einen dunklen Anzug.

»Da soll mich doch einer«, entfuhr es dem Inspektor und er riss die Augen auf. »Jetzt reicht's aber langsam. Muss ich euch erst in eine Besserungsanstalt auf dem Land schicken, bevor ich euch los bin? Was macht ihr denn nun schon wieder hier? Und wie seid ihr überhaupt …«

»Wir müssen dringend zu Hubert!«, unterbrach Theo ihn flehend. »Es ist vielleicht von großer Bedeutung für die Lösung dieses seltsamen Falles.«

»Lösung?« Lestrade schüttelte den Kopf. »Dieser Hubert ist keine Lösung, Mädchen. Ich verhöre den alten Blecheimer auf zwei Beinen jetzt schon seit Stunden, aber er ist so harmlos und unwissend, wie es Automatenbutler eben sind.« Dann schnaubte er und schüttelte ungläubig den Kopf. »Ich verhöre Maschinen«, murmelte er. »Dass meine Karriere mal derart vor die Hunde geht, hätte ich nie für möglich gehalten …«

»Wir müssen aber kurz zu ihm«, bat Lucius. »Nur ganz kurz. Dann sind wir vielleicht alle schlauer.«

Lestrade hob die Hände, als wäre ihm inzwischen alles egal. »Klar, nur zu«, sagte er in einer Laune, die mit ›übel‹ noch viel zu zaghaft beschrieben war, und trat tatsächlich beiseite. »Schlimmer kann's jetzt ja auch nicht mehr werden. Vier Kinder verhören einen Blechmann. Ich glaube, ich habe schon Witze gehört, die so anfingen. *Schlechte* Witze …«

Die vier Freunde betraten das Verhörzimmer. Hubert saß an dem kleinen Tisch und wirkte absolut friedlich und harmlos. Eben ganz wie ein typischer Automat. »Ich grüße Sie,

Master Harold«, sagte er, als die Rabennest-Bande vor ihm erschien. »Welch unerwarteter Anblick.«

»Wir müssten mal eben etwas nachsehen, Hubert«, sagte Harold und ging zu ihm. »Stehst du kurz auf?«

»Selbstverständlich.« Artig erhob sich Hubert von seinem Stuhl. »Darf ich fragen, wonach Sie suchen? Ich könnte Ihnen vielleicht helfen, wenn ich es wüsste.«

Harold begann, die Brustverkleidung von Huberts Oberkörper aufzuschrauben. Hubert blieb ganz ruhig.

»Einen kleinen Moment noch«, murmelte Harold konzentriert. »Ich hab's gleich.«

»He da«, sagte Inspektor Lestrade. »Lass den Blecheimer in Ruhe. Das ist ein Beweisstück, Junge! Beziehungsweise ein Verdächtiger. Ähm, nein, ein Verdachtsstück. Ich meine, ein Beweisender. Ein ...«

»Geben Sie's auf, Inspektor«, sagte Sebastian lachend. Auch Lucius und Theo fanden es lustig, wie schwer es dem erfahrenen Ermittler fiel, das richtige Wort zu finden. Es gab ja keins. Hubert war vielleicht kein Mensch, fand Lucius, aber auch kein simpler Gegenstand, oder? Er war vielmehr irgendetwas dazwischen.

»Da!« Harold jubelte triumphierend. Er griff mit der Hand in Huberts Oberkörper – was der Automatenmann mit einem pikiert klingenden »Hoppla« quittierte, das James kaum besser hätte sagen können –, und als er sie wieder herauszog, lag ein weiterer kleiner Funkempfänger darin. Die winzige Antenne rührte sich keinen Millimeter.

»Ich fasse es ja nicht«, staunte Theo. »Das ist tatsächlich noch so ein Ding!«

»Und deswegen hat Hubert die Waffensammlung zerstört«, sagte Harold und sah von einem seiner Freunde zum nächsten. »Einzig und allein deswegen. Weil da etwas in ihm war, das nicht hineingehörte.«

»Ich fürchte, ich kann Euch nicht folgen, Master Harold«, sagte Hubert freundlich. »Hättet Ihr die Güte, mir den Sinn Eurer Worte zu erklären?«

»Ist nicht mehr nötig, Hubert«, sagte der junge Erfinder. Schnell schraubte er den Automatenmann wieder zu. »Jetzt ist ja alles wieder gut.«

»Oh«, machte Hubert in fehlerfrei einprogrammierter Verblüffung. »Das höre ich gern. Wie erfreulich.«

Lestrade trat zu ihnen. »Was soll das da sein?«, erkundigte er sich unwirsch.

»Das weiß ich auch noch nicht so genau«, antwortete Harold. »Aber es ist auf jeden Fall ein Anfang!«

»Und wirklich kein Zufall?«, fragte Theo. Obwohl sie vorhin so entschlossen geklungen hatte, schienen sie nun leichte Zweifel zu plagen. »James und Hubert sind ja nur zwei Automatenmenschen von vielen. Das beweist leider noch lange nicht, dass *alle* so ein Ding in sich tragen.«

»Wenn wir mehr Automaten untersuchen wollen, hätte ich vielleicht eine Idee«, sagte Lucius. »Erinnert sich noch jemand an den Unfall, gestern am Trafalgar Square?« Der Einfall war ihm just in diesem Moment gekommen, und nun ärgerte er sich ganz gehörig, nicht schon viel früher so weit gedacht zu haben. »Der kam mir doch gleich so seltsam vor …«

»Natürlich!« Sebastian klatschte in die Hände. »Die Droschken, die in diesen Unfall verwickelt waren, wurden allesamt von Automatenmenschen gelenkt.«

Harold runzelte die Stirn. »Und ihr meint, die haben absichtlich ihre Fahrzeuge verschrottet? Ihre Passagiere in Gefahr gebracht? Unsinn, Freunde. Das kann ein Automat doch gar nicht.« Dann sah er auf den Funkempfänger in seiner Hand. Sein Zeigefinger tippte gegen die regungslose Antenne. »Es sei denn …«

»Ganz genau.« Lucius nickte. »Die Droschken gehörten alle zum selben Fuhrunternehmen, erinnert ihr euch? *Bleeker & Sons*, glaube ich.«

»*Bleeker*?« Lestrade hob eine Augenbraue. »Der fährt doch überall in der Stadt umher.«

»Richtig«, sagte Theo. Sie wirkte besorgt. »Und wenn es stimmt, was ich befürchte, könnte das noch ein großes Problem werden.«

»Jetzt habe ich aber genug«, sagte der Inspektor streng. »Ich höre euch schon minutenlang zu und verstehe doch kaum ein Wort. Wovon redet ihr, verflixt noch mal!«

»Wir haben einen Verdacht, Inspektor«, antwortete Lucius so ehrlich, wie er noch konnte, ohne dem Erwachsenen mehr zu verraten, als er gegenwärtig wollte. »Und dem gehen wir jetzt nach. Falls er uns weiterbringt, melden wir uns wieder.«

»Einen Verdacht«, wiederholte Lestrade. »So so. Ihr packt

dem Blecheimer in die Eingeweide, und schon habt ihr einen Verdacht.« Wieder schüttelte er den Kopf. Er wirkte, als begreife er nicht, was vor ihm geschah – und er schien es auch absolut nicht ernst zu nehmen. »Hätte ich gewusst, wie einfach das ist, hätte ich das auch gemacht.«

»Inspektor!« Mister Barton erschien auf der Schwelle von Zimmer AA-23. Sein Blick war finster, seine Stirn schweißnass vor Anstrengung. »Inspektor, diese vier Rotznasen sind wieder ...« Dann verstummte er, als er die Freunde sah.

»Ja, Barton, ich weiß«, sagte Lestrade. »Aber wussten Sie schon, dass man Verdächtigen einfach nur in den Bauch greifen muss, um Informationen zu erhalten?«

Barton blinzelte verblüfft. »Wie bitte, Sir?«

»Vergessen Sie's.« Der Inspektor winkte ab. »Bringen Sie diese kleinen, fantasievollen Nervensägen einfach vor die Tür, ja? Diesmal aber endgültig! Und richten Sie Tinny aus, alle meine Termine für die nächsten zwei Stunden zu streichen. Ich lege mich nämlich eine Weile aufs Ohr. Ich glaube, ich bekomme Kopfschmerzen ...«

Das Fuhrunternehmen *Bleeker & Sons* war schnell gefunden. Es lag unweit des berühmten und nach der britischen Königin benannten Bahnhofs Victoria und somit tief im Herzen von London. Auf den großen Straßen nahe dem Bahnhof herrschte emsiges Treiben und die Stadt zeigte sich trotz des trüben Wetters von ihrer hübschesten Seite. Die vergleichsweise schmale Seitengasse in Victorias Norden allerdings machte keinen guten Eindruck. Schmucklose Hauswände aus Backstein und Mörtel versperrten Besuchern die Sicht. Dreck und Unrat lagen in den Ecken. Die Luft roch nach Schmieröl und dem Tabak der grobschlächtigen Männer, die bei *Bleeker* arbeiteten. Lucius sah sie schon, als er und seine Freunde in die schmale Gasse einbogen: Die Männer dort vor *Bleeker*s großer Halle glichen ungehobelten Hafenarbeitern. Sie trugen abgewetzte Kleidung und hatten stoppelige Bärte. Werkzeuge aller Art ragten aus den Taschen ihrer Kitteljacken, und so manche ausgebeulte Hosentasche ließ vermuten, dass ihr Träger einen Flachmann voll billigem Schnaps mit zur Arbeit gebracht hatte.

»Hierhin möchte ich mich nicht verirren, wenn's dunkel wird«, murmelte Theo.

Lucius verstand sie gut. Allzu sicher wirkte die Gegend nicht gerade.

Die Halle, auf die die Freunde zuhielten und vor der die rauchenden Männer in der kühlen Nachmittagssonne standen, war ein ziemlicher Koloss und sehr, sehr breit. Vier große, nebeneinander angeordnete Tore mit trüb gewordenen Fensterchen bildeten ihre Front und führten auf einen runden Hof, der dann in die schmale Gasse mündete. Quer über den vier Toren prangte ein marineblaues Schild mit weißer Schrift: *Bleeker & Sons – Die Zukunft des Reisens* stand dort in schnörkeligen Lettern geschrieben, die nicht gerade von Bescheidenheit kündeten.

Zwei der Tore standen weit offen. Lucius sah stattliche

Kutschen im Halleninneren, aufgebockt auf pneumatischen Hebebühnen. Sie wurden offenbar gewartet.

»Entschuldigung?«, wandte sich Sebastian an einen der bärtigen Männer. »Dürfen wir Sie vielleicht kurz stören? Wir kommen wegen …«

Er kam nicht dazu, den Satz zu beenden. Eine Droschke mit Automatenkutscher bog gerade aus der schmalen Gasse in den runden Hof – so schnell, dass sie Sebastian um Haaresbreite überfuhr!

»Holla!«, rief der junge Abenteurer und wich ihr keuchend aus. Hätte er nicht so gute Reflexe gehabt, wäre er bestimmt unter die Räder gekommen. »Pass doch auf!«

Der Automatenmann auf dem Kutschbock beachtete ihn gar nicht. Stoisch und zielsicher, wie es seine Programmierung vorsah, fuhr er seine Kutsche in die Halle des Fuhrunternehmens.

Die bärtigen Menschenmänner hingegen wieherten vor Lachen. Sie schlugen einander auf die Schultern und zeigten mit ausgestrecktem Arm auf den vor Schreck ganz blass gewordenen Jungen. Sebastians Beinahe-Unfall schien das Lustigste zu sein, was sie heute erlebt hatten.

»Das ist verdächtig«, sagte Harold, während Theo fürsorglich neben Sebastian trat. »Und ziemlich eigenartig. Normalerweise hätte so ein Automatenmann lieber seine Kutsche riskiert, als einen Menschen anzufahren.«

»Normalerweise steht ihm auch kein Dreikäsehoch mitten im Weg, wenn er hier in den Hof einbiegt«, sagte ein besonders muskulöser Mann. Dann spuckte er auf das Kopfsteinpflaster des Bodens. »Der konnte euch gar nicht sehen – und noch viel weniger konnte er mit euch rechnen. Habt ihr das Schild vorne an der Straße nicht gesehen? Kein Zutritt für Rotzlöffel. Ist viel zu gefährlich.«

»Da stand kein Schild!«, wehrte sich Harold.

Lucius winkte ab. »Lass gut sein. Das weiß der Mister hier so gut wie du. Er erlaubt sich nur einen Spaß mit uns. Richtig, Sir?«

Der Mann grinste abfällig. »Bist'n schlaues Kerlchen, Kleiner.« Dann deutete er auf Theo, Sebastian und Harold. »Bist du der Boss von deiner Zwergentruppe?«

»Mich würde vielmehr interessieren, wer *hier* der Boss ist«, wechselte der Junge das Thema. Streng sah er den Bärtigen an. »Wir müssen nämlich mit ihm reden.«

»Dringend!«, betonte Harold mit einigem Nachdruck.

Wieder lachten die Männer. »Vier Knirpse suchen den Boss«, rief ein dicker Geselle, der hinten nahe den Hallentoren stand und sich gerade eine neue Zigarette drehte. »Der ist gut. Den muss ich unbedingt meinen Jungs erzählen, heute Abend in der Kneipe.«

»Ist Mister Bleeker denn da?«, fragte Sebastian. Auch ihm gefiel nicht, wie diese Erwachsenen mit ihnen umsprangen.

»Ich bin Mister Bleeker«, sagte der Stoppelbärtige, der mit Lucius gesprochen hatte. Stolz stemmte er die Hände in die Taschen seiner speckigen Hose und baute sich vor dem Jungen auf.

»Sind Sie nicht«, erwiderte Lucius unbeeindruckt.

»Ach ja?« Der Mann funkelte ihn bedrohlich an. »Du hast vielleicht Nerven, Bengel. Nennst du mich etwa einen Lügner, hm?«

»Mister Bleeker leitet ein Fuhrunternehmen«, sagte Lucius schnell, bevor er zu viel Angst bekam und sich nicht mehr traute. Dass Stoppelbart log, sah doch ein Blinder! »Er hat mit der ganzen Stadt zu tun, mit armen wie mit reichen Leuten. Aber Sie ...«

Dann verstummte er. Er hatte sagen wollen, dass der Stoppelbart mit dem ölverschmierten Hemd und dem verschlagenen Gesichtsausdruck nicht gerade aussah, als sei er ein stadtbekannter Großunternehmer. Sondern eher wie ein tumber Handwerker ohne Manieren, der keine Kinder mochte. Aber er bremste sich gerade noch rechtzeitig. Die Bemerkung hätte Stoppelbart ihm nämlich ganz sicher mehr als übel genommen, wahr oder nicht.

Oberste Regel des Überlebens auf fremden Straßen, erinnerte sich Lucius an einen Rat des Schwertschluckers Giorgio aus früheren Tagen. *Leg dich nie mit jemandem an, dessen Bizeps größer ist als deine Hand. Es sei denn, du musst.*

»Mister Bleeker«, sagte Theo. Sie trat einen Schritt auf Stoppelbart zu. »Ist er nun hier oder nicht ... Sir?« Das letzte Wort klang bei ihr fast wie eine Beleidigung, aber eben nur fast.

Der Mann schien allmählich die Lust an seinem eigenen Spiel zu verlieren. Seufzend sah er hinter sich und zu den Kollegen. »He, Adam«, rief er einem eher kleinwüchsigen Mann mit spitzem Kinn und Schiebermütze zu. »Wie spät ist es?«

Adam spuckte auf den Boden. Dann sah er zum Himmel über dem Hallendach. »Kurz nach vier«, antwortete er dann so selbstverständlich, als läse er die Uhrzeit immer nur vom Stand der Sonne ab.

»Na, wenn das so ist, kommt der Boss ja sicher gleich wieder«, sagte Stoppelbart. Er schenkte Theo ein Lächeln, das vollkommen übertrieben freundlich war. »Möchte die junge Dame vielleicht auf ihn warten?«

»Möchte sie«, sagte Theo fest. Sie verschränkte die Arme vor der Brust, lehnte sich mit dem Rücken an die gegenüberliegende Hauswand und nickte. »Solange es auch dauert.«

Sebastian gesellte sich zu ihr. »Wir haben Zeit«, sagte er entschlossen.

»Genau!«, fand Harold. Dann senkte er die Stimme ein wenig. »Aber ... Na ja, also, ich hätte auch Hunger. Ihr nicht?«

Lucius rollte mit den Augen. »Harold, Harold ...« Dann grinste er. Sein erfinderischer Freund mochte mehr Grips haben als die meisten anderen Leute, die er kannte. Aber wie man Stärke demonstrierte, musste Harold noch lernen. »An dir geht noch mal ein großer Schauspieler verloren.«

»Hm?« Verwundert sah Harold ihn an. »Wie meinst du das?«

Doch Lucius winkte nur ab. Sebastian kicherte allerdings, bis Theo ihm warnend den Ellbogen in die Rippen rammte.

Die Freunde aus dem Rabennest warteten nicht lange.

Schon nach knapp fünfzehn Minuten – die Harold auf seiner Taschenuhr ablas – bog ein neuer Wagen aus der Gasse und auf Bleekers gepflasterten Hinterhof. Es handelte sich nicht um eine Droschke, sondern um einen großen dampfbetriebenen Lieferwagen. Am Steuer des Gefährts saß ein blitzblank polierter Automatenmann, direkt neben diesem ein älterer Herr mit schwarzem Zylinder, weißem Haar, teurem Mantel und breitem, gezwirbeltem Schnauzer. Der Wagen hielt mitten auf dem Hof, und der Mann mit dem weißen Haar stieg aus.

»In Ordnung, Zweiundvierzig«, sagte er und nickte dem Automaten am Steuer zu. »Fahr ihn einfach in die Halle. Paddy kümmert sich um den Rest.«

Der Blechmann setzte den Lieferwagen wieder in Bewegung und steuerte ihn durch eines der beiden offenen Hallentore. Mister Bleeker – zumindest vermutete Lucius, dass es sich um diesen handelte – drehte sich zu Stoppelbart um. »Paddy, lad die Truppe ab. Aber vorsichtig, hörst du? Die Dinger sind frisch gewaschen, also will ich nicht, dass du und deine Leute sie mit euren Ölfingern wieder dreckig macht!«

»Jawoll, Boss«, sagte Paddy Stoppelbart. Dann deutete er auf die vier Freunde an der gegenüberliegenden Hauswand. »Und, ähm ... Sie haben Gäste.«

Bleeker drehte sich um. Erst jetzt bemerkte er Lucius und die anderen. »Nanu?« Verblüfft hob er die buschigen Augenbrauen. »Habt ihr euch verlaufen?«

Paddy und die übrigen Männer verschwanden wieder in

der Halle. Die Pause schien beendet, nun, da ihr Arbeitgeber zurück war.

»Nein, Sir«, antwortete Lucius. »Wir sind Detektive und würden Ihre Automatenmenschen gern untersuchen.«

Bleekers Brauen rutschten noch ein Stückchen höher die Stirn hinauf. »*Was* wollt ihr?«

»Eine Katastrophe verhindern«, sagte Harold. Er trat vor und deutete auf das offene Hallentor. »Sir, befinden sich vielleicht Ihre Automatenmenschen in diesem Lieferwagen?«

Mister Bleeker nickte. »Ja, dreißig von ihnen. Frisch zurück von der Automatenwäsche an der Brompton Road. Aber ... Wer seid ihr?«

»Wir sind Detektive, Sir«, wiederholte Lucius unwillig. Allmählich wurde er nervös. »Und Ihnen und Ihren Maschinen droht vielleicht eine gewaltige Katastrophe. Wir müssen sie uns unbedingt einmal ansehen. Ist das in Ordnung?«

Der Fuhrunternehmer schüttelte ratlos den Kopf. »Ich verstehe nicht, was ...«

»Fünf Minuten«, bat Lucius in eindringlichem Ton. »Mehr brauchen wir nicht, um Ihnen zu zeigen, was wir meinen.«

Bleeker zögerte noch immer. Irritiert sah er die vier Freunde aus dem Rabennest an. Dann aber nickte er. »Fünf Minuten«, wiederholte er. »Ich bin gespannt, Junge.«

Lucius war erleichtert. »Harold?«

Der Erfinder zog seinen Überlebensrucksack aus und entnahm ihm das mitgebrachte Werkzeug. »Können wir?«, fragte er Bleeker und sah zur Halle.

»Nur zu«, antwortete der alte Mann.

Gemeinsam betraten sie die Halle. Die bärtigen Männer hatten wieder mit der Arbeit begonnen. Sie warteten Kutschen, reparierten Räder und Achsen und besserten kleinere Schäden im Holz aus. Einzig Paddy, der verschlagen wirkende Stoppelbart, stand neben dem nun parkenden Lieferwagen und sah den Automatenmännern, die auf dessen Ladefläche gesessen hatten, beim Aussteigen zu. Die blechernen Kollegen waren so blitzblank wie es Tinny in Inspektor Lestrades Büro gewesen war. Und so sauber wie James, nachdem Harold ihn zu *Mister Bedfords lupenreiner Automatenwäsche* gebracht hatte. Lag die nicht an der Brompton Road?

Harold trat auf einen der frisch gereinigten Automatenmänner zu. Es war der Fahrer des Lieferwagens, der Automat namens Zweiundvierzig. »Entschuldigung«, murmelte Harold, an ihn gewandt. »Es dauert nur einen kurzen Augenblick, ja?« Unter Paddys irritierten Blicken öffnete er die Brustplatte des Automatenmanns und griff in dessen technische Eingeweide.

»He da!«, rief Paddy.

Doch Mister Bleeker, der dem Schauspiel halb fasziniert und halb verwirrt zusah, schüttelte den Kopf. »Lass ihn, Paddy. Nur mal kurz.« Er klang neugierig.

Harolds Arm war in Zweiundvierzig verschwunden, Harolds Gesicht lag in Falten. »Kleinen Moment«, murmelte er konzentriert. »Ich hab's gleich ... Irgendwo hier unten ... Da war doch ... Also, bei James war genau dort ... Oder vielleicht doch weiter oben ... Nein, da war ich schon ... Ein bisschen mehr rechts ... Und dann ...«

Theo, Sebastian und Lucius seufzten einstimmig. »Typisch Harold«, murmelte Sebastian, und Theo lächelte.

Dann riss der junge Erfinder die Augen weit auf. »Ha!«, rief er triumphierend. Er zog den inzwischen ganz ölverschmierten Arm aus der Brust des Automatenkutschers. Auf seiner Handfläche lag, was Lucius befürchtet hatte: ein weiterer kleiner Funkempfänger.

»Was in aller Welt ist das?«, staunte Mister Bleeker. Er trat neben Harold und betrachtete das winzige Gerät. Man sah ihm an, dass er es nicht kannte.

»Ein Problem, Sir«, antwortete Sebastian. »Ein ganz gewaltiges Problem.«

Harold nickte. »Lassen Sie die Männer in all Ihren Automaten nachsehen, Mister Bleeker. In jedem einzelnen. Wo immer sie ein solches Ding finden, müssen sie es unbedingt ausbauen – und zwar sofort!«

»Es ...« Lucius schluckte. Er musste an Jeremy McKees sensationslüsternen Zeitungsartikel denken. An die Angst, die McKee mit seinen Texten schüren wollte, weil Angst Zeitungen verkaufte. Und mit einem Mal hatte auch Lucius Angst. »Es geht vielleicht um Leben und Tod.«

Bleekers Augen wurden groß. Doch er nickte. »Du hast den Jungen gehört, Paddy. Tu, was er sagt. Jetzt!« Kaum war Stoppelbart in Aktion getreten, wandte sich Bleeker wieder an Lucius. »Aber jetzt erklärt mir bitte, was hier vor sich geht.«

»Das wüssten wir auch gern«, antwortete Lucius nicht ganz wahrheitsgemäß. Er wollte nicht, dass Bleeker panisch zur Polizei oder zur Presse rannte, wenn er erfuhr, dass jemand Automatenmenschen sabotierte, um überall Chaos anzurichten. Nicht, bevor sie nicht eine eindeutige Spur hatten.

»Sagen Sie mal«, meldete sich Harold zu Wort. »Sie warten ihre Kutscher doch regelmäßig, oder?«

»Natürlich«, bestätigte Bleeker. »Das verlangen schon die Sicherheitsvorschriften.«

»Wann haben Sie die letzte Wartung durchgeführt?«

»Vorgestern, warum?«

»Und da haben Sie noch nichts Ungewöhnliches bemerkt.«

Bleeker schnaubte. »Nicht das Geringste. Und so ein Kästchen wäre meinen Leuten gewiss aufgefallen. Die muss jemand jüngst erst eingebaut haben.« Besorgt sah er sich um. »Ich muss die Sicherheitsvorkehrungen verbessern. Anscheinend brechen irgendwelche Vandalen in meine Unternehmen ein. Da stecken gewiss Studenten oder Gewerkschaftler dahinter, die gegen den technischen Fortschritt protestieren wollen.« Er wirkte auf einmal sehr aufgebracht. »Wenn ihr mich entschuldigen würdet, ich habe jetzt einiges zu tun.«

Lucius nickte. »Ja, natürlich. Danke.« Er wandte sich zum Gehen ab, doch dann hielt er inne. Einer Ahnung folgend, wandte er sich noch einmal an Bleeker. »Eine Frage noch, Mister Bleeker: Wo lassen Sie Ihre Automaten waschen?«

»Wie bitte?« Verdutzt sah der Fuhrunternehmer ihn an. »Bei *Mister Bedfords lupenreiner Automatenwäsche*. Dort gibt es großartige Sonderangebote für Gruppenwäschen. Warum fragst du?«

»Ach, nur so«, erwiderte Lucius leichthin. »Wir haben einen Automatenbutler, der dringend mal wieder gesäubert werden müsste.«

Mit diesen Worten verabschiedeten sie sich. Als sie auf der Straße standen, warfen sich die Freunde vielsagende Blicke zu.

»Denkt ihr auch, was ich denke?«, fragte Sebastian.

»Ich glaube schon«, gab Lucius zurück. »Was haben James und die Automaten hier gemeinsam? Nichts! Außer, dass sie alle drüben an der Brompton Road gewaschen wurden. Ich möchte wetten, dass auch Hubert in den letzten Tagen dort war.«

Harold nickte eifrig. »Da bin ich mir sogar ganz sicher. Lord Archibald hat mir den Tipp mit der neuen Automatenwäsche erst gegeben.«

Sebastian klatschte in die Hände. »Na also. Was meint ihr, Freunde? Wollen wir diesem sauberen Mister Bedford mal auf den Zahn fühlen?«

»Unbedingt«, sagte Lucius. Zum ersten Mal hatte er das Gefühl, dass sich die vielen einzelnen Puzzleteile der letzten zwei Tage langsam zu einem Bild zusammensetzten. Und dieses Bild wurde ihm schon jetzt unheimlich.

KAPITEL 12:

Ein wundersamer Waschsalon

Der Tag war bereits lang und ziemlich ereignisreich gewesen. Doch die Spur, der die Freunde folgten, war so heiß, dass niemand von ihnen daran dachte, nach Hause zu gehen, obwohl Big Ben, die tonnenschwere, große Glocke im berühmten Uhrturm des Westminster-Palasts in der Ferne bereits zur fünften Nachmittagsstunde schlug.

Ihr Ziel war klar: Sie würden *Mister Bedfords lupenreiner Automatenwäsche* in der Brompton Road einen Besuch abstatten, um sich unauffällig bei Tage ein Bild davon zu machen, wie weiß die Weste des Betreibers wirklich war.

»Wir können da nicht einfach im Hof herumstehen«, sagte Harold, während sie das Gelände von *Bleeker & Sons* hinter sich ließen und zu den Dampfdroschken liefen, die neben dem Victoria-Bahnhof in großer Zahl parkten. »Wir brauchen einen Plan.«

»Wie wäre es, wenn wir meine Ausrede bei Mister Bleeker zur Wahrheit werden lassen?«, schlug Lucius vor. »Wir bringen einfach James zur Reinigung in Bedfords Waschanlage. Das gibt uns eine Weile Zeit, uns dort umzusehen.«

»Ich habe James doch gerade erst waschen lassen«, wandte Harold ein.

»Nun, offenbar führt er ein Leben, bei dem man sich schnell schmutzig macht.« Lucius grinste, als ihm bereits eine gute Idee hierzu kam.

Verwirrt sah der junge Erfinder ihn an. »Aber er ist gar nicht schmutzig. Er hat nur ein paar kleine Dellen von dem Kampf im Rabennest abbekommen.«

»Überlasst das nur mir. Wenn ich mit ihm fertig bin, wird er eine Grundreinigung dringend nötig haben.«

»Was hast du vor?«, wollte Theo wissen.

»Der Diogenes-Club liegt in der Nähe des Themseufers, oder nicht?« Lucius warf einen Blick in die Runde. »Und ich brauche wohl keinen von euch daran zu erinnern, wie es dort am Wasser aussieht.«

Das musste er wirklich nicht. Es war erst ein paar Wochen her, seit sie auf der Jagd nach dem Unsichtbaren durch den Morast und die Abfälle am Rand der Themse gewatet waren.

»Ein Schlammbad«, begriff Sebastian, und ein breites Lächeln hielt auf seiner Miene Einzug. »Das gefällt mir. Und ich wette, auch James wird begeistert sein.«

»Sie wollen mich mit Schlamm und Abfällen bewerfen, Master Harold?« Entrüstet sah der Automatenbutler die Freunde an. »Wie unfein!«

»Es ist für eine gute Sache, James«, erwiderte Harold. »London ist in Gefahr, der gute Ruf meines Vaters ist in Gefahr, und vor allem sind alle Automaten dieser Stadt möglicherweise in Gefahr. Stell dir nur vor, was wäre, wenn in dieser neuen Waschanlage tatsächlich jeder Automat heimlich mit einem Funkempfänger ausgestattet wird. Dann könnten diese Kerle euch beliebig übernehmen und mit euren Körpern Unheil anrichten.«

»Danach braucht es nur noch ein oder zwei weitere Zeitungsartikel von diesem Schmierfink McKee«, fügte Lucius hinzu, »und schon sind die besorgten Einwohner der Stadt mit Fackeln und Mistgabeln hinter euch her.« Er war nie ein besonderer Freund der Automatenmenschen gewesen. Für ihn gehörten sie einfach zum Alltag wie Kutschpferde oder die künstlichen Tiere, die bei den Damen der höheren Gesellschaft gerade so in Mode waren. Trotzdem machte ihm die Vorstellung Angst, dass die scheinbaren Missetaten von ein paar Automaten einen zunehmenden Hass auf alle Maschinen zur Folge haben könnten. Wenn erst Rufe nach Schrottplatz und Schmelzofen laut wurden, würden viele Unschuldige zu Schaden kommen.

»Außerdem wolltest du doch schon immer Teil unserer Ermittlungen sein«, warf Theo lächelnd ein. »Nun hast du die Gelegenheit, ein echter Detektiv zu werden.«

»Ach was«, rief Sebastian. »Du wirst zum Helden für deine Leute. Stell dir nur vor, wenn wir am Ende die Schurken dingfest gemacht haben und die Presse kommt, um Fotos zu schießen, und du stehst direkt an unserer Seite! Das wäre doch was, oder? Dafür ein Schlammbad in der Themse zu nehmen, scheint mir ein kleiner Preis zu sein.«

»Ach du meine Güte.« James blickte von einem zum anderen. »So habe ich das alles ja noch gar nicht gesehen. Unter diesen Umständen scheint es mir ja geradezu eine Pflicht zu sein, meinen Körper dem Schmutz preiszugeben. Verfügen Sie nach Belieben über mich.«

»Dann los«, sagte Sebastian. »Verlieren wir keine Zeit.«

»Ich bleibe hier bei Miss Sophie«, verkündete Theo. »Ihr schafft das schon, James mit Dreck zu bewerfen.«

Sebastian lachte. »Worauf du dich verlassen kannst.«

Mit James im Schlepptau verließen die Jungs den Diogenes-Club und eilten hinüber zum Themseufer. Da das Gelände an dieser Stelle gut befestigt war, mussten sie ein paar Schritte laufen, bevor sie an eine steinerne Treppe kamen, über die sie hinunter zum eigentlichen Ufer, einer Mischung aus Morast, Kies und angeschwemmtem Unrat, gelangten.

»Ich hoffe, ich werde das nicht bereuen«, sagte James mit einem metallischen Seufzen, während er unschlüssig auf der letzten Steinstufe stand.

Sebastian bückte sich und grub eine Handvoll Dreck aus dem brackigen Boden. »Ach, Quatsch«, erwiderte er grinsend. »Das wird ein Riesenspaß für uns alle. Also sei ganz locker, Blechkumpel.« Mit diesen Worten klatschte er James die Hand auf den Rücken und verschmierte den Schlick genüsslich auf der behelfsmäßigen Rückenpanzerung.

James zuckte zusammen. »Herrje!«

»Los, Freunde«, forderte Sebastian die anderen beiden auf. »Wir haben eine Aufgabe zu erledigen. Sie mag schmutzig sein, aber irgendjemand muss sie machen.«

Lucius sah James mit einem entschuldigenden Lächeln und einem Schulterzucken an. Dann ging auch er in die Knie und griff beherzt zu.

Ein paar Minuten lang war lediglich das feuchte Klatschen von stinkigem Schlamm auf Metall und das blecherne Stöhnen und Seufzen von James zu hören. Schließlich wischten sich Lucius und die anderen die Hände am Hosenboden ab und besahen stolz ihr Werk.

James war kaum noch als Automat erkennbar. Viel eher glich er einem Ungeheuer auf zwei Beinen, das soeben einem morastigen Sumpfloch entstiegen war. Feuchter Dreck besudelte seinen ganzen Körper, und auf dem Kopf saß sogar ein brauner Schlickklumpen, den Sebastian dort platziert hatte wie eine bizarre Krone. James wirkte sehr unglücklich – aber er hielt sich tapfer.

»Ich glaube, jetzt ist er reif für eine gründliche Wäsche«, meinte Lucius.

»Überreif«, bestätigte Sebastian.

»Ich hoffe, wir finden eine Dampfdroschke, die James in seinem Zustand mitnimmt«, bemerkte Harold. »Sonst dürfen wir den ganzen Weg bis zur Brompton Road zu Fuß gehen.«

»Im Zweifelsfall fahren wir per Anhalter auf einem Lastkarren mit.«

Und genau das taten sie dann auch. Nachdem drei menschliche Kutscher dankend die Fahrt abgelehnt hatten und weil keiner der Freunde wirklich scharf auf eine Fahrt mit einem womöglich manipulierten Automatenkutscher war, hielten

Lucius und die anderen ein Fuhrwerk mit Metallschrott an. Sie überredeten den Fahrer, einen halb tauben Greis, sie nach Westen mitzunehmen.

Zweimal waren sie zum Umsteigen gezwungen, aber schließlich erreichten sie doch wohlbehalten die Brompton Road, die sich einige Hundert Meter südlich des großen Hyde Parks erstreckte. Und bereits am Eingang der Straße stießen sie auf *Mister Bedfords lupenreine Automatenwäsche*. Die Anlage war leicht zu finden, denn ein großes Werbeschild ragte neben ihr auf. Darauf war ein Automat zu sehen, der mit blinkenden Augen und einem beweglichen Arm einen großen Schwamm schwenkte. Im ersten Moment dachte Lucius, die Werbung zeige einen der Automaten, der gesäubert werden sollte. Doch gleich darauf erkannte er die wirkliche Bedeutung.

»Mensch, das ist ja irre«, entfuhr es ihm, und seine Augen weiteten sich. »Hier arbeiten ja nur Automaten!«

»Habe ich doch erzählt«, bemerkte Harold. »Das ist das Besondere an *Mister Bedfords lupenreiner Automatenwäsche.*«

»Ich halte das mittlerweile für höchst verdächtig«, warf Sebastian mit düsterer Miene ein. Sein Blick schweifte über die Anlage. »Wo sich wohl die menschlichen Strippenzieher verstecken? Mister Bedford wird ja keine Maschine sein.«

Auch Lucius sah sich unauffällig um, als sie über das offene Gelände spazierten. In der Mitte erhob sich ein großes, flaches Backsteingebäude, das die Waschanlage zu sein schien. Es besaß nur kleine Fenster direkt unter dem breiten Dach.

Über mehrere schmale Tore gelangte man ins Innere und auf der anderen Seite auch wieder hinaus. Ein Rumpeln und Fauchen drang aus der Halle, und Dampf stieg aus zwei Schornsteinen auf. Offenbar gab es dort drinnen große Maschinen.

Vor der Halle standen – schön in Reihen aufgestellt – Automatenmenschen jedweder Art. Lucius erblickte elegante Automatenbutler, gedrungene Droschkenfahrer, bullige Lastenheber, die gerne im Hafen und an den Güterbahnhöfen eingesetzt wurden, und viele andere Kunstmenschen mehr. Sie alle warteten darauf, von den bronzefarbenen Wächtern der Anlage in die Halle eingelassen und gründlich gereinigt zu werden.

Die Besitzer der Blechkameraden hatten unterdessen am Rand des Geländes in einem Wartehaus Platz genommen, wo ihnen an einem Tresen anscheinend Tee serviert wurde – natürlich auch von einem Automaten. Die Männer und Frauen blickten überwiegend gelangweilt drein. Sie nahmen das Wunder dieses buchstäblich automatisierten Betriebs gar nicht richtig wahr.

»Mir gefällt es hier nicht«, bemerkte Sebastian.

»Warum nicht?«, fragte Harold. Dem Leuchten in seinen Augen nach zu urteilen, empfand er selbst ganz anders – und das trotz der Tatsache, dass Mister Bedford auf der Liste ihrer Verdächtigen gegenwärtig ganz oben stand.

»Es ist alles so perfekt organisiert, so steril, so ... Keine Ahnung.«

»Leblos?«, schlug Lucius vor.

Sebastian nickte.

Lucius wusste genau, was sein Freund meinte. Das wunderbare Chaos, das Lucius im Hause Cavor erlebt hatte, fehlte hier völlig. Bei den Cavors waren die Automaten beinahe zu Menschen geworden – und nicht nur James –, weil sie wie Kunstwerke betrachtet und behandelt wurden. Das galt für Hubert ebenso wie für Alfred. Den bronzefarbenen Automaten, die die Waschanlage betrieben, fehlte dahingegen jede Eigenheit. Sie sahen alle gleich aus und obendrein auch noch ziemlich langweilig, ohne besonderen Charakter. Es handelte sich um uniformierte Einheiten, ein wenig wie Soldaten in einem großen Heer, die auch nicht mehr als einzelne Menschen, sondern nur noch als gleichförmige Masse wahrzunehmen waren.

Genauso technisch, wie diese Automaten wirkten, behandelten sie auch ihre künstlichen Kunden. Sie stellten sie in Reihen auf, unterbanden alle Gespräche und jede Abweichung. Effizienz schien das Einzige zu sein, was für sie zählte. Die allerdings boten sie durchaus. Die Geschwindigkeit, mit der blitzblanke Automaten am anderen Ende der Halle wieder ins Freie traten, war wirklich erstaunlich.

Lucius' Überlegungen wurden unterbrochen, als einer der bronzefarbenen Betreiber der Anlage auf sie zutrat. »Willkommen bei *Mister Bedfords lupenreiner Automatenwäsche*«, schnarrte er mit monotoner Stimme, die nicht so ganz zu seinen Worten passen wollte. »Bitte erlauben Sie uns, Sie von unserem Service zu überzeugen. Wir bieten die gründlichste und schnellste Automatenwäsche in ganz London, und das zu unschlagbaren Preisen. Vom Staubkörnchen bis zur ...« Als sein Blick auf James fiel, der vollkommen verdreckt vor ihm stand, stockte der Automat tatsächlich.

Lucius musste sich ein Grinsen verkneifen. Dass es ihm gelang, auch noch die effizienteste Maschine aus der Fassung zu bringen, bereitete ihm ein enormes Vergnügen.

»Bitte verzeihen Sie mein Aussehen«, sagte James, dem sein Zustand mehr als nur ein wenig unangenehm zu sein schien. »Ich hatte eine etwas unerfreuliche Begegnung mit dem Themseufer.« Das war eine sehr zurückhaltende Art, ihre Schlammschlacht von vorhin zu umschreiben.

»Machen Sie sich keine Sorgen, meine Herren«, wandte sich der Automat weiter an Lucius, Harold und Sebastian. James beachtete er gar nicht weiter. »Unsere patentierte Waschstraße wird selbst mit hartnäckigsten Verschmutzungen fertig. Ich empfehle Ihnen das Premium-Programm, das wir diese Woche im Sonderangebot haben.« Er deutete auf eine Hinweistafel an der Wand der Halle.

Der Preis für die gebotene Leistung war in der Tat ziemlich günstig. Wenn die Methode dieses Mister Bedfords Schule machte, dann würde es in London schon bald keine Wäschereien mit menschlichen Angestellten mehr geben – einfach, weil sie der Konkurrenz dieser Automaten nicht gewachsen waren.

Schöne neue Welt, dachte Lucius mit einem Anflug von Bitterkeit.

»Das nehmen wir«, sagte Harold derweil. »Dieses Premium-Dings. Ich möchte, dass James wieder blitzblank ist, bevor ich mit ihm nach Hause gehe.«

»Sonst kriegen seine Eltern nämlich einen Herzinfarkt«, verriet Sebastian dem Automaten augenzwinkernd.

»Bei medizinischen Notfällen wenden Sie sich bitte an das nächste Hospital«, erwiderte der Bronzemann und bewies dabei, dass auch Humor nicht Teil seiner Programmierung war.

»Das war ein ...« Sebastian winkte ab. »Vergiss es.«

»Ihre Worte werden nicht in meinem Speicher abgelegt«, informierte ihn der Bronzemann bestätigend. Er wandte sich James zu und musterte ihn abschätzig. »Welches Modell ist dieser Automat? Ich erkenne seine Form nicht.«

»Äh, den habe ich selbst gebaut«, beeilte sich Harold zu sagen. »Und dann habe ich ihn aufgerüstet.«

»Individuelles Modell. Ich verstehe. Gibt es etwas, das wir bei der Reinigung beachten müssen?«

Der junge Erfinder schüttelte den Kopf. »Nein. Das heißt: Dieses Premium-Programm verwendet doch keine aggressiven Chemikalien, oder? Es ... äh ... befinden sich einige sehr empfindliche Bauteile in seiner Konstruktion.«

»Wir verwenden die schonendsten Reinigungsmethoden, die für Automaten existieren«, erwiderte sein Gegenüber. »Jedes Modell, das einem normalen Regentag in London widerstehen kann, wird durch unsere Anlage keinerlei Schaden nehmen.«

»Gut. Äh, dann gibt es nichts Besonderes zu beachten.«

»Ausgezeichnet.« Der Bronzemann vollführte eine auffordernde Geste in James' Richtung. »Reihen Sie sich vor Tor 2 ein. Wir werden uns in Kürze um Sie kümmern.«

»Natürlich. Vielen Dank.« Mit einem letzten, besorgten Blick zu seinen drei Freunden stampfte James davon, ein gepanzerter, schlammbedeckter Hüne, der selbst unter der Vielzahl der wartenden Automaten deutlich herausstach.

Der Automat, der sie empfangen hatte, wandte sich erneut den Jungs zu. »Sie können im Wartebereich für Besitzer Platz nehmen. Ihre gegenwärtige Wartezeit beträgt etwa zwanzig Minuten. Bitte vergessen Sie nicht, die Leistung zu bezahlen, bevor Sie das Gelände verlassen.« Er deutete auf ein Kassenhäuschen am Ausgang der Waschanlage. »Ich wünsche noch einen schönen Tag.« Mit einem knappen Nicken verabschiedete sich der Bronzene und wandte sich dem nächsten Kunden zu.

Sebastian sah ihm nach und verschränkte die Arme vor der Brust. »Habe ich schon erwähnt, dass mir der Laden nicht gefällt?«

»Ach, du übertreibst«, sagte Harold.

»Der Kerl hat James wie ein Stück Blech behandelt!«

»Die wenigsten Automaten sind darauf programmiert, zu anderen Automaten höflich zu sein«, entgegnete Harold. »Das ist nicht nötig, da Automaten keine Gefühle haben, die man durch unfreundliches Auftreten verletzen könnte.«

»Er hat nicht mal Bitte oder Danke gesagt«, regte sich Sebastian auf.

»Es ist nur effizient, sich auf die Worte zu beschränken, die zur Informationsvermittlung nötig sind.«

»Hm«, brummte Sebastian. »Vielleicht ist das der Grund, warum mir Menschen immer lieber sein werden als Maschinen. James mal ausgenommen. Der ist in Ordnung.«

»Leute, denkt daran, warum wir hier sind«, mischte Lucius sich in das Gespräch ein. »Lasst uns mal ein wenig herumstöbern. Mal schauen, was wir über diesen Vorzeigebetrieb und seine dunkle Seite erfahren können.«

Um nicht zu sehr aufzufallen, teilten sie sich auf. Dann fingen sie an, sich genauer auf dem Gelände umzusehen. Leider stellte sich das als schwieriger heraus als gedacht. Die Eingangs- und Ausgangstore wurden bewacht, und die Bronzeautomaten dort wiesen Lucius höflich, aber bestimmt ab, als er sich ihnen näherte.

Die zwei Hintertüren, die er wenig später entdeckte, erwiesen sich als verschlossen. Das wäre nicht unbedingt ein Hindernis für Lucius gewesen, denn er besaß ein paar sehr gute Werkzeuge, um Türschlösser zu knacken. Aber gegenwärtig herrschte so viel Betrieb auf dem Hof, dass er fürchtete, von jemandem bei seinem fragwürdigen Treiben erwischt zu werden. Das wirklich Letzte, was er wollte, war, von einem Polizisten zurück in die Baker Street gebracht zu werden und Holmes, Watson und Mrs Hudson erklären zu müssen, warum er in die Gebäude fremder Leute einbrach.

Aber vielleicht sollten wir Sherlock Holmes einweihen, überlegte er kurz. Immerhin hatten sie inzwischen handfeste

Beweise für die Manipulation der Maschinen. Denen konnte sich selbst der störrische Meisterdetektiv nicht versperren. Andererseits war es immer noch früh genug, die Erwachsenen einzuschalten, wenn Lucius und die anderen auch eine eindeutige Spur zu dem Schurken in dieser Geschichte aufzuweisen hatten.

Und bis jetzt hatten sie bloß einen Verdacht. Das reichte nicht, fand Lucius. *Na ja,* dachte er. *Mal sehen, ob James von seinem zweiten Besuch in dieser Anlage auch ein unerwünschtes Andenken mitbringt.*

Die Freunde trafen wieder zusammen, und jeder von ihnen hatte das Gleiche zu berichten. »Man kann einfach keinen Blick in die Halle werfen«, sagte Sebastian. »Die Tore sind zu oder streng bewacht, und die Fenster liegen zu hoch. Man bräuchte eine Leiter, um dort hinaufzukommen. Und ich schätze, es würde zu ein paar peinlichen Fragen führen, wenn wir einfach so verschwinden und mit einer Leiter im Gepäck wieder auftauchen.«

»Eins jedenfalls ist sonnenklar«, fügte Harold hinzu. »Hier gibt es wirklich keine menschlichen Angestellten. Ich habe überall nur die bronzefarbenen Automaten gesehen. Die kontrollieren alles.«

Nachdenklich rieb sich Lucius übers Kinn. »Wisst ihr, was ich mich frage?«

»Hm?«, machte Harold.

»Ob diese Burschen ihrerseits kontrolliert werden. Ob sie auch per Funk von jemandem gesteuert werden.«

»Tja, leider haben wir Miss Sophie nicht dabei, um den *Schlangentest* durchzuführen«, antwortete Sebastian bedauernd. Dann nickte er an Lucius vorbei. »Da kommt James wieder. Und so blitzblank wie am ersten Tag.«

Lucius drehte sich um und sah den Automatenbutler in der Rüstung heranmarschieren. Tatsächlich glänzte sein Metallkörper so gut wie neu. *Mister Bedfords lupenreine Automatenwäsche* hatte wahrhaftig ganze Arbeit geleistet.

»Ah, so fühle ich mich besser«, begrüßte James sie.

»Und?«, wollte Harold wissen. »Wie war es da drinnen?«

James sah ihn fragend an. Dann legte er irritiert den Kopf schräg. »Ich … weiß es nicht, Master Harold. Ich erinnere mich nur, durch das Tor geschritten zu sein. Danach war es dunkel, und dann schritt ich durch ein weiteres Tor aus der Halle heraus. Wie eigenartig.«

Die Freunde wechselten vielsagende Blicke. »Sie haben ihn ausgeschaltet oder zumindest seine Sinne gestört«, vermutete Harold leise.

»Das nenne ich mal verdächtig«, raunte Sebastian.

»Los«, sagte Lucius. »Überprüfen wir sein Innenleben.«

»Nicht hier«, gab Harold zurück. »Draußen.«

Sie zahlten rasch, was sie dem unsichtbaren Mister Bedford schuldig waren. Dann verließen sie den Hof und liefen die Brompton Road hinunter. Als sie um die nächste Häuserecke in eine Seitengasse eingebogen waren, hielten sie an. »In Ordnung, James, wir müssen kurz etwas überprüfen«, verkündete Harold.

»Natürlich«, erwiderte der Automatenbutler. »Ich …«

Bevor er noch ein weiteres Wort sagen konnte, hatte Harold ihn schon abgeschaltet. »Je schneller, desto besser«, sagte er entschuldigend. »Ich will nicht noch mal gegen ihn kämpfen. Vor allem nicht auf offener Straße.«

»Ich schlage vor, wir bringen ihn zurück zum Rabennest«, sagte Lucius. »Es sieht vielleicht etwas komisch aus, wenn drei Jungs auf offener Straße einen Automatenbutler aufschrauben.«

»Du hast vielleicht recht«, pflichtete Harold ihm bei.

Also schleppten sie James zur nächsten Dampfdroschke. »Steuerkernausfall«, erklärte Harold dem verdutzt dreinblickenden Kutscher und verdrehte dabei theatralisch die Augen. Diesmal durften sie James ohne Probleme mit an Bord nehmen.

Im Rabennest wurden sie von Theo bereits neugierig erwartet. »Und? Wie ist es gelaufen?«, wollte das Mädchen wissen.

»Das werden wir gleich sehen«, antwortete Harold, der den Raum durchquerte, um sein Werkzeug zu holen. Behutsam legten sie James auf den Boden, dann lösten sie erneut die Brustplatte.

Und sie fanden einen weiteren Funkempfänger.

»Da soll mich doch …«, murmelte Sebastian.

»Volltreffer«, stellte Lucius fest. »Der lupenreine Mister Bedford scheint sich eine Armee ferngesteuerter Automatenmenschen zu erschaffen.«

»Und das bestimmt nicht aus edlen Motiven«, fügte Theo hinzu.

Harold schob seine Nickelbrille die Nase hoch und sah die anderen unsicher an. »Und jetzt? Suchen wir Inspektor Lestrade auf? Oder Mister M?«

»Entweder das«, erwiderte Sebastian, »oder wir statten dieser Anlage heute Nacht noch mal einen *richtigen* Besuch ab.« Auf seiner Miene zeigte sich ein verschwörerisches Grinsen. »Gebt es doch zu: Ihr seid genauso neugierig wie ich, zu erfahren, was in dieser Halle wirklich vor sich geht.«

»Das kann ich nicht leugnen«, gab Lucius zu und sah Theo an.

Das Mädchen nickte zögerlich. »Ich würde diesem Kerl, der Miss Sophie zweimal so erschreckt hat, schon gerne die Meinung sagen.«

»Na, siehst du.« Sebastian grinste. »Und das kannst du nur, solange nicht irgendwelche Erwachsenen kommen und uns erzählen wollen, dass das alles viel zu gefährlich für Kinder ist.«

»Aber was ist, wenn es wirklich gefährlich wird?«, wandte Harold ein.

Mit zufriedenem Lächeln legte Sebastian dem jungen Erfinder den Arm um die Schulter. »Dann, mein Freund, haben wir James an unserer Seite, der die Bösen mit seinem Waffenarsenal das Fürchten lehren wird.«

KAPITEL 13:

In die Höhle des Löwen

Der Tag war ereignisreich und lang gewesen, und als Lucius an diesem Abend in die Baker Street 221b zurückkehrte, spürte er die Müdigkeit in seinen Knochen. Doch er wusste, dass er auch in der kommenden Nacht kaum Schlaf finden würde. Zum einen, weil er und seine Freunde dies so geplant hatten, und zum anderen ...

»Ich habe Mom gesehen«, sprach er aus, was ihn auch den ganzen Tag über insgeheim noch beschäftigt hatte. »Draußen im Park. Mit meinen eigenen Augen.«

Sherlock Holmes und Doktor Watson, die mit Lucius an Mrs Hudsons reich gedeckten Abendbrottisch saßen, sahen von ihren Tellern auf. Watson hatte mitten im Zubeißen innegehalten und sein Brot noch halb aus dem Mund hängen. Der Meisterdetektiv wirkte allerdings weit weniger verblüfft als sein langjähriger Freund und Partner. Eher wirkte er genervt.

»Das ist unmöglich«, sagte Holmes und griff nach seinem Wasserglas.

»Das habe ich letzten Endes ebenfalls gedacht«, rechtfertigte sich Lucius. »Irgendwie. Weil Beweise einen Detektiv mitunter auch mal in die Irre führen können.«

»Und schon wieder redest du Unfug.« Holmes schüttelte

tadelnd den Kopf. »Beweise sind Fakten, und Fakten sind eindeutig.«

»Moment, Moment.« Doktor Watson hatte inzwischen heruntergeschluckt. Nun sah er Lucius fassungslos an. »Du hast … was? Irene ist in der Stadt?«

»Auf gar keinen Fall«, behauptete Holmes fest.

»Vielleicht«, antwortete Lucius gleichzeitig.

Erst heute früh hatte Mrs Hudson ihm ja erklärt, dass er nur abwarten müsse, bis die Wahrheit ans Licht käme. Und er war auch beinahe überzeugt gewesen, dass das dort am See unmöglich Irene Adler gewesen sein konnte. Nun aber, nach einem ganzen Tag voller heimlicher Hoffnung und unerfüllter Sehnsucht, plagten in wieder die altvertrauten Zweifel. Auch deswegen hatte er Holmes und Watson darauf ansprechen wollen.

»Ja, was denn jetzt?«, fragte der stämmige Arzt mit dem Schnurrbart. »Auf keinen Fall oder vielleicht?«

»Also ehrlich, Doktor«, schimpfte Sherlock Holmes. »Denken Sie doch nach. Denken Sie logisch! Irene kann nie und nimmer in London sein. Es wäre viel zu gefährlich für sie. Außerdem hätte sie sich sonst gewiss längst bei uns gemeldet.«

»Aber der Junge meint …«

»Der Junge«, unterbrach Holmes ihn ungeduldig, »ist so ziemlich die letzte Person, von der wir diesbezüglich Objektivität erwarten dürfen. Niemand wünscht sich Irenes Rückkehr mehr als Lucius, Doktor. Ist es da ein Wunder, dass er sich einreden will, sie irgendwo in der Stadt gesehen zu haben?«

»Nicht irgendwo«, wehrte sich Lucius. »Gleich drüben im Park.«

Mit wenigen Worten berichtete er den beiden Erwachsenen von seinem heimlichen Ausflug der vergangenen Nacht. Dabei verschwieg er, dass er aus dem Fenster geklettert war, und begann gleich mit seinem Gang durch den Park. Manche Details waren eben geheimer als andere.

Holmes und Watson hörten aufmerksam zu. Holmes' Miene verfinsterte sich mit jedem Satz mehr, Watson hingegen wurde immer blasser.

»Die reinste Gespenstergeschichte«, murmelte der Mediziner, als Lucius geendet hatte. Er wirkte erschrocken und ganz schön besorgt. »Junge, was machst du bloß? Spazierst mitten in der Nacht allein durch London? Weißt du denn nicht, wie gefährlich das sein kann?«

»Und wie ungezogen es ist«, tadelte Holmes. »Lucius, ich dachte, wir hätten hier ein paar Regeln, an die wir uns alle hielten. Unter anderem die, dass du ein artiger Junge bist und dich nicht heimlich aus dem Haus schleichst.«

Lucius seufzte. Das war doch gar nicht der Punkt! »Ja, schon«, sagte er, »aber darum geht es jetzt nicht. Mom stand am Seeufer, das ist viel wichtiger. Ich habe sie gesehen. Und ich weiß nicht, wie das sein kann. Ich ... Ich weiß nur, dass es so war!«

»›Darum geht es jetzt nicht‹«, wiederholte Holmes und lachte trocken. »Hören Sie, Doktor? Das ist das Ergebnis von Irenes ach so freiem Erziehungsstil: ein Junge, der nicht folgen will und der glaubt, er könne mir sagen, worum es geht und worum nicht. *Mir*, Watson!«

»Warten Sie mal kurz, Holmes«, bat der gemütliche Arzt und hob abwehrend die Hand. Sein Blick haftete an Lucius und war voller Fragen. »Du glaubst das wirklich, oder? Du bist überzeugt, sie gesehen zu haben.«

»Mitten in der Nacht, Watson«, sagte Holmes so streng, als wäre es ein Gegenbeweis. »Im menschenleeren Park. Im Nebel!« Er schlug mit der Hand auf den Tisch. »Das ist kein Augenzeugenbericht, sondern die von Wünschen genährte Fantasie eines Bengels, der Abenteuergeschichten und Schauerromane liest statt guter Literatur.«

Lucius sah ihn an. »Ich bin kein Bengel«, sagte er wütend. Das Wort hatte ihn beleidigt, auch wenn er es ungern zugab.

»Ach nein?«, blaffte der Meisterdetektiv zurück. Jede Silbe war wie ein Boxhieb, der ein Ziel suchte. Holmes *wollte* Lucius verletzen. »Ich dachte, nur Bengel hielten sich nicht an die Regeln.«

Das saß. Lucius *hatte* sich aus dem Haus geschlichen, das konnte er nicht leugnen. Und, ja, er hatte auch gewusst, dass er es nicht durfte. Dementsprechend durfte er sich nun auch nicht beklagen, dass Holmes ihn dafür ausschimpfte. Erst recht nicht, wenn er daran dachte, was er in der kommenden Nacht vorhatte.

»Es tut mir leid«, sagte er leise. Das war nicht mal gelogen, zumindest nicht ganz. »Ich wollte Sie und Doktor Watson nicht verärgern.«

Auch Holmes' Stimme wurde sanfter, wenn auch nur ein wenig. »Darum geht es nicht, mein Junge«, sagte der Detektiv mit leicht spöttischem Lächeln. »Deine Mutter hat uns gebeten, auf dich aufzupassen, weißt du noch? Und das können wir nur, wenn du uns lässt. Wenn du dich nicht unbemerkt und unnötig in Gefahr bringst.«

Lucius dachte an den vergangenen Nachmittag und den Kampf gegen den ferngesteuerten James. *Wenn Sie wüssten, wie gefährlich es bei mir manchmal wird*, dachte er und unterdrückte ein Grinsen. »Ich verstehe.«

»Gut.« Holmes nickte. »Sehr gut.« Damit schien das Thema für ihn erledigt zu sein. Zufrieden widmete er sich wieder seinem Abendbrot.

»Hör auf den alten Miesepeter, Lucius«, sagte Doktor Watson. Er zwinkerte dem Jungen vertraulich zu. »Holmes mag manchmal ein bisschen zu streng und strikt sein, aber er hat trotzdem recht: Irene Adler ist unmöglich in der Stadt. Das wäre völliger Irrsinn, viel zu riskant.«

Auch Lucius nickte nun. Doch die Zweifel blieben. Tief in seinem Inneren wusste er nämlich – und er fand, er wisse es besser als die beiden Erwachsenen –, dass es Situationen gab, in denen man Risiko und Gefahr einfach nicht vermeiden konnte.

Der Sonnenaufgang war noch ein fernes Versprechen, da saß Lucius schon angezogen und gewaschen am Fenster seines Zimmers. Eine nahe Kirchturmglocke schlug soeben zur vierten Stunde des neuen Tages, und die Luft, die durch das geöffnete Fenster drang, war frisch und kühl.

Es wird Zeit, dachte der Junge. Er schwang die Beine aus dem Fenster und tat, was er bereits in der vorigen Nacht getan hatte. Das Regenrohr, die Hauswand ... Mühelos und geschickt kletterte er hinunter auf die menschenleere Baker Street. Dann sah er hinauf zum dunklen Fenster des Meisterdetektivs.

»Sie haben recht, Mister Holmes«, murmelte er, und es klang wie eine Entschuldigung. »Regeln sind wichtig. Aber manchmal muss man sie brechen, um Schlimmeres zu verhindern.«

Ein Unbekannter, der Londons Automatenmenschen fernsteuerte? Eine derart wild anmutende Geschichte würde Holmes ihm doch nie und nimmer glauben. Der glaubte ja noch nicht einmal, dass Mom wieder da war!

Nein, es war gut, dass Lucius den Erwachsenen nicht alles erzählte. Zumindest dieses Mal nicht. So hatte er es am späten Nachmittag mit seinen Freunden vereinbart, die ihre Eltern ebenfalls noch nicht einweihten. Und so würden sie ihren Plan nun auch in die Tat umsetzen. Holmes glaubte nur, was man beweisen konnte? Nun, Lucius würde Beweise finden. Jetzt!

Schweigend ging der Junge los. Wie vereinbart, parkte die Kutsche der Familie Cavor zwei Straßenecken weiter unter einer gelb leuchtenden Gaslaterne. James saß auf dem Kutschbock.

»Guten Abend, Master Lucius«, begrüßte der Maschinenmann seinen jungen Freund. James klang richtig begeistert. »Oder sagt man schon Guten Morgen? Ach, es ist ein wahrlich besonderer Anlass, aus dem wir uns hier begegnen, finden Sie nicht auch? Eine geheime Mission, mitten in der Nacht. Und ich darf dabei sein! Herrlich, einfach herrlich.«

Lucius schmunzelte. »Schön, dass du dich freust, James.« Dann deutete er auf die Kabinentür der Kutsche. »Ist die kleine Schlafmütze da drin?«

»He«, kam eine protestierende Stimme aus dem Inneren des Fahrzeugs. Dann steckte Harold den Kopf aus dem Türfenster. »Wen nennst du hier Schlafmütze, hm?« Einen Herzschlag später musste er gähnen.

»Och, niemanden«, antwortete Lucius amüsiert und stieg in die Kutsche. »Und dich erst recht nicht. Warum auch?«

»Haha«, erwiderte Harold brummend und schloss die Tür wieder. »Sehr witzig. Ich bin eben müde, na und? Es ist spät. Äh, oder früh? Nee, warte mal. Wie sagt man denn um so eine Uhrzeit: spät oder früh?«

»Man sagt: Fahr los, James«, sagte Lucius laut.

»Mit dem allergrößten Vergnügen, Master Lucius«, drang James' fröhliche Stimme durch die Londoner Nacht. Keine Sekunde später setzte sich die Kutsche in Bewegung. »Nächster Halt: das Anwesen von Colonel Paddington.«

Lucius sah zu Harold. »Und deine Eltern haben auch wirklich nichts gemerkt? Nicht einmal, als du die Kutsche stibitzt hast?«

»Natürlich nicht«, antwortete der und lehnte sich entspannt im Sitz zurück. »Die schlafen tief und fest. Würde ich übrigens auch ganz gern, ehrlich gesagt. Aber stattdessen fahre ich durch die stockfinstere Gegend und hole meine Freunde ab, um mir eine verlassene und verschlossene Automatenwaschanlage, in der ich erst vor wenigen Stunden war, gleich noch mal anzusehen.« Er seufzte, und das Seufzen verwandelte sich schnell in ein weiteres Gähnen.

»Man nennt das Spurensuche«, sagte Lucius. »Alle großen Detektive arbeiten so.«

»Mhm«, machte Harold und schloss die Augen. »Und alle großen Erfinder machen jetzt noch schnell ein Nickerchen. Weckt mich einfach, wenn wir da sind.«

Wenige Sekunden später hörte Lucius ihn leise schnarchen – und James leise singen.

Leer und verlassen lag das Gelände von *Mister Bedfords lupenreiner Automatenwäsche* da. Keine Kunden saßen im Wartebereich, das Kassenhäuschen war unbesetzt, und auf dem Hof vor dem großen, flachen Bauwerk fehlten die Reihen an Automatenmenschen, die geduldig auf ihre Säuberung warteten. Nur ein einsamer Bronzemann drehte mit mechanischer Gleichförmigkeit seine Runden um das Gebäude. Er trug weder Laterne noch Waffe bei sich, wie es ein menschlicher Nachtwächter wohl getan hätte, aber Lucius zweifelte nicht daran, dass er ebenso gut sehen wie sich verteidigen konnte, wenn es nötig war.

»Durch die Tore kommen wir nicht rein«, stellte Sebastian leise fest, während sie hinter dem Zaun kauerten, der den Hof eingrenzte. »Es wäre zu laut und zu auffällig, die zu öffnen.«

Lucius pflichtete ihm bei. »Ich habe heute Nachmittag zwei Hintereingänge gesehen. Lasst es uns dort versuchen. Wir müssen nur aufpassen, dass uns dieser Wächter nicht bemerkt.«

»Dann bleiben uns genau zwei Minuten und zehn Sekunden, um dort hineinzukommen«, warf Harold ein, der wie so oft, wenn sie sich auf geheime Ermittlungen begaben, seinen übergroßen Überlebensrucksack auf dem Rücken hatte.

»Wie kommst du darauf?«, wollte Theo wissen. Auch sie hatte eine Umhängetasche bei sich. Diese wirkte so voll, als habe sie bereits für ein Siegespicknick im Park gepackt.

Der junge Erfinder deutete auf den Bronzemann, der gerade wieder hinter der fernen Ecke des Gebäudes verschwand. »Ich habe mitgezählt, wie lange der Wächter braucht, um zu verschwinden und wieder in Sicht zu kommen.«

Anerkennend blickte Sebastian ihn an. »Gut mitgedacht.«

»Zwei Minuten genügen mir«, raunte Lucius. »Kommt.«

Vorsichtig huschten sie am Zaun vorbei und über den Hof bis zur der Halle mit der Waschanlage. James stapfte, so schnell ihn seine gepanzerten Glieder ließen, hinter ihnen her. Um zu verhindern, dass er zu viel Lärm dabei veranstaltete, hatten die Freunde seine Füße in ein Paar eben jener Filzpantoffeln gesteckt, die für gewöhnlich von den Butlern im Diogenes-Club getragen wurden, um die ihre Ruhe liebenden Gäste nicht zu stören. Das half tatsächlich, wenngleich es Lucius so vorkam, als wecke das Klappern von James' neuer Panzerung trotzdem die ganze Nachbarschaft. Allerdings ging nirgendwo ein Licht an.

Sie hielten sich hinter dem Automatenwachmann, um mehr Zeit zum Einbruch in die Halle zu haben, auch wenn das bedeutete, dass sie zuerst an der Seite, die der Straße zugewandt war, entlanglaufen mussten und danach noch an der mit den Ausgangstoren. Der Bronzene marschierte unterdessen ruhig und zielgerichtet immer weiter. Dabei drehte sich sein Kopf von links nach rechts, um die Umgebung besser im Auge zu haben. Nach hinten schaute er allerdings nicht.

Sie warteten hinter der Hausecke, bis der Automat die Rückseite des Gebäudes passiert hatte und wieder um die Ecke gebogen war. Dann eilten sie bis zu der Tür, die Lucius meinte. Lucius griff in seine Jackentasche und brachte die schlanken Dietriche zum Vorschein, die er immer bei sich trug, denn er mochte es nicht, ein- oder ausgesperrt zu werden. Ein paar geschickte Handgriffe später war die Hintertür offen.

»Hereinspaziert«, flüsterte Lucius.

Sie schlüpften ins Innere. Das schwache Licht der Straßenlaternen, das hinter ihnen durch die Öffnung fiel, erhellte einen kurzen Korridor, von dem einige Türen abzweigten. Rasch schlossen sie die Hintertür wieder. Finsternis umfing sie. Nur ein schwacher, goldgelber Schimmer, der von James' Optiken herrührte und durch das schmale Visier seines Topfhelms drang, hing über ihnen in der Luft.

Lucius vernahm ein Rascheln neben sich, das dem Klang nach zu urteilen von Harold stammte, der seinen Überlebensrucksack abzog und darin nach einer Lichtquelle kramte. Gleich darauf flammte eine kleine Laterne auf. »So ist es besser«, meinte der junge Erfinder und reichte Lucius die Laterne. »Und so«, fügte er hinzu, als er die klobige Brille hervorzog, »ist es noch besser.« Er streifte die Brille über, die er – wie Lucius wusste – selbst entwickelt hatte und die es ihm gestattete, im Dunkeln fast so hell wie am Tage zu sehen.

»Dann weiter«, sagte Sebastian leise. Der blonde Junge griff an seinen hinteren Hosenbund und holte sein Wildnismesser mit dem Leopardenfellgriff unter der braunen Jacke hervor, das dort zumeist gut verborgen in einer ledernen Scheide steckend an seinem Gürtel befestigt war. Die breite Klinge schimmerte im Licht der Laterne.

»Hältst du das wirklich für nötig?«, fragte Theo.

Sebastian wiegte bedächtig den Kopf. »Wer weiß, wie diese Bronzemänner auf unseren nächtlichen Besuch reagieren? Da habe ich lieber etwas in der Hand, um ein paar Drähte und Schläuche durchzuschneiden.«

Vorsichtig schlichen sie von Tür zur Tür. Bevor sie eine von ihnen öffneten, lauschten sie angestrengt, ob es irgendein Anzeichen von Leben – oder vielmehr *künstlichem* Leben – dahinter gab. Doch es herrschte völlige Stille. Der eine Raum erwies sich als Putzmittellager, der andere als Werkstatt. Die Werkstatt präsentierte sich so penibel sauber und ordentlich, dass Lucius grinsend zu Harold hinüberschaute. »Da kannst du lernen, wie ein richtiger Arbeitsbereich aussieht. Nimm dir ein Beispiel daran.«

Harold verzog das Gesicht. »Lieber nicht. Ein Genie braucht das Chaos.« Dann runzelte er die Stirn. »Außerdem frage ich mich gerade, wozu diese Werkstatt überhaupt dienen soll. Hier liegen eindeutig Werkzeuge und Ersatzteile zur Automatenreparatur.«

»Na und?«, warf Lucius ein. »Es gibt genug von diesen Bronzemännern hier. Da kann doch mal was kaputtgehen.«

»Aber ich habe noch nie davon gehört, dass Automaten Automaten reparieren.«

Lucius zuckte mit den Schultern. »Und ich hatte bis vor ein paar Tagen noch nie davon gehört, dass Automaten Automaten waschen. Das eine unterscheidet sich nicht so sehr vom anderen, oder?«

»Demnächst bauen Maschinen dann auch noch Maschinen«, merkte Theo leise an. Sie schauderte. »Ich weiß nicht ... Irgendwie finde ich den Gedanken unheimlich, dass wir Menschen bei all dem keine Rolle mehr spielen sollen.«

Sebastian, der sich inzwischen im Raum umgesehen hatte, drehte sich zu ihnen um. »Jedenfalls gibt es hier keine Funkempfänger. Also gehen wir lieber weiter.«

Die dritte Tür führte in die Haupthalle – und endlich erblickten sie die Waschanlage in voller Größe.

»Heiliger Strohsack«, flüsterte Lucius andächtig, als er die Laterne ein wenig hob, um sich in der dunklen und stillen Halle umzusehen. Der schwache Schein reichte nicht annähernd, um den Raum zu erhellen, der sie umgab. Doch schon das, was sich aus den Schatten schälte, war beeindruckend.

Bei den Waschstraßen, die sich von Tor zu Tor quer durch die Halle erstreckten, handelte es sich um breite Metallbänder, die auf Zahnradrollen gespannt waren. Einige der Rollen waren über Gestänge mit großen Dampfkesseln verbunden, wie man sie von Lokomotiven kannte. Wie es aussah, trieben diese Kessel die Metallbänder an, sodass sie sich langsam von links nach rechts bewegten.

»Eine Rollstraße!«, hauchte Harold. »Fantastisch.«

Zu beiden Seiten der Straße, auf der im Tagesbetrieb die schmutzigen Automatenmenschen stehen mussten, erhoben sich kranartige und bogenförmige Gebilde aus Metallstangen, Schläuchen und dicken, mannshohen, tonnenförmigen Bürsten. Kurbeln und Wasserpumpen waren damit verbunden. Außerdem gab es bewegliche Plattformen, auf denen Putzeimer standen, und lange Stangen mit Schwämmen an der Spitze, die in Halterungen hingen. Weiter hinten, nur schemenhaft zu erkennen, erhoben sich noch mehr eigentümliche Konstruktionen. Viele davon schienen über Zahnräder und Achsen miteinander verbunden zu sein. Wenn die Dampfkessel erst zum Leben erwachten, musste alles hier in Bewegung sein wie ein einziger, gewaltiger Organismus.

»Unglaublich«, staunte auch Sebastian. »Aber so wie ich das sehe, geht hier alles durchaus mit rechten Dingen zu. Das heißt, wir haben unser Ziel immer noch nicht erreicht. Lasst uns nach weiteren Räumen suchen. Irgendwo müssen sich diese ganzen Bronzemänner ja verstecken. Und ich wette mit euch: Ab da wird es erst richtig interessant.«

So leise wie möglich durchquerten sie den Raum. Dabei blickten sich Lucius und die anderen ständig um. Sie befürchteten, dass irgendwo im Dunkel die Betreiber der Anlage lauerten, die durch die ungebetenen Besucher aus ihrem leichten Schlaf geweckt worden waren.

Aber die Sorge erwies sich als unbegründet. Auch die Waschanlage lag vollständig verwaist da. »Wo stecken die alle?«, wunderte sich Harold. »Ich kann mir nicht vorstellen, dass diese Bronzemänner abends geschlossen das Gelände verlassen. Das ergäbe keinen Sinn.«

Lucius sah, wie sein Freund den Blick schweifen ließ. Dank seiner Nachtsichtbrille konnte er viel mehr Einzelheiten erkennen als die anderen. Harold legte den Kopf in den Nacken, und plötzlich stieß er ein überraschtes Keuchen aus. »Was ist das denn?«

»Was siehst du?«, wollte Lucius neugierig wissen.

»Unter der Decke ... Da erstreckt sich ein riesiges Spinnennetz aus Kupferdrähten.«

Lucius hob die Laterne ein wenig. Tatsächlich glaubte auch er nun, ein Schimmern von Metall im Schatten der Dachkonstruktion zu erkennen. »Was denkst du, wozu das gut ist?«, wollte er wissen.

Harold blickte sie an. »Wenn ihr mich fragt, ist das eine riesige Antenne.«

»Eine was?« Theo sah ihn verwirrt an.

»Ein Teil des Apparats, der die Befehle aussendet, die an all die Automatenmenschen gerichtet sind, in deren Brust so ein kleiner Funkempfänger steckt«, erklärte Harold.

»Und wo ist der Rest dieses Senders?«, fragte Sebastian.

»Wenn ich das wüsste ...« Harold sah sich suchend um. Dann hellte sich seine Miene auf. »Dort drüben«, verkündete er und deutete in die Finsternis. »Da laufen Leitungen die Wand entlang, die im Boden zu verschwinden scheinen.«

»Das schauen wir uns mal aus der Nähe an«, entschied Lucius und eilte los.

Die anderen folgten ihm. Tatsächlich entdeckten sie nicht nur die von Harold beschriebenen Leitungen, sondern auch eine große Schiebetür, die in den Boden eingelassen worden war. Sie war verschlossen und schien weder Klinke noch Riegel zu besitzen, um sie zu öffnen.

»Vielleicht kann man die nur von unten aufmachen«, mutmaßte Theo.

»Lasst mich da mal ran.« Harold kniete sich neben die Tür. Er überprüfte erst die Ränder und danach den umliegenden Boden. »Genau das habe ich gesucht«, verkündete er triumphierend, steckte den Finger in ein kleines Loch und zog eine verborgene Klappe auf. Anschließend griff er in den Boden und legte einen Hebel um.

»Was machst du?«, wollte Lucius wissen.

»Das ist ein Notöffnungsmechanismus, der die Verriegelung aufhebt«, erklärte Harold. »Ich habe Türen dieser Art schon auf Luftschiffen gesehen. Sie werden elektrisch geöffnet und geschlossen. Aber falls es zu einem Stromausfall kommt, muss man zur Not die Tür von Hand aufschieben können. Das sollte jetzt auch gehen.«

»Das wollen wir mal sehen.« Sebastian legte sein Wildnismesser zur Seite. Dann packte er den Rand der Tür und zerrte daran. »Verflixt, ist das Ding schwer«, ächzte er, als sie sich kaum bewegte.

»Wenn ich Ihnen helfen dürfte, Master Sebastian?«, meldete sich James, der sie bislang wortlos begleitet hatte, hinter ihm zu Wort. Der Automatenbutler trat vor, legte eine metallene Hand neben Sebastians Hände und ließ seine künstlichen Muskeln spielen.

Mit leisem Rumpeln öffnete sich die Tür. Darunter kam eine Treppe zum Vorschein, die im Dämmerlicht lag und steil in die Tiefe führte.

»Sieh mal einer an«, murmelte Lucius. »Ein geheimer Keller.«

»Mir scheint, wir kommen unserem Ziel näher«, meinte Theo leise. Ihre Hand strich behutsam über die Außenseite ihrer Tasche.

»Das glaube ich auch.« Sebastian hob sein Messer wieder auf und trat mit leuchtenden Augen auf die erste Stufe. Man konnte ihm ansehen, dass er sich fühlte wie sein Vater Allan Quatermain, wenn der mal wieder im Begriff war, einen uralten Tempel zu erforschen. Hoffentlich, so dachte Lucius, barg dieser Keller nicht ähnliche Todesfallen.

KAPITEL 14:

Aufstand der Maschinen

Als Lucius am Ende der Treppe auf den Bronzemann stieß, schrak er so heftig zusammen, dass er beinahe die Laterne fallen gelassen hätte. Er wollte schon herumwirbeln und die Flucht ergreifen, als ihm auffiel, dass die Optiken des Automatenmanns dunkel waren und seine Arme schlaff nach unten hingen. Er schien abgeschaltet zu sein.

»Schlafen Automatenmenschen?«, raunte Lucius Harold zu, der mit seiner grotesken Brille auf der Nase hinter ihm und Sebastian die Treppe hinunterkam.

»Nein, eigentlich nicht.« Sein Freund schüttelte den Kopf und wirkte nachdenklich. »Er muss sich in einer Art Ruhezustand befinden.«

»Heißt das, er wacht auf, wenn wir an ihm vorbeigehen?«

Harold zögerte, dann schüttelte er wieder den Kopf. »Das glaube ich nicht. Dafür müsste er einen Apparat eingebaut haben, der die Nähe von Menschen spürt oder zumindest Bewegungen bemerkt. Aber so etwas gibt es nicht – sieht man von meinem TraSpuAuSpü ab, und selbst der funktioniert ja nur, wenn er will. Ich nehme also an, dass der Ruhezustand hier mit einem Zeitmesser verbunden ist: Abends schalten sich die Automaten ab, und gegen sechs oder sieben Uhr morgens werden sie wieder aktiv. Das habe ich schon häufiger gesehen. So schont man den Steuerkern der Automaten.«

Das klang überzeugend. Warum sollten die künstlichen Angestellten auch die ganze Nacht ohne Aufgabe in der Gegend herumstehen? Es erklärte auch, warum den vier Freunden bislang niemand begegnet war: Abends begaben sich die Automaten eben in den Keller und ruhten dort. Und wenn Harold mit seiner Einschätzung recht hatte, ruhten dieser Bursche und seine Kameraden auch noch mindestens eine Stunde lang.

Bis dahin sind wir längst weg, dachte Lucius erleichtert.

Als sie sich in den Raum am Ende der Treppe wagten, sahen sie in der Tat noch mehr Bronzemänner – und zwar eine ganze Menge mehr! Insgesamt mussten es vierzig bis fünfzig sein, die still und stumm in Reih und Glied zur Linken und zur Rechten standen.

Eine kleine Armee. Obwohl die Bronzemänner sowohl tagsüber absolut friedlich gewesen waren, als auch jetzt keine Gefahr darzustellen schienen, lief Lucius ein Schauer über den Rücken. *Dieser verflixte McKee*, ging es ihm durch den Kopf. Mit seinen Gruselgeschichten vom Aufstand der Maschinen machte er einen ganz verrückt.

Auf der anderen Seite des Raums befand sich ein offener Durchgang, der in einen weiteren Kellerraum führte. Ein leises Brummen, Fauchen und Knistern war von dort zu vernehmen, und flackerndes, bläuliches Licht fiel durch die Öffnung.

Sebastian wollte sich dem Durchgang nähern, aber Theo hielt ihn am Arm fest. »Ich weiß nicht, ob wir weitergehen sollten«, flüsterte sie.

»Wieso nicht?«, gab der blonde Junge zurück. »Jetzt wird es doch gerade interessant.«

»Ich spüre Unheil vor uns. Was wir in dem Raum vorfinden, wird uns nicht gefallen.«

Lucius erschrak. »Hast du mal wieder eine Vision?«, wollte er wissen.

Doch das Mädchen schüttelte den Kopf. »Nein, es ist nur so ein Bauchgefühl.«

Harold hüstelte. »Dieses Bauchgefühl habe ich schon, seit wir draußen am Zaun waren.«

»Wollt ihr jetzt etwa kneifen?«, fragte Sebastian ungläubig. »Wir sind so gut wie am Ziel. Ich bin mir sicher, dass wir in dem Raum dort hinten alle Beweise finden, die wir brauchen, um Sherlock Holmes und Inspektor Lestrade davon zu überzeugen, dass ganz London Gefahr droht. Lucius?« Um Beistand heischend sah er den Freund an.

Lucius nickte. Auch er konnte ein mulmiges Gefühl in der Magengrube nicht leugnen und sein Herz klopfte wie wild, aber seine Neugierde war stärker als jede Angst. Er wollte einfach wissen, was hinter allem steckte. Wenn sie jetzt Scotland Yard riefen, würden die Beamten alles abriegeln und sie nach Hause schicken und dort erwartete ihn eine weitere Standpauke von Holmes und den anderen. *Nein, jetzt oder nie*, erkannte er. »Ich bin dabei.«

Fragend sah Lucius den jungen Erfinder an. »Harold? Denk an deinen Vater.«

Harolds Lippen wurden schmal. Seine Augen waren unter der Nachtsichtbrille nicht zu erkennen, aber Lucius war sich sicher, dass er mit neuer Entschlossenheit dreinblickte. »Na gut. Ich wünschte nur, ich hätte nicht meinen Blitzschocker in James eingebaut, sondern einen zweiten konstruiert. Dann würde ich mich jetzt nicht so nackt fühlen.«

»Wenn Sie gestatten, Master Harold, werde ich versuchen, etwaige Gegner abzuschrecken«, bot James an. Seine rechte Hand klappte um, und die soeben erwähnte Waffe schob sich aus dem Arm. Er legte den Kopf schräg. »Dafür haben Sie mich doch umgebaut, oder nicht?«

Harold klopfte ihm dankbar auf den Arm. »Stimmt genau.«

Nachdem das geklärt war, wandte sich Lucius an Theo. »Du musst nicht mit uns gehen. Möchtest du hier warten? Oder draußen vor der Halle?«

Das Mädchen sah ihn ernst an. »Das kommt nicht infrage. Ich muss dorthin gehen, wo ihr hingeht. Sonst wird das hier schlimm enden.«

»War *das* jetzt eine Vision?«, wollte Harold wissen.

»Nein«, gab Theo zurück. Ihre Hand glitt in die Tasche, die sie über die Schulter geschlungen hatte. »Bloß gesunder Menschenverstand.«

»Na dann.« Sebastian hob wieder sein Messer. »Mit James und Theo an unserer Seite kann uns ja gar nichts mehr passieren. Auf ins Gefecht.«

Seite an Seite betraten sie die geräumige Kammer jenseits des Durchgangs. Der Raum war höher als die Ruhestätte der Bronzemänner und musste mindestens ein Dutzend Meter lang sein. Lucius schätzte, dass er einen Großteil des Kellers unter der Waschanlage einnahm. Braune Backsteinwände ragten an den Seiten auf, die in einer kuppelförmigen Decke zusammenliefen.

In dem Raum herrschte auf den ersten Blick ein Chaos, das auf den zweiten von strenger Ordnung geprägt war. Überall entlang der Wände verliefen Werkbänke, die verschiedene Stationen einer langen Fertigungskette zu sein schienen. Hier hingen Metallköpfe, in die Optiken eingesetzt wurden, dort wurden Metallgestänge zu künstlichen Skeletten zusammengesetzt. Stück für Stück entstanden so in einem guten Dutzend Arbeitsschritten neue Automaten – eben die Bronzemänner, welche die Anlage betrieben.

Im Augenblick stand die Fertigungsanlage allerdings still. Die Geräusche und das Lichterflackern rührten stattdessen von einem gewaltigen Apparat her, der sich in der Mitte des Raumes erhob! Es handelte sich um ein Ungetüm aus Kolben, Rohren, Riemen und Zahnrädern, die sich brummend und fauchend in einem fort bewegten. Eine halbkreisförmige Plattform bedeckte den hinteren Teil der Apparatur, und daraus ragten sechs mit Ringen verzierte, stachelartige Säulen auf, zwischen deren Spitzen blaue Entladungsblitze umherzuckten.

Im Zentrum des Ganzen befand sich eine Steuerkonsole,

die regelrecht bizarr anmutete. Auf einem wuchtigen Kontrollpult angeordnete Schalter und Hebel umgaben einen thronartigen Stuhl aus Metall, aus dessen Rückseite Kabel und Schläuche hervortraten. Sie verbanden den Stuhl mit der riesigen Maschine.

Lucius' Augen weiteten sich, als sein Blick auf diesen Stuhl fiel. Denn auf ihm saß ein Mann. Er hatte die Augen geschlossen, und auf seinem bleichen, hageren Gesicht lag ein seliges Lächeln. Lucius konnte nicht begreifen, was dem Fremden an seiner Lage so gefiel. Der Mann war kaum noch als Mensch erkennbar, sondern schien vielmehr fast ein Teil der wahnwitzigen Maschine zu sein! Seine untere Körperhälfte verschwand unter dem Kontrollpult, seine beiden Arme waren glänzende Prothesen, und auf seinen Schultern lastete ein metallener Kragen, aus dem Röhrchen und Schläuche ragten. Seinen Kopf schließlich zierte ein Halbschalenhelm, aus dem ebenfalls Kabel hervortraten, die in der hohen Rückenlehne des Techno-Throns endeten.

»Mein Gott ...«, flüsterte Harold neben Lucius und schob sich fassungslos die Nachtsichtbrille auf die Stirn.

Der Fremde öffnete die Augen. »Gut«, sagte er heiser, und seine Stimme wurde dabei auf unheimliche Weise verstärkt, als spräche er in eine Flüstertüte. »Du hast erkannt, wer ich schon bald sein werde: ein Gott unter den Automatenmenschen.«

James beugte sich ein wenig nach vorne. »Mit Verlaub, Master Harold«, sagte er leise, »aber dieser Gentleman scheint nicht nur körperlich ein Gesundheitsproblem zu haben. Auch sein Verstand hat offenbar Schaden genommen.«

»Ja, das sehe ich genauso«, pflichtete ihm Sebastian grimmig bei.

Der Fremde lächelte milde. Er schien nicht im Geringsten erstaunt oder besorgt darüber zu sein, dass mitten in der Nacht vier Kinder und ein schwer gepanzerter Automat in seine geheime Kellerbasis eindrangen. »Mir war klar, dass ihr zweifeln würdet«, sagte er im Plauderton. »Daher möchte ich euch eine Kostprobe meiner Macht geben.«

Er schloss die Augen und schien sich zu konzentrieren. Das Blitzen zwischen den Säulen über ihm verstärkte sich kurz. Im nächsten Moment war ein Scheppern und Klappern zu vernehmen. Lucius begriff gar nicht, was er da hörte. Erst als sechs Exemplare der Bronzemännerarmee aus dem Vorraum in die Kammer marschierten, erkannte er, dass seine Freunde und er womöglich in echten Schwierigkeiten steckten.

»Ihr wolltet doch unbedingt herausfinden, was es mit den Automatenmenschen auf sich hat, die sich so eigentümlich verhalten«, sagte eine der Maschinen, als spräche der Mann selbst weiter. Alle sechs umringten Lucius und seine Begleiter in einem Halbkreis und schnitten ihnen so den Fluchtweg ab.

»Hier habt ihr die Antwort«, fügte eine zweite Maschine hinzu.

Lucius sah von den Bronzemännern zurück zu dem Mann. »Also stimmt es, was Harold gemutmaßt hat«, sagte er. »Sie kontrollieren diese Automaten.«

»Ich kontrolliere Sie nicht nur«, erwiderte einer der Automaten anstelle des Mannes. »Ich *bin* sie«, schlossen alle im Chor den Satz ab.

»Und ich werde noch viel mehr sein«, fügte der Mann selbst hinzu, als er die Augen wieder öffnete. »Wenn meine Macht erst ihren Höhepunkt erreicht, werde ich eine neue Weltordnung einläuten: das Zeitalter der Maschinen!« Er lachte heiser. Das Geräusch hallte unheimlich von den Wänden der Kammer wider.

Die Freunde wechselten vielsagende Blicke. Der Bursche war wirklich nicht mehr ganz richtig im Kopf. »Lasst uns abhauen«, raunte Lucius. »Wir wissen, was wir wissen wollten.«

»Einen Moment noch«, erwiderte ausgerechnet Harold. »Ich habe eine Frage.« Er trat einen Schritt auf den Möchtegern-Gott auf seinem Techno-Thron zu. »Warum machen Sie das?«, rief er laut. »Und was hat Ihnen mein Vater getan, dass Sie ihn so in Verruf bringen, Mister Bedford?«

»Bedford …« Der seltsame Mann schüttelte langsam den Kopf. »Bedford gibt es nicht mehr. Er starb vor sechzehn Jahren auf einem fernen Schlachtfeld. Im Krieg. Seitdem gibt es nur noch das hier …« Er hob die beiden Metallarme, seine Prothesen, und sah sie halb traurig und halb bewundernd an. »Unvollständig …«

»Es tut mir leid, dass Sie im Krieg verletzt wurden«, sagte Harold. Er begriff natürlich sehr wohl, dass Bedford durchaus noch lebte und gerade vor ihnen saß. Doch Bedford selbst schien sich nicht mehr für den Mann zu halten, der er mal gewesen war. »Aber was hat mein Vater damit zu tun?«

»Dein Vater?« Bedford schnaubte. »Nichts. Es war ein unglücklicher Zufall, dass der berühmte Professor Cavor in meine Pläne verwickelt wurde. Glaub mir, ich schätze deinen Vater außerordentlich, mein Junge. Ich habe in den letzten zehn Jahren während meiner Studien über künstliches Leben alles über ihn gelesen. Er ist ein wahrer Künstler, ein Schöpfer außergewöhnlicher Automaten. Gemeinsam könnten wir viel erreichen. Ob er sich mir wohl anschließen wird?«

»Kaum«, warf Lucius ein. Er musste an den Kampf im Rabennest denken, an den ferngesteuerten James. »Sie haben versucht, seinen Sohn umzubringen. Und uns andere auch.«

Bedfords Miene verfinsterte sich. »Ihr wart mir zu nah gekommen. Zu früh zu nah. Meine Pläne waren noch nicht abgeschlossen.« Seine Züge glätteten sich wieder etwas. »Aber ich habe einfach ein paar Veränderungen vorgenommen. Jetzt bin ich so gut wie bereit. Deshalb spielt es auch keine Rolle mehr, ob ihr lebt oder sterbt. In der neuen Welt spielen Menschen überhaupt keine Rolle mehr.«

Genau diese Befürchtung hat Theo vorher ausgesprochen, ging es Lucius durch den Kopf. Manchmal hatte sie sogar prophetische Anwandlungen, ohne dass sie es merkte.

»Sie sind doch völlig verrückt«, sagte Sebastian zu Bedford. »Wollen Sie die Welt etwa in einen Krieg Mensch gegen Maschine stürzen? Glauben Sie wirklich, dass sie dadurch besser wird?«

»Krieg?« Bedford schüttelte den Kopf. »Nein, Kriege habe ich schon genug erlebt. Ein Krieg bringt der Welt nichts als Leid und Schmerz und Verlust.« Seine Miene verzog sich voller Bitterkeit. »Wir Menschen sind so schwach. Unser schwacher Geist bringt uns dazu, grauenvolle Dummheiten zu begehen. Und unser schwacher Körper muss dann die Folgen ertragen.«

»Ich habe keine Ahnung, was Sie da reden«, verkündete Lucius. »Wenn Sie die Automatenmenschen nicht gegen die echten Menschen hetzen wollen, was haben Sie dann vor?«

»Oh, du missverstehst mich«, erwiderte Bedford. »*Natürlich* sollen die Maschinen die Herrschaft von den Menschen übernehmen. Wisst ihr, die Automaten sind so viel besser als wir. Ihr Körper ist stark und unverwüstlich und ihr Verstand klar und voller Logik. Neid, Hass, Gier ... Das alles kennen Automatenmenschen nicht. Unter ihrer Herrschaft wird auf der Erde endlich Frieden herrschen – für immer. Glaubt mir, Kinder. Niemand wird mehr so enden müssen wie ich.«

»Also, bislang funktioniert Ihr Plan nicht so toll«, meldete sich nun auch Theo zu Wort. »Die Automaten, die Sie beeinflusst haben, führten sich wie Verrückte auf. Sie haben Unfälle auf offener Straße angerichtet, und der arme Hubert hat sogar Lord Archibalds Waffensammlung zerstört.«

»Ach, das waren doch nur Tests. Ich wollte ausprobieren, wie gut ich die Maschinen steuern kann. Das mit dem Unfall ... Nun ja, das war keine Absicht. Aber Lord Archibald ... der hat alles verdient, was ihm widerfahren ist!«

»Sie kennen ihn?«, wollte Lucius wissen. Er fragte das nicht, weil er wirklich an Bedfords trauriger Lebensgeschichte interessiert war. Er wollte bloß, dass der Mann weiterrede-te. Es galt, Zeit zu schinden, bis ihnen etwas eingefallen war. Bedford und seine Automaten mussten aufgehalten werden. *Nur wie?*

»Kennen? Pah!« Bedfords Mundwinkel verzogen sich missmutig. »Und ob ich den kenne. Er ist das beste Beispiel eines schwachen Menschen! Er war mein vorgesetzter Offizier im Krieg. Und als es brenzlig wurde, ließ er aus Feigheit meine Einheit im Stich. Nur eine Handvoll von uns entkam dem Feind, und das zu einem furchtbaren Preis. Doch hat der feine Lord etwas daraus gelernt? Nicht im Geringsten. Noch immer liebt er Waffen und spricht über die vergangenen Kriegstage, als wären sie ein glorreiches, höchst unterhaltsames Abenteuer gewesen. Es war mir eine riesige Freude, sein Museum aus Tötungswerkzeugen zu zerstören! Und es war ein guter Test für meine Fernkontrollmaschine.« Er hob eine Hand und deutete auf den monströsen Apparat, der ihn umgab.

Harold schüttelte fassungslos den Kopf. »Sie glauben doch nicht ernsthaft, dass Sie alle Automaten der Welt mit dieser Maschine beherrschen können! Sie haben ja selbst zugegeben, dass Sie schon mit drei Automaten Schwierigkeiten hatten.«

»Ich lerne noch«, gab Bedford unwillig zurück. »Und mit jedem Tag werde ich besser, wie ihr seht.« Zum Beweis traten alle Bronzemänner einen bedrohlichen Schritt auf die Freunde zu. Diese wichen etwas zurück.

»Vielleicht«, sprach Bedford weiter, »wäre es mir mit der Zeit gelungen, alle Automaten von London zu kontrollieren. Und was danach gekommen wäre ... Wer weiß?« Er lehnte sich auf seinem Techno-Thron zurück. »Aber dank euch habe ich begriffen, dass mein Plan in die falsche Richtung ging. Ich muss die Automaten gar nicht persönlich führen, um sie dazu zu bringen, sich gegen ihre menschlichen Herren aufzulehnen. Eine paar gezielte Änderungen in ihren Steuerkernen genügen schon. Und ein Programm zu schreiben, das über meinen wunderbaren Sender jeden Automaten in London erreicht, war im Vergleich zu meinem ursprünglichen Plan eine Kleinigkeit.«

»Sie haben aber nicht jeden Automaten erreicht«, konterte Lucius. »Nur die, die in Ihrer *sauberen* Waschanlage waren.«

Bedford grinste spöttisch. »Du wärst überrascht, wie viele Leute einen besuchen, wenn man sie mit den richtigen Sonderangeboten lockt. Ich glaube, in den letzten Tagen war so gut wie jeder Automat im Umkreis von zehn Meilen in meiner Waschanlage. Wir haben so viele Funkempfänger eingebaut, dass wir mit der Fertigung kaum hinterherkamen. Und wenn sie alle erst das neue Programm, das ich bloß noch in den Sender laden und verschicken muss, in ihren Speicherkernen tragen, wird London eine völlig neue Stadt. Dann sind wir nicht mehr die Hauptstadt eines Weltreichs, das überall

Kriege führt. Oh nein. Wir werden zu dem Ort, an dem die Ära des endlosen Friedens begann!«

Es fühlte sich absurd an, aber Lucius konnte Bedford auf einmal fast verstehen. Bedford hatte Schlimmes erlebt. Menschen wie Lord Archibald hatten ihn böse enttäuscht, und grauenvolle Kriege hatten ihn zum Krüppel gemacht. Seine Schlüsse daraus klangen gar nicht so falsch: Wenn die Menschheit nicht imstande war, friedlich zusammenzuleben ... Musste ihr dann nicht die Herrschaft über die Welt genommen werden? Vielleicht waren Automatenmenschen wie James, die keiner Fliege etwas zuleide taten und immer höflich und hilfsbereit waren, tatsächlich die bessere Wahl für die Erde.

Aber James ist ein Vorbild, weil er eben mehr *ist als eine Maschine*, begriff Lucius. *Weil er fast so etwas wie Gefühle hat. Weil er Freundschaft und Treue kennt. Das unterscheidet ihn von allen anderen Maschinen. Das kann nur er*. Lucius' Blick fiel auf die Bronzemänner, die Bedford in seinem Kellergewölbe herstellte. Ihre Metallgesichter waren ohne jede Regung, ihre Körper sahen alle gleich aus: effizient, kalt, technisch. *In Bedfords neuer Welt würde ich nicht leben wollen!*

»Sie irren sich«, sagte Theo. Sie hatte immer noch die Hand in der Umhängetasche, und nun ging sie langsam auf Bedford zu. »Und zwar in fast allem.«

»Was willst du damit sagen, Mädchen?«, fragte Bedford unwirsch.

»Zum einen unterschätzen Sie die Menschen. Wir würden uns niemals so ohne Weiteres einem neuen Herren unterwerfen. Das heißt, ein Kampf Menschen gegen Maschinen wäre unvermeidlich.«

»Er würde nicht lange währen. Welche Chance hat ein Mensch gegen einen Automaten?«

Theo neigte den Kopf. »Zugegeben, viele Automaten sind schneller und stärker als wir, weil sie das für ihre Aufgaben sein müssen. Aber sie haben keinen Mut, keinen Kampfgeist. Menschen geben nie auf, Mister Bedford. Menschen gehen immer noch einen Schritt weiter, und sie sind verflixt schlau, wenn es darum geht, Hindernisse zu überwinden. Was glauben Sie, wie meine Freunde und ich es bis hierher in den Keller geschafft haben? Ein Automat wäre schon an der verschlossenen Hintertür der Halle umgekehrt.«

»Hmpf«, machte Bedford. »Zielstrebigkeit kann man einprogrammieren. Das ist nur eine Frage der Zeit.«

»Außerdem kann man Frieden doch nicht durch Gewalt erzwingen!«, fuhr Theo fort. »Gewalt bringt immer nur neue Gewalt hervor. Und auf einmal haben Sie einen Weltkrieg zwischen Maschinen und Menschen. Wollen Sie das? Wäre das nicht schlimmer als alles, was Sie erlebt haben? Nein.« Sie schüttelte den Kopf. »Wenn Sie Frieden wollen, müssen Sie ein Vorbild sein und andere davon überzeugen, dass Frieden besser ist als Krieg. Anders geht es nicht.«

Lucius nickte. Theo sprach aus, was auch ihm durch den Kopf ging. Doch sie fand die weitaus besseren Worte dafür.

»Ach was!«, fauchte Bedford. »Ihr Kinder seid so naiv. Ihr habt keine Ahnung, wie die Welt funktioniert. Reden hat noch nie etwas bewirkt. Das musste ich bereits schmerzlich lernen, bevor ihr überhaupt geboren wart. Nein, wer etwas erreichen will, muss Taten sprechen lassen. Und genau das werde ich jetzt.«

»Dann zwingen Sie mich leider hierzu«, sagte Theo, die mittlerweile direkt vor Bedfords Thron stand. Und mit diesen Worten zog sie ihre Hand aus der Tasche – und gleichzeitig Miss Sophie!

Lucius riss überrascht die Augen auf. Theo hatte wirklich das Tigerpythonweibchen mitgebracht? Damit hätte er nie gerechnet.

Bedford aber offenbar auch nicht. Vollkommen erschrocken schrie er auf und riss die Hände vors Gesicht, als Theo ihm die zischende Schlange entgegenhielt. »Ah! Nehmt das Monster weg. Ich hasse Schlangen! Ich hasse sie. Überall waren sie damals. Überall! Automaten, nehmt das Vieh von mir weg.«

Ein Zittern ging durch die sechs Bronzemänner, die hinter den Freunden ausharrten. Sie schienen aus der Kontrolle befreit, unter der sie zeitweilig gestanden hatten – und so war der Wunsch ihres Meisters für sie Befehl. Drohend hoben sie die Arme und stapften los, auf Theo zu.

Ohne nachzudenken, ließ Lucius Harolds Laterne fallen und warf sich auf den Ersten von ihnen. Er erwischte ihn tief an der Hüfte, als dieser gerade ein Bein gehoben hatte, und brachte ihn so aus dem Gleichgewicht. Scheppernd fiel der Bronzemann zu Boden und Lucius auf ihn drauf. Der Junge keuchte, als ihm die Luft aus den Lungen getrieben wurde.

Sebastian versuchte, es ihm gleichzutun, doch der Bronzemann, den er angriff, fand festen Stand, und der Junge prallte gegen eine unnachgiebige Metallbrust. Fluchend taumelte er rückwärts und hielt sich die schmerzende Nase.

»Jetzt, James!«, rief Harold.

»Äh, Verzeihung, Master Harold. Jetzt, was?«, fragte James.

»Zerstör diese Fernkontrollmaschine«, befahl der Junge.

James zuckte verwirrt mit dem Metallkopf. »Huch! Wie soll ich das denn anstellen?«

»Schieß mit dem Blitzschocker drauf!«

»Oh, natürlich.« Peinlich berührt, hob James den rechten Arm.

»Nein!«, heulte Bedford auf.

Einer der Bronzemänner packte James an der Schulter und riss ihn herum. Der Blitzschocker krachte, und eine Entladung traf den Bronzenen mitten in die Brust. Zuckend fiel der fremde Automat zu Boden, und seine glühenden Optiken wurden dunkel.

»Oje! I…Ich bitte vielmals um Entschuldigung«, stammelte James. »Das war keine Absicht.«

»Nicht quatschen!«, rief Sebastian, der sich verzweifelt mit dem Wildnismesser seines vorrückenden Gegners erwehrte. »Schießen!«

Lucius sprang wieder auf und rannte los, um den nächsten der verbliebenen drei Automaten zu Fall zu bringen, die sich Theo noch näherten.

Das Mädchen warf einen schnellen Blick über die Schulter. »Hören Sie auf, Sir!«, beschwor sie Bedford. »Dann nehme ich Miss Sophie weg.«

»Niemals!«, schrie dieser panisch. »Ihr werdet mich nicht aufhalten! Ah, warum nur eine Schlange?«

Lucius rammte den nächsten Bronzemann und krallte sich an seinem Bein fest. Die Maschine stolperte und wankte, aber sie fiel nicht. Stattdessen wandte sie sich Lucius zu, packte den Jungen am Schlafittchen und schleuderte ihn von sich. Schreiend flog Lucius durch die Luft und prallte gegen einen Ständer mit halb fertigen Bronzemännern. Er riss ihn mit sich um, und alles ging unter gewaltigem Getöse zu Boden. Hustend und ächzend versuchte Lucius, sich aus dem Gewirr wieder zu befreien.

Theo sah erneut über die Schulter. »Tut etwas!«, rief sie den Jungen gehetzt zu. »Miss Sophie wird es hier etwas zu ungemütlich.«

Verzweifelt schnappte sich Harold eine Metallstange und hieb einem der Automaten auf den Rücken. Der hielt inne und drehte sich um. Er schien weniger verletzt als vielmehr irritiert über die Störung. Und vielleicht ein klein bisschen verärgert.

»Oh, oh«, entfuhr es dem Jungen. Er fuhr herum und wollte flüchten, aber die Metallhand des Bronzemannes zuckte blitzschnell vor und erwischte seinen Überlebensrucksack. Ein heftiger Zug und Harold stürzte zu Boden. Er rollte auf den Rücken. »Hilfe!«, schrie er.

Lucius kam auf die Beine, um seinem Freund beizustehen. Doch James war schneller. Der Bronzemann hob gerade den Fuß, als wolle er auf den Liegenden eintreten, da richtete James den Blitzschocker auf ihn. »Das kann ich leider nicht zulassen«, sagte James.

Der andere Automat hob fragend den Kopf.

Es krachte und ein blauer Blitz traf ihn direkt ins metallene Gesicht. Wie ein nasser Sack fiel er zu Boden.

»Gut gemacht«, lobte Lucius, als er die beiden erreichte.

James' Antwort war ein stummer, sehr unglücklicher Blick.

Der Letzte der Bronzemänner erreichte Theo und Miss Sophie. Seine Arme reckten sich vor, und er versuchte, die beiden zu packen. Theo stieß einen erschrockenen Schrei aus und duckte sich. Dann zog sie sich schleunigst zurück, die Schlange eng an die Brust gedrückt.

Bedford richtete sich wieder auf. Seine Miene gewann neue Selbstsicherheit. »Ihr seid gescheitert!«, triumphierte er. »Die neue Ära der Maschinen beginnt jetzt!«

»Nein!«, schrie Lucius entsetzt, als der Mann auf dem Thron einige Hebel und Schalter umlegte. Das Blitzen zwischen den Säulen nahm zu, und das Brummen und Fauchen der Maschine gewann an Kraft.

»Er lädt seine Befehle in den Sender«, erkannte Harold. Auf seinen Zügen lag pure Verzweiflung. Der Blick des jungen

Erfinders huschte über die Apparatur. Dann fuhr er zu Lucius und James herum. »Schieß noch mal«, bat er James. »Aber diesmal auf Bedford.«

Das warme, goldene Licht in James' Optiken flackerte. »Wie bitte, Master Harold?«

»Schieß auf Bedford! Auf seinen Helm. Damit steuert er alles. So muss es sein.«

»Automaten!«, befahl der Genannte und deutete auf James. »Schaltet mir diese Kampfmaschine aus. Sofort!«

Alle verbliebenen Bronzemänner ließen von den Freunden ab und wandten sich James zu.

Der wich einen Schritt zurück. Entsetzt sah er Harold an. »Das kann ich nicht, Master Harold.«

»*Was?*«

»Ich kann keinem Menschen Schaden zufügen. Meine Programmierung verbietet es mir. Das wissen Sie doch.«

»Mach eine verfluchte Ausnahme, James!«, schrie Sebastian zu ihnen herüber, der damit beschäftigt war, einen der Bronzemänner von ihnen fernzuhalten. »Das Schicksal von ganz London steht auf dem Spiel. Vielleicht der ganzen Welt.«

Bedauernd sah James Harold und Lucius an. »Ich kann es nicht. Jede Gewalt gegen Lebewesen ist mir unmöglich.«

Lucius' Gedanken rasten. Er wusste James' moralische Prinzipien – oder vielmehr die von Harold und seinem Vater, die James ja programmiert hatten – durchaus zu schätzen. Aber im Augenblick brachte sie das in Teufels Küche. Es musste doch eine Möglichkeit geben, die Programmierung auszutricksen.

Und plötzlich kam ihm eine Idee!

»Halte mir die Bronzekerle noch ein paar Sekunden vom Leib«, wies er Harold an.

Der schluckte, nickte und bückte sich, um seine verlorene Metallstange erneut zu ergreifen. Dann schloss er sich mit einem wilden Kampfschrei Sebastian und Theo an.

»Schließ die Augen«, wandte Lucius sich an James.

Der Butler legte den Kopf schief. »Ich verstehe nicht ganz.«

»Schalte deine Optiken ab.«

Gehorsam ließ James die Lichter in selbigen verlöschen.

»Und jetzt lade den Blitzschocker auf, während ich dich drehe.«

»Ich soll ...«, begann James. Gleich darauf entfuhr ihm ein »Ojemine!«, als Lucius ihn am Arm fasste und anfing, um ihn herumzurennen, um ihn möglichst schnell um die eigene Achse zu drehen und ihn so jeder Orientierung zu berauben. *Hoffentlich hat Harold ihm keinen Kompass eingebaut*, betete der Junge.

Nach vier Umdrehungen hielt er inne, beugte sich über James' Waffenarm und peilte Bedford an.

»Ich ziele wieder auf Bedford, nicht wahr?«, verkündete James.

Mist, durchfuhr es Lucius.

»Beschützt mich!«, schrie Bedford die Bronzemänner panisch an.

»Vergiss Bedford!«, sagte Lucius aufgeregt zu James. »Ein Bronzemann greift uns an! Er ist direkt vor uns! Schieß!«

»Aber wenn ich Bedford treffe ...«, begann der Automatenbutler.

»Das wirst du nicht. Der Bronzene schirmt ihn ab. Er ist fast da. Schieß! Rette mich!«

Der Blitzschocker krachte.

Und der Schuss traf genau Bedfords Helm.

Der Mann auf dem Thron begann wie wild zu zucken, als bläuliche, vielfach verästelte Entladungen über seine metallene Kopfbedeckung wanderten. Sie jagten die Kabel entlang und verschwanden erst im Thron und danach in der gewaltigen Maschine hinter ihm. Etwas krachte, dann gab es einen zweiten, lauteren Schlag. Funken sprühten. Das Brummen und Fauchen nahm zu und die Blitze zwischen den Säulen unter der Decke zuckten auf einmal zügellos hin und her.

»Volltreffer!«, schrie Sebastian.

»Es funktioniert!«, jubelte Harold. »Die Maschine überlädt sich.«

Lucius blickte zu James hoch. Dessen Optiken waren wieder angegangen. »Oh nein«, sagte der Metallmann leise, während er die Spitze des Blitzschockers in den rechten Unterarm zurückfuhr. »Was habe ich getan? Was haben *Sie* getan, Master Lucius?«

Lucius sah ihn um Vergebung bittend an. »Tut mir leid, James. Ich habe gelogen. Es musste sein.« Es hatte wirklich sein müssen. Aber er ahnte, dass er den vorwurfsvollen Blick des sanftmütigen Automatenbutlers bis an sein Lebensende nicht vergessen würde.

Ein Blitz schlug in eine der hölzernen Werkbänke ein und spaltete sie in zwei Hälften. Ein zweiter traf einen der Bronzemänner und schleuderte ihn zu Boden.

Lucius spürte, wie ihm die Haare zu Berge standen. Das erinnerte ihn daran, dass es noch nicht vorbei war. »Wir sollten hier verschwinden, Leute!«, warnte er. »Und zwar schleunigst.«

Das Brummen und Fauchen stieg zu ohrenbetäubender Lautstärke an. Harolds Miene wurde bleich. »Du hast recht. Das Ding sieht aus, als würde es gleich explodieren. Bloß weg hier.«

»Was ist mit Bedford?«, fragte Theo hektisch. »Wir können ihn nicht sterben lassen.«

»Wir können ihn auch nicht tragen«, gab Sebastian zurück. »Dann schaffen wir es nie rechtzeitig nach draußen.«

Lucius sah erneut James an. »James?«

Der Automatenbutler nickte. Er klappte seine rechte Hand wieder in Ausgangsstellung, drehte sich entschlossen um und stapfte los.

»Was macht der da?«, entfuhr es Harold.

»Das, was er immer tut«, antwortete Lucius. »Das, wozu du ihn erschaffen hast. Er hilft Menschen.«

Ohne auf die heftigen Entladungen und das Höllengetöse der riesigen Maschine zu achten, riss James mit einer kraftvollen Bewegung das Kontrollpult zur Seite. Dahinter wurde der Rest von Bedfords Körper sichtbar. Lucius lief ein Schauer über den Rücken, als er sah, dass dem Mann auch beide Beine fehlten und durch metallene Prothesen ersetzt worden waren. Was immer Bedford im Krieg erlebt hatte, es musste schrecklich gewesen sein.

James wischte den rauchenden Helm von Bedfords Kopf. Dann zog er den bewusstlosen Mann von seinem Thron und warf ihn sich kurzerhand über die Schulter. Eilig kam er zu den anderen zurückgestapft. Lucius, Harold, Theo und Sebastian hatten sich unterdessen zum Eingang der Kammer zurückgezogen, wo sie nervös auf James warteten.

Als sie alle wieder zusammen waren, warf Lucius einen letzten Blick in die Kammer. Die Metallstacheln, die aus der Maschine ragten, glühten mittlerweile regelrecht. Blitze krachten und zerschlugen die ganze Fertigungsanlage. Und das Fauchen klang wie ein Sturmwind.

Er sah seine Freunde an. »Weg hier.«

Sie rannten los, an den nach wie vor arglos ruhenden Bronzemännern vorbei und die Treppe hinauf in die Halle mit der Waschanlage. Sie waren soeben durch die Hintertür ins Freie gestürmt, als das Gebäude hinter ihnen explodierte.

KAPITEL 15:

Irene

Die Wucht der Explosion war immens. Eine Woge aus brennend heißer Luft packte Lucius von hinten, riss ihn von den Füßen und schleuderte ihn zu Boden. Hart prallte der Junge auf dem Hof der Waschanlage auf, und für einen kurzen Moment sah er Sterne.

Dann stemmte er sich vom Boden hoch. »Theo?«, rief er und musste prompt husten. »Sebastian? Harold? James?«

Er sah sie nicht. Sosehr er sich auch anstrengte, er konnte seine Freunde nirgends erkennen, denn dichter, beißender Qualm drang aus den offenen Türen und zerborstenen Fenstern der Halle und raubte ihm die Sicht.

Wo seid ihr? Lucius keuchte. Seine Knie zitterten ein wenig, als er wieder auf die Beine kam. Panik wallte in ihm auf. *Leute, wo seid ihr?*

Da zuckte eine eiskalte Metallhand aus den Rauchschwaden hervor und packte ihn am Arm!

Lucius hatte schon einen Schrei auf den Lippen, als auch der Rest des Metallmannes sichtbar wurde. Es handelte sich um James. Der treue Butler aus dem Rabennest trug den sichtlich benommenen Mister Bedford noch immer über der linken Schulter; mit der rechten Hand griff er nun nach Lucius.

»Geht es Ihnen gut, Master Lucius?«, fragte er besorgt. »Ich ... Ich muss ehrlich sagen, *das* war mal eine Explosion!«

»James.« Erleichtert trat der Junge näher zu seinem Automatenfreund. »Ich bin in Ordnung. Wo sind die anderen?«

»Gleich hier drüben«, antwortete James. Leichte Rußspuren bedeckten seinen wuchtigen Körper, ansonsten schien er aber keine Blessuren von ihrem Abenteuer zurückbehalten zu haben. »Wenn Sie mir folgen möchten?«

James führte Lucius ein paar Meter weit durch die grauen Schwaden und an eine Stelle nahe der Straße, an die Grenze von Mister Bedfords denkwürdigem Werksgelände. Dort, wo kaum noch Rauch die Sicht erschwerte, warteten Sebastian, Harold und Theo bereits. Selbst Miss Sophie wirkte erleichtert, Lucius zu sehen.

»Na endlich«, sagte Sebastian, grinste schief und musste prompt husten. Dann legte er Lucius eine Hand auf die Schulter. »Wir dachten schon, du spieltest Verstecken mit uns.«

»Gerade du solltest doch wissen, wie man sich durch Rauch bewegt«, scherzte nun auch Harold.

Theo schüttelte tadelnd den Kopf. »Wir sind froh, dass James dich gefunden hat«, wandte sie sich dann an Lucius. »Und zwar wir alle.«

»Geht es euch gut?«, fragte Lucius, und eine Woge des Glücks stieg in ihm auf, die stärker schien als die Wucht der Explosion.

»Von wegen«, jammerte Harold. Er hatte seinen Überlebensrucksack vor sich stehen und kramte mit beiden Händen in ihm herum. »Dieser blöde Knall hat mich durch die Luft geschleudert. Ich bin auf dem Rucksack aufgekommen, und jetzt ist meine halbe Ausrüstung hinüber. Hier, guck mal!« Niedergeschlagen zog er seinen vermeintlichen Geisterfinder hervor, den sogenannten TraSpuAuSpü. Das metallene Kästchen war zerbeult, die Antennen abgebrochen. »Das Ding spürt so schnell keinen Geist mehr auf.«

»Dann ist also alles wie immer, ja?«, sagte Sebastian und lachte.

»Haha«, sagte der junge Erfinder brummend. »Du hast gut reden. Wer von uns muss das denn alles reparieren, hm?«

»Der, der's am besten kann.« Sebastians Lob klang kein bisschen scherzhaft. »Du.«

Harolds Mundwinkel zuckten vor Stolz.

James legte derweil den benommenen Bedford vorsichtig auf den Boden. Er bettete den Mann nahe der Mauer, die das Werksgelände umgrenzte. Bedfords Augenlider flatterten, kaum dass James ihn abgesetzt hatte. »Ich glaube, er kommt zu sich«, sagte der Automat erfreut.

»Mister Bedford?« Lucius trat zu ihm. »Hören Sie mich?«

Bedford öffnete die Augen. Ratlos sah er sich um, suchte nach neuer Orientierung. Dann schien die Erinnerung zu ihm zurückzukehren – just als sein Blick auf die Waschanlage mit ihren zerstörten Fenstern fiel. Und auf die immense Rauchsäule, die aus diesen zum Himmel stieg.

»Was habt ihr getan?«, hauchte der Möchtegern-Automatenherrscher.

»Was nötig war«, sagte Sebastian knapp.

»Geht es Ihnen gut, Sir?«, fragte Lucius.

»Gut?« Bedford lachte schrill. Schweiß stand auf seiner blassen Stirn, und die schmalen Schultern zuckten, als friere er. »Es wird mir nie wieder gut gehen, du törichter Bengel! Niemandem wird es das. Weil ihr alles zerstört habt, was ich aufbauen wollte. Ihr … Ihr …« Er brach ab. Tiefe Schluchzer der Enttäuschung stiegen stattdessen aus seiner Kehle. Hilflos und geschlagen hob Bedford die Handprothese vors Gesicht und vor die Tränen, die in ihm aufstiegen.

Lucius zog seine Jacke aus und legte sie Bedford um die Schultern. Der Mann schien es nicht einmal zu merken. Er merkte vermutlich kaum noch etwas außerhalb seines eigenen Schmerzes. Er tat Lucius leid, trotz allem.

»Und was jetzt?«, fragte Theo ihre Freunde. »Rufen wir die Polizei? Die Feuerwehr? Sherlock Holmes?«

»Ich vermute, das wird nicht mehr nötig sein«, sagte Harold und deutete die leere Straße hinab.

Dann hörte auch Lucius, was er meinte. Schrille Trillerpfeifen hallten durch die Londoner Nacht. Die Streifenpolizisten dieses Viertels hatten den Knall der Explosion gehört und den Rauch gesehen, und nun gaben sie ihren Kollegen Alarm.

Lucius nickte erleichtert – und mit einem Mal war er unendlich müde. Die Last und die Anspannung der vergangenen Stunden fiel von ihm ab. Fast musste er sich abstützen, um nicht einfach zu Boden zu sinken.

»Die Kavallerie kommt«, sagte Sebastian zufrieden. »Trifft sich gut. Dann können wir ihr alles erzählen – und alle Beweise liefern.«

»Na ja«, sagte Lucius und sah hinter sich zur Halle. »An Beweisen wird kaum noch etwas übrig sein. Nach der Explosion ist Bedfords Ausrüstung vermutlich in einem noch schlechteren Zustand als die von Harold.«

»Das ist schwer zu glauben«, meinte der junge Erfinder, und es klang gar nicht ironisch.

Theo schmunzelte schwach. »Falls doch noch etwas übrig ist, wisst ihr ja, wer es bekommen sollte.«

Lucius ahnte natürlich, wen sie meinte. »Klar. Mister M.«

Mycroft Holmes würde schon dafür sorgen, dass Mister Bedfords Maschinen und Erkenntnisse nicht in die falschen Hände gerieten. Das tat er schließlich immer. Und vielleicht waren sie ja tatsächlich irgendwann noch zu etwas Gutem zu gebrauchen. Zu etwas, das Menschen und Maschinen gleichermaßen half. Das würde die Zeit schon zeigen.

Es dauerte knapp zehn Minuten, bis die ersten Rettungskräfte eintrafen. Feuerwehrmänner mit Pumpenwagen eilten um die Straßenecke und dem noch immer heftig qualmenden Firmengelände entgegen. Hinter ihnen kamen die Polizisten in Uniform. Auch Inspektor Lestrade war dabei. Der Mann von Scotland Yard wirkte zunächst ratlos. Als er die vier Freunde aus dem Rabennest sah, hielt er jedoch inne, und aus seiner Ratlosigkeit wurde eine Art von böser Ahnung. Lestrade nickte langsam, dann ging er seinen Männern nach in Richtung des Rauchs und der Halle.

»Ist er das?«

Eine vertraute Stimme ließ Lucius herumfahren. Jeremy McKee stand auf der anderen Straßenseite, gegenüber der ehemaligen Waschanlage. Er sah alles andere als müde aus, und sein ausgestreckter Arm deutete auf Mister Bedford an der Werksmauer.

»Ist das der Mann, der hinter all dem steckt?«

»Hinter all was?«, fragte Sebastian skeptisch. »Sie Schmierfink haben doch keinen blassen Schimmer, worum es hier wirklich ging.«

»Vermutlich nicht«, sagte McKee unbekümmert und trat näher. »Aber dafür habe ich ja euch. Ihr werdet es mir sicher erzählen, nicht wahr?« Er öffnete die schwer aussehende Ledertasche, die über seiner Schulter hing, und entnahm ihr die ersten Bestandteile einer professionellen Fotokamera. Lächelnd sah er zu den Freunden. »Bitte recht freundlich?«

»Auf gar keinen Fall«, sagte Theo. Sie stellte sich zwischen Mister Bedford und Mister McKee.

»Nie und nimmer«, sagte Sebastian und tat es ihr gleich.

»Vergessen Sie's«, sagte Harold, der sich ebenfalls dazugesellte.

Lucius sah zu McKee. »Sie bekommen hier absolut gar nichts, Sir«, sagte er fest. »Keine Auskunft, kein Foto, nicht einmal ein Lächeln. Sie und Ihre skrupellos zusammengepfuschten Halbwahrheiten sind hier nicht willkommen.«

»Tja«, sagte McKee. »Pech für euch, dass das aber niemanden kümmert, hm? Die Öffentlichkeit, mein lieber Junge, lechzt nun einmal nach Sensationen. Skandale verkaufen viel mehr Zeitungen als Fakten es tun. Fakten sind langweilig, denn Explosionen und dergleichen liefern die weitaus besseren Schlagzeilen.«

»Nicht, wenn ich es verhindern kann.« Niemand Geringeres als Mycroft Holmes trat aus den Rauchschwaden und an die Werksmauer. Der große Mister M schien schon ein paar Sekunden in den Schwaden ausgeharrt zu haben – stumm und aufmerksam lauschend. Nun hatte er offenbar genug gehört. »Mister McKee, Sie befinden sich auf privatem Gelände. Entweder verschwinden Sie umgehend aus meinem Sichtfeld, oder ich lasse Sie festnehmen … und bitte Lestrade, den Schlüssel zu Ihrer Zelle für ein paar Stunden zu verbummeln.«

»Die Öffentlichkeit hat ein Recht zu erfahren …«, protestierte der schmierige Reporter.

Mycroft Holmes unterbrach ihn mit strenger, lauter Stimme. »Vor allem haben Sie kein Recht, fremden Grund und Boden zu betreten«, sagte er. Dabei deutete er zu Boden. Es stimmte: Jeremy McKee hatte tatsächlich die Grundstücksgrenze zu Mister Bedfords Waschanlage überschritten, ohne es zu merken. »Und ich bezweifle, dass Sie eine Einladung für diesen haben. Wie ein Automatenmann sehen Sie nämlich nicht aus.«

McKee sah an sich hinab. Dann begriff er, was Mister M

meinte. Als er den Kopf wieder hob, lag ein kalter, grimmiger Ausdruck auf seinen Zügen. »Sie machen sich gerade einen Feind, den Sie nicht haben wollen«, drohte er.

»Oh, wenn Sie wüssten, welchen Feind Sie in mir haben.« Mycroft Holmes lachte humorlos. »Gegen den sind Sie nur ein armes Würstchen. Nein, warten Sie: Ehrlich gesagt sind Sie das so oder so.« Er hob die rechte Hand und präsentierte drei speckige Finger. »Verschwinden oder verhaften, McKee. Entscheiden Sie. Aber entscheiden Sie schnell! Ich zähle bis drei. Eins … zwei …«

Der Reporter hob abwehrend die Arme. »Also gut, also gut«, sagte er und begann, seine Ausrüstung wieder in die Tasche zu packen. »Ich verschwinde von hier. Fürs Erste. Aber eins sollten Sie sich bewusst machen, Sir – und ihr Gören solltet es euch ebenfalls hinter die ungewaschenen Ohren schreiben: Die Presse kann man nicht aufhalten. Niemand kann das.«

»Niemand außer mir«, sagte Mycroft Holmes gelassen. Dann schwieg er, bis McKee die Straße hinab und um die Ecke gebogen war.

»Wo kam der denn jetzt her?«, murmelte Harold.

»Und wo kommen *Sie* her, Mister M?«, fragte Theo. »Noch dazu genau im richtigen Augenblick.«

Der stämmige große Bruder von Sherlock Holmes lächelte. »Ich komme immer im richtigen Augenblick, meine liebe Theodosia. Das ist es vor allem anderen, was mich von meinem Bruder unterscheidet: Ich verlasse meinen bequemen

Sessel erst, wenn es gar nicht mehr anders geht. Und dann kläre ich die Dinge, die geklärt werden müssen – schnell, effizient und endgültig. Alles andere betrachte ich als Verschwendung von Zeit und Energie.« Sein Blick wanderte weiter und blieb an Mister Bedford hängen, der noch immer wie ein Häufchen Elend an der Mauer hockte, schließlich sah er Lucius fragend an.

»Er hatte eine Armee von Automaten«, erzählte er. »Unten im Keller der Halle.« Rasch berichtete er Mycroft Holmes von ihren Ermittlungen.

Als er geendet hatte, nickte dieser zufrieden. Kein Wort des Tadels, keine Sorge, weil sie sich in Gefahr gebracht hatten, einfach nur eine Geste der Anerkennung. »Schön, schön. Um die Aufräumarbeiten kümmere ich mich dann – wie immer.« Er schmunzelte.

»Und jetzt?«, fragte Theo erneut. »Was wird aus Bedfords Erfindung? Was wird aus Bedford selbst?«

»Die Reste dieser fragwürdigen Fernkontrollmaschine werden an einen sicheren Ort gebracht«, versprach Mycroft, ohne Bedford aus den Augen zu lassen. »Und was ihn angeht ... Na ja, wenn McKee die Gefängniszelle nicht haben will, kann *er* sie ja bekommen. Meint ihr nicht auch? Ich glaube, Lestrade und seine Kollegen vom Yard würden sich sehr gern mal lange und ungestört mit Mister Bedford unterhalten – genau wie ich.«

Lucius seufzte erleichtert. Mycroft würde schon dafür sorgen, dass alles in Ordnung kam und Bedford die Hilfe fand, die er brauchte. Der Mann mochte krank im Kopf sein und die Menschheit bedroht haben, doch irgendwie tat er Lucius auch leid. Mister Bedford war ein Genie und absolut brillant. Umso tragischer war es, was der Wahnsinn aus seinem Verstand gemacht hatte. Unter anderen Umständen und in einer anderen Zeit hätte der Herr der Automaten vielleicht viel Gutes bewirkt.

Mycroft legte Lucius und Sebastian die breiten Hände auf die Schultern und ließ den Blick über die Freunde schweifen. »Ihr habt gute Arbeit geleistet«, sagte er. »Einmal mehr. Die Krone kann Stolz auf euch vier sein. Ich bin es auch.«

»Fünf«, sagte Harold. Er hatte von seinem Rucksack abgelassen und legte nun James, der vor lauter Stolz nervöse Dampfwölkchen ausstieß, den Arm um die Hüfte. »Wir sind fünf.«

»Sechs«, sagte Theo und nahm Miss Sophie aus ihrer Tasche, um sie zu streicheln.

Mycroft nickte. »Sechs. Die glorreichen Sechs. Was würden wir ohne euch machen?« Dankbar sah er die Freunde an, dann drehte er sich um und schritt davon.

Der Tag schien schön zu werden. Erste warme Sonnenstrahlen fielen in die Baker Street, als Lucius an diesem frühen Morgen endlich nach Hause kam. Schon von Weitem sah er die Lichter hinter den Fenstern des schmalen Hauses 221b, und er staunte, wie sehr ihn ihr Anblick erfreute. Gewiss hatte Mrs Hudson schon das Frühstück vorbereitet: Toast und

Tee und Bohnen und Marmelade und ... Lucius hatte einen Hunger, der selbst den des guten Doktors übertreffen würde.

»Ich bin's«, rief er, als er die Haustür öffnete und in den Flur trat. Er fühlte sich unglaublich erleichtert und zugleich ganz aufgedreht. »Und ich habe einen riesigen Kohldampf!«

Niemand antwortete ihm. Tatsächlich war es totenstill im ganzen Haus, obwohl im Flur und auch in Mrs Hudsons Küche klar Lampen brannten. Letzteres sah Lucius, weil die Tür zur Küche einen schmalen, einladenden Spalt offen stand.

»Hallo?«, rief Lucius und schmunzelte. »Jemand zu Hause?«

Er schob die Küchentür weiter auf, trat über die Schwelle – und blickte in den Lauf eines sechsschüssigen Revolvers!

»Schön, dass du endlich kommst, Söhnchen. Wir haben schon auf dich gewartet. Genauer gesagt, *ich* habe das.«

Sie war es. Die Frau aus der Droschke am Trafalgar Square. Die Frau aus den Nebeln drüben am Seeufer des Regent's Park. Irene Adler, Lucius' geliebte Mom. Und doch: Es war nicht Mom. Nun, da er ihr direkt gegenüberstand und sie nicht nur aus der Ferne sah, erkannte er die Unterschiede sofort. Diese Frau mochte Irene Adler ähneln, und sie ähnelte ihr sogar sehr, aber sie war ganz und gar eine Fremde.

Und lebensgefährlich.

»W...Wer sind Sie?«, fragte Lucius. Er stand stocksteif und wagte kaum, einen Muskel zu rühren. Aus den Augenwinkeln sah er Holmes, Watson und die arme Hauswirtin Mrs Hudson am Tisch sitzen. Auch ihre Blicke hafteten an der unbekannten Frau und vor allem an deren Schusswaffe, die auch sie bedrohte. »Was wollen Sie von uns?«

Die Frau lachte leise. »Nichts«, antwortete sie. »Absolut gar nichts. Nein, Söhnchen, ich bin einzig und allein deinetwegen hier.«

Lucius schluckte trocken. Mit einem Mal war ihm eiskalt. »I…Ich bin nicht Ihr Sohn«, sagte er.

»Ach nein?« Die Frau deutete mit der freien linken Hand an sich hinab, auf ihre Kleidung, ihre Figur. Sie war echt eine gelungene Kopie des Originals, eine gute Doppelgängerin, das musste er ihr lassen. »Sehe ich etwa nicht aus wie sie? Na komm. Ich habe mir Mühe gegeben, das kannst du mir glauben. *Große* Mühe.«

»Und warum?« Lucius wusste nicht, woher er den Mut nahm, mit ihr zu sprechen. Sein Blick klebte an dem auf ihn gerichteten Revolver, seine Knie fühlten sich an, als seien sie aus Pudding. Grundgütiger, selbst die drei Erwachsenen dort am Küchentisch wagten kaum einen Mucks! Und doch konnte er nicht anders. Früher oder später kam die Wahrheit heraus, so hatte Mrs Hudson es ihm gesagt, genau hier in dieser Küche. Und nun, gerade einmal einen Tag später, stand eben diese Wahrheit vor ihm. Mit einer Waffe. »Was soll dieser Unfug? Was wollen Sie von mir?«

»Sie möchte dich gern entführen, Lucius«, sagte Sherlock Holmes, irgendwo außerhalb von Lucius' Sichtbereich. Seine Stimme war sanft und fest, sein Tonfall besonnen. Das Geräusch leiser Schritte, das seine Worte begleitete, bewies, dass er aufgestanden war und nun zu Lucius und der falschen Irene trat – ganz langsam und vorsichtig. »Deswegen kam sie in die Stadt. Deswegen auch diese bizarre Kostümierung. Als sie nach London kam, wusste sie nicht, wo genau du wohnst, verstehst du? Nur, dass du in dieser Stadt sein musst. Daher spazierte sie zu allen möglichen Uhrzeiten durch unsere Straßen, tagelang. Sie hoffte, du würdest sie bemerken, sie für deine Mutter halten und ihr ganz von selbst in die Arme laufen. Denn sie will dich uns wegnehmen, mein Junge. Als Druckmittel. Und irgendwann ... Na ja, irgendwann fand sie dich auch so. Offensichtlich. Denn vor knapp einer Stunde klopfte sie einfach an unsere Haustür und droht uns seitdem mit ihrer Waffe.«

Die Frau lächelte, doch es war ein eiskaltes Lächeln. »Ganz genau. Der große Detektiv macht seinem Ruf alle Ehre, Hut ab.« Nun sah sie zu Lucius. »Ich arbeite für mächtige Männer, Söhnchen. Sehr, sehr mächtige Männer. Und diese Männer würden gern einmal mit deiner Mutter ... na, sagen wir: reden. Aber sie können sie nicht finden. Begreifst du?«

Lucius nickte. Mit einem Mal ergaben all die seltsamen Erlebnisse der vergangenen Tage einen grauenvollen, erschreckenden Sinn: Die Unbekannte arbeitete für diejenigen, die seine Mom seit Monaten verfolgten. Und weil sie Irene Adler nirgends finden konnten, wollten sie ihren Sohn entführen und Irene so zwingen, aus ihrem Versteck zu kommen und sich ihnen auszuliefern. Lucius sollte das Pfand sein, das Irene Adler die Freiheit kosten würde, vielleicht sogar das Leben.

»Ich gehe nicht mit Ihnen«, sagte er fest und schüttelte den Kopf. »Niemals.«

Die Fremde mit dem Gesicht seiner Mom lachte wieder. »So, so«, murmelte sie dann. Sie nickte in Richtung des Küchentischs. »Das haben diese drei mir auch schon gesagt. Dass du zu klug und zu mutig seist, um mir in die Falle zu gehen. Dass du der Sohn deiner Mutter seist und mindestens – mindestens, hörst du? – so gerissen wie sie.« In ihren Augen funkelte es böse. »Und doch stehst du jetzt hier, Söhnchen. Wehrlos. Hilflos. Genau wie deine Mitbewohner. Also, sage mir: Wer von uns beiden entscheidet, wohin du gehst, hm? Du ... oder mein Revolver und ich?«

Lucius' Gedanken überschlugen sich. Was sollte er tun? Die Fremde hatte vollkommen recht: Er konnte sich nicht wehren, nicht gegen ihre Waffengewalt, nicht gegen ihren Hass. Aber er durfte auch nicht nachgeben, oder? Wenn er sich jetzt fügte, verspielte er nicht nur seine eigene Freiheit, sondern auch die seiner Mom!

»Lieber sterbe ich«, zischte er.

»Ts, ts, ts«, machte Sherlock Holmes. Kopfschüttelnd trat er in Lucius' Sichtfeld, die Hände hoch erhoben. »Aber, aber, mein treuer Sandoval. Das mit dem Sterben lassen wir mal sein.«

Lucius blinzelte. Was sollte das denn jetzt? War das nicht ein Satz aus diesem Stück namens *Schrecken über London*, das sie vor wenigen Tagen im Royal-Theater gesehen hatten? Und das zitierte Holmes ausgerechnet in diesem unpassenden Moment? Und überhaupt: ausgerechnet Holmes? Dem hatte das Stück doch gar nicht gefallen!

»Hörst du, treuer Sandoval?«, fragte der Meisterdetektiv seltsam betont. Sein Blick schien sich in Lucius bohren zu wollen. »Das mit dem Sterben ...«

Und plötzlich verstand Lucius! Genau nach diesem Satz war damals auf der Theaterbühne das Chaos ausgebrochen. Sandoval hatte den schändlichen Dieb abgelenkt, und Thomas hatte diesen daraufhin entwaffnet.

»Das mit dem Sterben lassen wir mal sein«, wiederholte Lucius nun. Er wusste, was er zu tun hatte. Seine Hand glitt in die Hosentasche und fand dort die zweite Verschwindetrickkugel, die er seit ihrem letzten Besuch bei Scotland Yard immer noch mit sich herumtrug.

»He!«, entfuhr es der falschen Irene, und ihre Waffe pendelte zwischen Lucius und Holmes hin und her. »Keine Tricks, verstanden?«

»Jetzt, treuer Sandoval«, sagte Holmes.

Lucius warf sich zu Boden. Im gleichen Atemzug zog er die Verschwindetrickkugel hervor und schleuderte sie mit aller Kraft der fremden Frau vor die Füße.

Es ging alles rasend schnell. Die Kugel prallte auf den Boden und zerplatzte mit einem Blitz. Sofort stieg dichter, beißender Qualm in Mrs Hudsons kleine Küche. Und noch bevor die falsche Irene begriff, wie ihr geschah, zuckte Sherlock Holmes' erhobener Arm vor. Mit einem einzigen, genau gezielten Hieb gegen das Handgelenk schlug der Meisterdetektiv der schönen Unbekannten den Revolver aus der Hand. Die Waffe fiel, und Lucius fing sie auf.

Gewonnen, schoss es ihm durch den Kopf. Dann war Doktor Watson bei ihm, half ihm auf die Beine und nahm ihm den Revolver ab.

»In Ordnung, meine Liebe«, sagte der Mediziner grimmig. Er hustete wegen des Rauchs, doch er richtete die Waffe zielsicher auf die Fremde, die sich mit schmerzverzerrter Miene das Handgelenk hielt. »Ich für meinen Teil hatte jetzt mehr als genug Theater für einen Tag. Ach was: für ein ganzes, verdammtes Jahr! Ihr Plan ist gescheitert – und ich versichere Ihnen: So schnell mache ich niemandem mehr die Tür unseres Hauses auf. Ganz egal, wie sehr er oder sie im Dämmerlicht auch alten Bekannten ähneln mag. Hätten Sie also die Güte, uns ein für alle Mal zu sagen, wo wir Ihre Auftraggeber finden? Und, Mrs Hudson, wären Sie vielleicht so nett, das Fenster zu öffnen, bevor wir alle noch an den Wundermitteln aus Lucius' Trickkiste ersticken?«

»Ich habe einen besseren Vorschlag«, sagte Holmes. »Wir rufen die Polizei. Danach setzen wir uns ins Kaminzimmer oben im ersten Stock, wo die Luft aktuell deutlich atembarer sein dürfte, und während wir auf Lestrades Eintreffen warten, kann unsere Besucherin uns all unsere Fragen beantworten.«

Genauso geschah es. Watson und Holmes zwangen die Fremde unter Waffengewalt ins Kaminzimmer, Mrs Hudson blieb in ihrer Küche und räumte dort auf. Während Watson noch nach der Polizei schickte, setzte sich der Meisterdetektiv in seinen schweren Ohrensessel. Er deutete der Unbekannten, in Watsons Sessel Platz zu nehmen. Lucius setzte sich vor den beiden auf den Teppich und konnte den Blick kaum von der Frau abwenden.

Sie war nahezu perfekt verkleidet. Ihr dunkles Kleid mit dem hohen Kragen, die schmalen Schuhe, der breitkrempige und doch modische Damenhut. Das war die perfekte Kopie von Irene Adler, wie man sie überall, wo sie gastierte, auf Plakaten sehen konnte. Auch die Statur der Frau war der von Lucius' Mom sehr ähnlich – die schmale Taille, die spitzen Schultern, der blasse, aber nie kränklich wirkende Teint. Und das rabenschwarze Haar ...

»Sie tragen eine Perücke«, sagte Lucius. Es fiel ihm tatsächlich erst jetzt auf, da er die Frau in Ruhe betrachten konnte. »Das sind nicht Ihre echten Haare.«

Sherlock Holmes schmunzelte. »Gut beobachtet, Lucius.« Er zuckte mit dem Lauf des Revolvers, den er in der Hand hielt und auf die Fremde richtete. »Tun Sie ihm den Gefallen. Runter mit den Fälschungen.«

Die Frau presste die Lippen fest aufeinander. Sie schien nicht gerade erpicht darauf, zu gehorchen. Doch sie konnte nicht anders, und das wusste sie. Langsam hob sie die rechte Hand und nahm erst den Hut ab und dann das falsche Haar. Unter der Perücke kamen ihre echten Haare zum Vorschein. Sie waren deutlich kürzer – und strohblond! Und als sie die falschen Wimpern, den geschickt aufgebrachten Lippenstift und ein Stück gummiartige Kunsthaut, die am Kinn klebte und ihr Gesicht länger machte, entfernt hatte, sah sie auf einmal gar nicht mehr aus wie Lucius' Mutter.

»Madame, Sie machen mich sprachlos«, verkündete Holmes. Er klang überrascht und beugte sich nun sogar vor. Seine Augen waren groß, und auf seinen Zügen lag ein Ausdruck ungläubigen Erkennens. »*Das* hätte selbst ich nicht gedacht.«

Lucius blinzelte. »Moment mal. Heißt das etwa, Sie kennen sich?«

»Ich kenne sie«, sagte der Meisterdetektiv und schüttelte gleichzeitig den Kopf. »Aber ich bezweifle, dass unsere Besucherin mich kennt. Oder, Miss Chamäleon? Spricht man in Ganovenkreisen etwa doch über mich?«

Das saß, und Lucius sah es. Die Frau wirkte immer resignierter. Sie wusste, dass sie verloren hatte. Mehr noch: Sie hatte ihre Tarnung verloren!

Miss Chamäleon, wiederholte Lucius in Gedanken. Was für ein eigenartiger, faszinierender Spitzname. Was er wohl bedeuten mochte?

»Überall spricht man von Ihnen, Mister Holmes«, sagte die Frau grimmig. »Wenn Sie wissen, wer ich bin, wissen Sie auch das.«

Holmes nickte. »Ich weiß, wer Sie sind. Oh ja. Ich erkenne ein Gesicht wieder, wenn ich es in den Fahndungsakten von Scotland Yard gesehen habe. Miss Chamäleon ... Hier in meinem Haus.« Er stieß einen anerkennenden Pfiff aus. »Lucius, ganz Europa sucht nach dieser Frau. Sie ist berühmt, zumindest in Gauner- und Ermittlerkreisen. Niemand versteht sich besser auf die Kunst der Imitation, der Nachahmung anderer Menschen. Ihre Schandtaten sind legendär, und noch nie hat jemand sie fassen können. Bis heute.«

»So so.« Doktor Watson stand auf der Schwelle zum Kaminzimmer. Die letzten Sätze schien er bereits gehört zu haben. »Bis heute. Irre ich mich, oder stand in einer der Polizeiakten auch, dass Sie als Söldnerin arbeiten, meine Liebe? Dass Sie jedem Ganovenboss Ihre Dienste verkaufen, der Sie ausreichend dafür bezahlt?«

»Eine sehr gute Frage, Doktor«, fand Holmes. »Denn wir wüssten alle wirklich gern, in wessen Auftrag Sie zu uns nach London gekommen sind. Wo finden wir die Männer, die Irene Adler seit Monaten nach dem Leben trachten?«

Die Frau, die von der Polizei Miss Chamäleon getauft worden war, schwieg. Erst als Holmes erneut mit dem Lauf des Revolvers zuckte, gab sie ihren Widerstand auf. »Ich weiß es nicht«, antwortete sie, und es klang tatsächlich ehrlich. »Ich gehöre keiner Vereinigung an, Mister Holmes, keiner Organisation. Ich arbeite allein. Man schickt mir einen Auftrag, ich nenne mein Honorar, und dann lässt man mir das Geld zukommen, und ich lege los. Ich kann Ihnen nicht sagen, wer meine Auftraggeber sind und wo Sie sie finden, weil ich ihnen selbst nie begegnet bin. Ich bekam immer nur Briefe von Ihnen, ohne Absender, und die habe ich längst verbrannt.«

»Dann gibt es keine heiße Spur?« Lucius schluckte. Seit er die Baker Street 221b betreten hatte, schwankte er zwischen Hoffen und Verzweifeln, immer wieder ging es hin und her.

Und nun war ihm, als verlöre er endgültig den Boden unter den Füßen. »Nicht zu Mom und nicht zu ihren Verfolgern?«

Die blonde Frau in Irene Adlers Kostüm sah ihn an. In ihrem Blick lag fast so etwas wie Mitleid. »Tut mir leid, Kleiner. Aber: Nein.«

Dann klopfte Mrs Hudson an die Zimmertür. Die Polizei war angekommen und bereit, die Verbrecherin abzuführen. Fort aus Lucius' Leben … und ein für alle Mal fort aus seinen Hoffnungen.

EPILOG:

Alles so, wie es sein soll

»Also dann, Chamäleon«, sagte Inspektor Lestrade und sah zu, wie die falsche Irene in den Fond der großen Polizeikutsche stieg. »Du hast die längste Zeit Unheil verbreitet. Jetzt gehst du dahin, wo du hingehörst: hinter Gitter!«

Die Frau drehte sich nicht mal mehr um. Sie setzte sich auf die schmale Bank im Inneren der Kutsche. Dann schloss Lestrade die Tür hinter ihr. Der Inspektor gab den umstehenden Polizisten noch ein paar letzte Anweisungen und trat zu Lucius und Sherlock Holmes, die vor dem Haus standen und dem Abtransport von Miss Chamäleon schweigend zusahen.

»Ich muss schon sagen«, begann Lestrade. »Das war gute Arbeit. Überraschend gute, sogar.«

Holmes hob eine Augenbraue. »Aber, aber Lestrade«, sagte er ein wenig beleidigt. »Sollten Sie inzwischen nicht wissen, dass Sie bei mir mit allem rechnen müssen?«

Lestrade blinzelte verwirrt. »Was? Nein, nein, ich meinte doch den Jungen.«

Lucius musste sich auf die Lippen beißen, um nicht loszuprusten. So bizarr und so traurig die Situation auch war, *das* war witzig gewesen. Und ganz schön peinlich für Mister Holmes.

»Gute Arbeit, Lucius«, sagte der Inspektor wieder. Er legte ihm eine Hand auf die Schulter. »Sobald du kannst, kommst du bitte mit deinen Freunden zu mir auf die Wache, damit wir eure Aussagen zu Protokoll nehmen können. Den Weg zu Scotland Yard kennst du inzwischen ja sicher schon im Schlaf.«

»Ja, Sir«, sagte Lucius und schaute auf. Lestrade hatte ein amüsiertes Funkeln im Blick, das er so noch nie an ihm gesehen hatte. Und er wirkte ehrlich beeindruckt. »Das mache ich. Nach …«

»Nach einem ausgiebigen Frühstück und ein paar Stündchen Ruhe«, unterbrach Holmes ihn. Auch er legte Lucius nun die Hand auf die Schulter. »Der Junge hatte eine anstrengende Zeit, Lestrade. Gönnen wir ihm eine kleine Pause.«

Der Inspektor zog seine Hand zurück und nickte. »Anstrengende Zeit«, murmelte er, und zu Lucius' riesengroßer Überraschung zwinkerte er dem Jungen sogar verschwörerisch zu. »Ja, das glaube ich gern.« Dann ging er zurück zu der länglichen Polizeikutsche, stieg neben Tinny, der auf dem Kutschbock saß, und fuhr los.

Lucius und Sherlock Holmes blieben auf dem schmalen Bürgersteig der Baker Street stehen und sahen ihm und den anderen Polizisten nach, bis deren Fahrzeuge unten an der Straßenecke abbogen und verschwanden. Und selbst dann blieben die beiden ungleichen Mitbewohner noch eine ganze Weile stehen, einfach so, nebeneinander im Londoner Morgen.

»Es tut mir leid«, sagte Holmes schließlich.

Nun war Lucius es, der eine Braue hob. »Hm?«, fragte er verwirrt.

Holmes sah ihn an. »Ich habe dir nicht geglaubt. Wir alle nicht. Nicht, als du an Booths Schuld gezweifelt hast und nicht, als du meintest, du hättest deine Mutter gesehen.«

»Sie war nicht meine Mutter«, sagte Lucius bitter.

»Richtig, aber das ist nicht der Punkt. Du hattest keinen Grund, deinen Augen nicht zu trauen, Lucius. Du hattest sie gesehen. Und ich hielt das alles für Unfug.«

Er schluckte. »Sie brauchten eben Beweise«, lenkte er ein. »In beiden Fällen.« Die Situation war ihm ein wenig unangenehm, denn er wusste nicht so ganz, wie er mit ihr umgehen sollte. Sherlock Holmes entschuldigte sich nahezu nie. Lucius zuckte mit den Schultern.

»Du aber nicht«, sagte der Meisterdetektiv. Dann hob er den Kopf wieder und sah die nun leere Straße hinab. Über den Dächern der Häuser prangte ein strahlend blauer Himmel. Der Tag versprach schön zu werden. »Weißt du, Lucius, ich glaube, ich habe heute etwas Wichtiges gelernt. Und ... Na ja, und ich danke dir dafür.«

Verblüfft betrachtete Lucius den schlanken Ermittler.

Und Holmes zwinkerte ihm ebenfalls zu. »Aber sag dem guten Doktor nicht, dass ich das gesagt habe. Einverstanden?«

Wieder musste Lucius lachen, und diesmal bremste er sich nicht. »Mein Ehrenwort, Sir.«

Holmes nickte. Dann wurde er wieder ernst. »Aber mir tut noch etwas leid, und dir sicher auch.«

Sofort wusste Lucius, was er meinte. Und die Traurigkeit von vorhin kehrte zurück.

Doch Holmes schüttelte den Kopf. »Nein, Junge. Sei nicht traurig. Sei glücklich.«

»Welchen Grund hätte ich dafür?«, fragte Lucius leise. Er spürte Tränen in sich aufsteigen und kämpfte gegen sie an. »Das war nicht meine Mutter.«

»Eben«, betonte Holmes sanft. »Sie war es nicht. Und das ist ein großes Glück. Weil es uns viel über Irene sagt – und viel über ihre Verfolger.«

Nun runzelte er die Stirn. Was redete Holmes denn da? Miss Chamäleon hatte doch klar ausgesagt, nicht das Geringste über ihre Auftraggeber und deren Versteck zu wissen!

»Denke einfach logisch, Junge«, sagte Holmes. »Eine Irene-Doppelgängerin in London? Ein zumindest anfangs noch erschreckend zielloser Versuch, dich zu finden und zu entführen? Klingt das für dich etwa so, als wären Irenes Verfolger noch Herr der Lage?«

Nein, dachte er staunend. *Tatsächlich nicht. Überhaupt kein bisschen, ehrlich gesagt.*

»Deine Mom ist weit mehr als nur in Sicherheit, Lucius«, fuhr Holmes fort. »Sie ist ihren Häschern ein ganz gewaltiges Stück voraus – nicht nur geografisch, sondern auch hier oben.« Er tippte sich mit der Fingerspitze an die Stirn. »Im Köpfchen. Mach dir keine Sorgen. Wenn Irene Adlers Gegner zu solch verzweifelten Aktionen greifen, dann tappen sie hochgradig im Dunkeln. Das ist sicher.«

»Und absolut logisch«, sagte Lucius. Er nickte, und zum ersten Mal seit seiner Heimkehr an diesem denkwürdigen Vormittag fühlte er sich wieder richtig frei und erleichtert.

Es wurde spät. Dank einem ausgiebigen Imbiss, auf den Mrs Hudson bestand, und einem kleinen Nickerchen, auf dem überwiegend Mister Holmes und Doktor Watson bestanden, war es schon mitten am Nachmittag, bis Lucius den Diogenes-Club erreichte. Die stillen alten Männer in den unteren Etagen beachteten ihn gar nicht, als er die Treppen zum Rabennest erklomm. Oben angekommen, fand er zwei seiner Freunde wieder.

»Na?« Sebastian ließ die Zeitung sinken, in der er gerade blätterte, und grinste zur Begrüßung. »Endlich ausgeschlafen?«

»Als ob du nicht geschlafen hättest«, erwiderte Lucius.

»Hab ich auch nicht. Ich war den ganzen Vormittag über hier auf dem Sofa und hellwach. Richtig, Theo? Genau so war's doch.«

Theodosia, die ihm gegenüber in einem schweren Sessel saß, zuckte zusammen, als sie ihren Namen hörte. Sie hatte die Augen geschlossen gehabt, doch erst jetzt begriff Lucius, dass sie geschlafen hatte. »Wasn?«, murmelte sie, blinzelte und ließ dann ein ganz und gar undamenhaftes Gähnen hören. »Was ist los?«

»Nichts«, antwortete Lucius, bevor Sebastian anderes sagen konnte. Er grinste. »Absolut gar nichts.«

»Das sagst du«, erklang plötzlich eine neue Stimme von hinter dem Sofa. Harolds Lockenkopf tauchte dort auf. Der Erfinder mit der Nickelbrille, der zwischen der Sitzgelegenheit und seiner Werkbank auf dem Boden gekniet haben musste, hatte ein ölverschmiertes Gesicht.

»Was versteckst du dich denn da?«, staunte Lucius.

»Von wegen verstecken.« Harold schnaubte. »Ich arbeite hier. *Das* ist nämlich los, und wenn du mich fragst, ist das allerhand!«

»Harold rüstet nach«, erklärte Sebastian, der nun ebenfalls grinste. »Oder besser gesagt, rüstet er ab.«

Lucius verstand kein Wort »*Was* ist los?«

»Sag ich doch«, murmelte Theo.

Neugierig umrundete Lucius das Sofa. Vor Harolds Werkbank lag James, rücklings auf dem Boden und ausgeschaltet. Vor allem aber: Dort lag der alte James, das ursprüngliche, schlanke Modell ohne die neuen Waffen und Panzerplatten. Rings um ihn lagen die neuen, frisch wieder entfernten Komponenten und allerhand Werkzeuge, überwiegend Schraubenschlüssel, Zangen und Metallsägen.

»Du hast ja alles abgebaut«, staunte Lucius.

»Ganz genau«, sagte Harold. Ächzend griff er nach dem reglosen Automatenmann. »Hilfst du mir mal eben? Ich würde ihn gern wieder aufstellen.«

Lucius packte sofort mit an. Gemeinsam brachten sie

James wieder auf die Beine. »Aber warum?«, fragte Lucius dann. »Ich dachte, James soll unser starker Beschützer werden. Dafür war die neue Ausstattung doch da. Damit er mächtig und kräftig wird. Eine Kampfmaschine, oder so. Hast du selbst gesagt.

Harold schüttelte den Kopf. »Das dachte ich auch, anfangs. Aber ...«

»Unser Genie hat endlich Vernunft angenommen«, sagte Theo. Lucius drehte sich zu ihr um. Sie saß noch immer auf dem Sessel, hatte inzwischen Miss Sophie auf dem Schoß, und sah höchst zufrieden aus. »Hat ja auch nur drei Tage gedauert.«

»Vernunft?« Ratlos schaute Lucius zurück zu Harold.

»Das da«, erklärte der Erfinder und deutete auf all die ausgebauten Kampfkomponenten, »war nicht James. Das war er nie. Verstehst du? Die Idee eines starken Beschützers finde ich nach wie vor gut, aber der kann nicht James sein. Denn James ist schon jemand anderes, nämlich er selbst. James ist James.«

»Na ja«, warf Sebastian ein. »Dieser neue Kampfjames hat uns *schon* geholfen.«

»Richtig, aber er war dabei nicht der Freund, den wir alle kennen und mögen.« Harold legte dem reglosen Automatenmann eine Hand auf die Schulter. Dafür musste er sich zwar auf die Zehenspitzen stellen, aber die Geste war dennoch eindeutig. »Niemand sollte etwas sein müssen, was er nicht ist. Boothy nicht, Hubert nicht ... und James auch nicht.«

»Schön, dass du das endlich begriffen hast«, sagte Theo neckend. Sie wirkte erleichtert, ihren alten, immer ein wenig hektisch und zerstreut wirkenden Automatenfreund zurückzubekommen. Und wenn Lucius ehrlich zu sich war, empfand er genauso.

Mit einem Mal platzte es aus ihm heraus. »Ich habe Mom wiedergesehen. Daheim in der Baker Street. Und auch sie war nicht, was sie in Wirklichkeit war.«

Einen Moment lang war es totenstill im Rabennest. Seine drei Freunde starrten ihn ratlos an. »Wie bitte?«, staunte Sebastian.

Schnell erzählte Lucius den anderen, was am Morgen in Mrs Hudsons Haus passiert war. Erst dann wagte er es, auch seinem Herzen Luft zu machen. Er war so enttäuscht gewesen – von der Angst ganz zu schweigen –, dann aber auch wiederum erleichtert.

»Sie war nicht Mom«, schloss er. »Und Sherlock Holmes sagt, das sei etwas Gutes. Weil es uns beweist, wie ahnungslos und verzweifelt ihre Verfolger inzwischen sind. Wie planlos sie mittlerweile schon nach Strohhalmen greifen.« Er lachte leise.

Die drei anderen waren aufgestanden und zu ihm gegangen. Nun standen sie rechts und links neben ihm, bildeten einen Kreis. Einen verschworenen, *ein*geschworenen Kreis.

»Holmes hat recht«, sagte Sebastian.

Theo nickte. »Absolut. Besser hätte man das nicht sagen können.«

»Was für Stümper«, fand Harold. »Eine falsche Irene? Wer kommt denn auf solch dämliche Ideen?«

»Du niemals«, sagte Sebastian und knuffte Harold in die Seite. »Dafür hast du Genie viel zu viel Grips.«

»Ich hätte nicht gedacht«, sagte Lucius und lachte wieder, »dass ich ausgerechnet Sherlock Holmes mal voll und ganz zustimme. Der Mann ist sonst doch steifer als Harolds Schraubenschlüssel und humorloser als Miss Sophie, wenn sie Hunger bekommt.«

»He, Miss Sophie hat sehr wohl Humor«, protestierte Theo. Sie sah zurück zum Sessel, wo die Schlange gemütlich auf den Kissen lag. »Hör nicht hin, Kleines. Lucius will dich nur ärgern.«

»Auch«, sagte Lucius – und nun war er es, den Sebastian freundschaftlich anrempelte.

»Na, jedenfalls liegt dein Mister Holmes vollkommen richtig, was diese Trottel von Verfolger angeht«, sagte Sebastian. »Vor denen braucht deine Mutter echt keine Angst zu haben. Ich wette, die hat sie auch nicht.«

Lucius grinste. »Da könntest du recht haben.« Er vermisste seine Mom nach wie vor, jeden Tag aufs Neue. Doch je länger er in London war, desto sicherer wurde er sich, dass es okay war. Dass es gut ausgehen würde. Dass Irene, wo immer sie auch sein mochte, genau wusste, was sie tat – und irgendwann zu ihm zurückkehren würde. Vielleicht sogar schon sehr, sehr bald. »Meine Mom hat vor nichts und niemand Angst.«

»Bleibt nur noch eins zu tun, hm?«, sagte Theo. Sie sah zu James, der noch immer ausgeschaltet neben ihnen stand. »Hauchen wir dieser ehemaligen Kampfmaschine wieder friedlich-fröhliches Leben ein. Harold?«

Der junge Erfinder wischte sich die schmutzigen Hände an seiner Hose ab. Dann trat er hinter James, was tatsächlich irgendwie feierlich aussah, und betätigte den Schalter.

Sofort zuckte der Automatenmann zusammen. James hob den Kopf, und seine Optiken bewegten sich in ihren Halterungen orientierungslos hin und her. Dann sah er zu den vier Freunden und an sich hinab. »Ojemine«, stieß er aus. »Ich scheine meine Panzerung verloren zu haben. Und meine Waffen. Wie konnte das passieren?«

»Frag lieber, warum es nicht schon viel, viel früher passierte«, sagte Theo. Sie zögerte kurz, dann nahm sie den überraschten Blechmann aber fest in die Arme. »Willkommen zurück, James. Ich hab dich vermisst.«

»Zurück?« James' Kopf zuckte abermals. Dampfwölkchen der Verwirrung stiegen aus den Schweißnähten an seinem Hals. »War ich denn fort?«

»Nein«, sagte Sebastian lachend.

Theo warf ihm einen tadelnden Blick zu. »Kommt drauf an, wen du fragst«, antwortete sie fest.

»Jedenfalls ist jetzt wieder alles so, wie es sein soll«, fand Harold. Zufrieden mit seiner Arbeit, klatschte er in die Hände. »Und ich für meinen Teil könnte nach all dem Trubel eine gute Tasse Tee vertragen. Ihr nicht?«

»Grandiose Idee, Schlaukopf«, lobte Sebastian. Er setzte sich wieder auf das bequeme Sofa. »Ich bin dabei.«

»Ich auch«, verkündete Theo. »Und Miss Sophie hat sicher nichts gegen ein Schälchen Wasser. Oder, Kleines?«

»Tee ist immer gut«, sagte Lucius und sah zu Harold. »Zumindest, wenn er von dir kommt.«

Der strahlte. »Na, wunderbar. Viermal Tee, kommt sofort.« Mit Feuereifer machte er sich an seiner Spezialteemaschine zu schaffen. James ging ihm dabei zur Hand, wie in alten Zeiten.

Lucius sah sich um. Es war erst wenige Monate her, dass er das Rabennest zum ersten Mal betreten hatte. Doch in diesem Moment konnte er sich ein Leben ohne dieses tolle Geheimversteck und seine wunderbaren Freunde kaum vorstellen.

Es ist gut, dachte er zufrieden. *Für den Augenblick ist alles gut. Und nur der zählt.*

Seine Mutter, davon war er überzeugt, sähe das bestimmt ganz genauso.